प्रतिष्ठित कथाकार अलका सिन्हा अपने कहानी-संग्रह *पीपल, पुरखे और पुरानी हवेली* में मानवीय अनुभवों की सघनता को साधते हुए समकालीनता के नये प्रतिमान गढ़ती हैं। उनके यहाँ कहानी अनुभव का आन्तरिक भूगोल है जहाँ जीवन सूक्ष्म परतों में खुलता जाता है और पाठक को भीतर तक बदल देने का सामर्थ्य रखता है। अलका सिन्हा की कहानियाँ किसी ट्रेंड का अनुगमन करने अथवा विमर्श विशेष में क़ैद होने के बदले एक सन्तुलित, मौलिक और नवोन्मेषी राह बनाती हैं। वे साधारण जीवन में छिपे असाधारण कथानक को उजागर करती हैं। व्यक्ति की आकांक्षा, आशंका और जिजीविषा से रची गयी इन कहानियों में कहीं-न- कहीं हम सभी बसते हैं।

अलका सिन्हा का रचना-संसार आदिवासी जीवन और स्त्री की पहचान का संघर्ष, मन के भीतर पैठ बनाती ग्रन्थियाँ, पुरखों की विरासत को सहेज रखने की कामना और देह मुक्ति की आन्तरिक सच्चाई से व्यक्ति का साक्षात्कार कराता है। इनमें प्रवासन की पीड़ा, पीढ़ियों के अन्तर्विरोध तथा प्रेम के अनकहे स्वरूप अपनी अनूठी संवेदना के साथ उपस्थित होते हैं। वान्या वैष्णवी और तान्या यहाँ सिर्फ़ चरित्र नहीं, वर्तमान को स्वर देते हैं। प्रश्न यह है कि अन्याय के सामने खड़ी असहाय चुप्पी आख़िर किसे शापमुक्त करती है?आजीवन कारावास की सज़ा काट कर भी कौन है जो रिहा नहीं होता? यहाँ अकेलापन सिर्फ़ एक अवस्था नहीं, समूची दुनिया है जहाँ कोई झील के किनारे बैठकर अपने ही प्रतिबिम्ब से संवाद करता है जहाँ दर्द भाषा से आगे निकल जाता है। ये स्थितियाँ, ये स्थल इन कहानियों में जीवन्त पात्रों के रूप में दिखाई देते हैं और स्व-निर्माण की प्रक्रिया के रूप में उभरते हैं। मसानी माय के माध्यम से मृत्यु और मोक्ष के सौन्दर्यशास्त्र की सर्जना अत्यन्त दुर्लभ हस्तक्षेप है।

अलका सिन्हा के स्त्री पात्रों को उनकी स्वायत्तता के नये उन्मेष के रूप में देखा जा सकता है। अपने संघर्षों को पुनर्भाषित करते ये पात्र रेखांकित करते हैं कि मुक्ति केवल संघर्ष में नहीं, बल्कि संघर्ष को अपनी भाषा में बदल देने में है। स्त्री-अस्मिता का यह सृजनात्मक उत्थान समकालीन विमर्श में विशिष्ट योगदान के रूप में दर्ज होता है।

अलका सिन्हा की भाषा उनकी बड़ी ताक़त है। सहज होते हुए भी परतदार और सरल होते हुए भी दार्शनिक। वे संसार की अदृश्य तरंगों को शब्द-देह प्रदान करती हैं और दैनिक जीवन के क्षणिक अनुभवों को अविनाशी कथ्य में बदल देती हैं। अभिनव रूप-विन्यास और नूतन संवेदनाओं से सम्पन्न ये कहानियाँ पाठक को नये चिन्तन की ओर उन्मुख करती हैं।

समग्र रूप में, यह कहानी-संग्रह साहित्यिक अनुभव के साथ एक ऐसी अन्तर्यात्रा है जहाँ मनुष्य ख़ुद को तलाशता भी है और तराशता भी है। निस्सन्देह, अलका सिन्हा की कहानियाँ कथा-साहित्य के नये प्रस्थान बिन्दु के रूप में पहचानी जायेंगी।

पीपल, पुरखे और पुरानी हवेली

अलका सिन्हा

वाणी प्रकाशन

प्रकाशन के उत्कृष्टतम 63 वर्ष

पेपरबैक पहला संस्करण : 2026

vaniprakashan.com

वाणी प्रकाशन

4695, 21-ए, दरियागंज, नयी दिल्ली-110 002

फ़ोन : + 91 11 23273167, 23275710

शाखाएँ

अशोक राजपथ, पटना-800 004, बिहार

कॉफ़ी हाउस कैम्पस, महात्मा गांधी मार्ग, प्रयागराज-211 001, उत्तर प्रदेश

महात्मा गांधी अन्तरराष्ट्रीय हिन्दी विश्वविद्यालय, वर्धा-442 001, महाराष्ट्र

sales@vaniprakashan.in
vaniprakashan@gmail.com

Pipal, Purakhe Aur Purani Haweli
by Alka Sinha

ISBN : 978-93-7348-901-8
Collection of Stories

मूल्य : ₹ 399

आर. टेक ऑफ़सेट, दिल्ली-110 092 में मुद्रित

वाणी प्रकाशन का लोगो मक़बूल फ़िदा हुसैन की कूची से

सादर समर्पित–

उन तमाम स्त्रियों को
जो प्रश्न नहीं, उत्तर हैं
जो परिधि नहीं, केन्द्र हैं
और जिनके बिना
कोई भी कथा
पूर्ण नहीं होती...

अनुक्रम

पीपल, पुरखे और पुरानी हवेली

चैटर्जी लेन का यह सबसे पुराना, दो तल्ला मकान होगा जिसे समय के साथ नया नहीं कराया गया। नीचे-ऊपर मिला कर लगभग दर्जन भर कमरे। रसोई, बरामदा अलग। और सबसे बड़ी तो यह पिछवाड़े की बाड़ी...

मेरे होठों पर हल्की मुस्कान उभर आयी। हाँ, ये लोग इसे बाड़ी ही कहते हैं। जब नयी-नयी ब्याह कर आयी थी और पहली बार ये शब्द सुना तो बहुत अचरज हुआ।

"बाड़ी? ये क्या होता है?"

तब राघव मुझे पीछे वाली सीढ़ियों से नीचे ले गये, "ये है बाड़ी।"

"अरे बाप रे, ये जंगल?"

"कम-से-कम जंगल तो मत कहो!" राघव ने आपत्ति जताई थी।

अच्छी-ख़ासी जगह थी, पाँच-छह कमरों लायक। कई तरह की लताएँ एक-दूसरे से लिपटी पड़ी थीं। एक तरफ़ आम तो दूसरी तरफ़ अमरूद के पेड़ लगे थे। पेड़ पर लटकता हुआ कटहल तो मैंने पहली बार ही देखा था।

"जंगल शब्द से आपत्ति है, तो सघन वन कह सकते हैं।" मैंने उनकी नाराज़गी का लुत्फ़ उठाते हुए कहा था।

"हूं...कल बुलाता हूँ, घास काटने वाले को।" उन्होंने पैरों के नीचे उग आयी घास को देखते हुए कहा। घास सचमुच काफ़ी बढ़ी हुई थी, हालाँकि मेरा आशय घने पेड़ों से था, न कि बेतरतीब घास से।

"चलो, तुम्हें जंगल भी दिखा ही दूँ...," कहते हुए वे मुझे बायीं तरफ़ ले गये, "ये देखो।"

मैंने हैरानी से देखा, सीढ़ी की ओट में सटा वहाँ एक कुआँ था। मैं दिल्ली में पली-बढ़ी थी और इस तरह खुला कुआँ मैंने कभी देखा नहीं था। फ़िल्मों-विल्मों में ज़रूर देखा होगा, मगर किसी के घर पर तो हरगिज़ नहीं देखा था। मैंने भीतर झाँककर देखा, नीचे जाता सुरंग-सा अँधेरा। मगर कुछ ही देर में पानी की सतह दिखाई देने लगी थी। पानी की हल्की हलचल भी सुनाई दे रही थी। मेरे लिए बहुत अद्‌भुत था यह सब। कुएँ को लेकर मेरी जिज्ञासा राघव को बहुत उत्साहित कर रही थी। मैं कुएँ में झाँक रही थी कि अचानक छप्प की आवाज़ से कुछ ऊपर को छिटका। मैं चौंककर पीछे हटी और घबराहट में लपक कर, सामने पीपल की छाया में जा पहुँची। मुझे डरा हुआ पाकर राघव भी मेरे पीछे-पीछे आ गये।

"क्या है उसमें?" मेरी आवाज़ में अभी भी घबराहट थी।

"मछलियाँ होंगी, मेंढक या साँ...?" साँप कहते-कहते राघव रुक गये, "पानी में रहने वाले जीव तो पानी में ही रहेंगे न?"

"तो घर में कुआँ बनना क्या ज़रूरी था?" मैं अभी भी उस अनदेखे जीव के भय से मुक्त नहीं हो पायी थी।

मगर राघव की नज़र में इतना हैरान होने की कोई बात नहीं थी। गाँव-घरों में कुएँ-बावड़ी बनवाई ही जाती थी। प्याऊ बनवाना और लोगों के लिए पानी सुलभ कराना तो सदा से लोकहित का काम रहा है।

"हमारे भी पुरखों ने बनवाई थीं ऐसी बावड़ियाँ," उन्होंने याद दिलाया, "घण्टाघर रोड पर जो हौदी है न, वह भी बड़े बाबा ने ही बनवाई थी, गाँव वालों के लिए।"

राघव अपने दादा को बड़े बाबा और पिता को बाबा कहते थे। राघव तब बहुत छोटे थे जब बाबा गुज़र गये। माँ ने अकेले ही राघव को पाला। माँ का पढ़ना-लिखना काम आया और उन्हें बाबा के स्थान पर नौकरी मिल गयी, मगर उस ज़माने में औरतें घर से बाहर कम ही निकलती थीं। माँ घर से ही अपना दफ़्तर सँभाल लेतीं। कोई अर्दली घर पर फ़ाइलें लेकर आता और माँ से दस्तख़त करा के ले जाता।

राघव माँ के प्रति बहुत संवेदनशील थे। पहली मुलाक़ात में ही तय कर दिया था, "तुम्हारी सब शर्तें मंज़ूर, मेरी बस एक शर्त है। माँ को तुम्हारे व्यवहार से कभी चोट न पहुँचे।"

मैं धीरे-धीरे स्थितप्रज्ञ हो रही थी। पीपल की ठण्डी-ठण्डी छाँव भली लग रही थी। मैं वहाँ बैठने के लिए कोई ईंट वग़ैरह तलाशने लगी, तब तक राघव उसकी जड़ पर बनी गोलाकार पक्की ज़मीन पर बैठ गये। मैं भी वहीं जा धँसी।

"इसकी चौड़ाई थोड़ी और होती तो..." मैंने धीरे से कहा।

"मिस्त्री को भी बुलाता हूँ कल, इसे थोड़ा और ऊँचा भी करवा देंगे।"

अगले दिन घास तो कट गयी मगर मिस्त्री नहीं आया। पीपल के नीचे का ये पाट आज भी वैसा ही है।

अपने ख़यालों में गुम मैं पीपल के नीचे जा पहुँची थी और जैसा मेरा अनुमान था, पीयूष वहीं बैठा था, उसी गोलाकार ज़मीन पर।

"पीयूष बेटा, पापा बुला रहे हैं। जल्दी जाओ।"

मेरी ही तरह पीयूष को भी यहाँ बैठना बहुत पसन्द है। मुझे पता है, जब दो आवाज़ लगाने पर भी इसकी तरफ़ से कोई जवाब न आये, तो समझ लो कि ये यहाँ बैठा है, पीपल के नीचे। उसे तो भेज दिया मगर ख़ुद पीपल की सघन स्मृतियों से बाहर नहीं निकल पायी। कुछ देर वहीं जा टिकी, सीमेंट के उसी गोलाकार फ़र्श पर।

हाँ, तो अगले दिन घसियारा आया था। बाड़ी की घास काटकर बराबर कर गया। माली बुलवाकर बेतरतीब बढ़े पेड़ों की छँटनी भी करा दी गयी थी। सूरज की रोशनी भीतर तक आने लगी थी। बहुत अच्छा लग रहा था। मज़े की बात यह थी कि पीपल का पेड़ ऐसी जगह लगा था कि वहाँ सर्दियों में अच्छी धूप आती, जबकि गर्मियों में सुबह दस बजे के बाद सूरज उस तरफ़ झाँकता भी नहीं। यानी मौसम कोई भी हो, यहाँ बारहों महीने बैठा जा सकता था। लेकिन नीचे बैठने में मैं थोड़ा असहज थी। दिक़्क़त कोई नहीं थी, बस, मैं इस तरह ज़मीन पर कभी बैठी जो नहीं थी। मैंने जब राघव से मिस्त्री के बारे में पूछा तो उन्होंने मुँह पर उँगली रखते हुए मना कर दिया, "माँ नहीं चाहतीं।"

मैं ख़ामोश हो गयी। माँ ने शायद ही हमारी किसी बात में रोक-टोक की हो। माँ बहुत ही शान्त और संयत स्वभाव की थीं। मैं कई बार सोचती कि काश, वे मुझे अपनी बेटी मानकर मेरे सामने अपना मन उलीच देतीं। मगर लगातार चुप रहने की आदत उनके स्वभाव का हिस्सा बन चुकी थी।

पिछले कुछ समय से या कहो, अपनी रिटायरमेंट के बाद से उन्होंने अपनी कुर्सी और मेज़ ऊपर वाले कमरे में मँगवा ली थी। यह वही कुर्सी थी जिस पर बैठकर माँ दफ़्तर की अहम फ़ाइलें देखा करती थीं। पहले यह कुर्सी निचली मंज़िल पर बने ऑफ़िस वाले कमरे में रहती थी। मुख्य द्वार के साथ लगा यह कमरा ऑफ़िस कहलाता था। जब दफ़्तर का मुलाज़िम फ़ाइलें लिए घर आता तब यही कमरा खुलवा दिया जाता। नीचे चाय, बिस्कुट भेज दी जाती। उसके बाद माँ नीचे जातीं और इसी कुर्सी पर बैठकर फ़ाइलें देखतीं। कहीं कुछ शंका होती तो पूछतीं वरना दस मिनट में फ़ाइलें निपटाकर ऊपर लौट आतीं। रिटायर होने के बाद यह कमरा लगभग बन्द ही हो गया।

समझ सकती हूँ, बाबा के जाने के बाद से माँ घर में अकेली औरत रह गयीं। छोटे से बच्चे के साथ उम्र का लम्बा दौर काटना कोई कम बड़ी चुनौती न रही होगी। ये ऑफ़िस वाला कमरा बहुत हद तक माँ के लिए ढाल का काम करता था। वे ख़ुद ऊपर की मंज़िल पर रहती थीं। नीचे के कमरों में घर-परिवार वाले कुछ किराएदार रहते थे। कमरे भले ख़ाली रहें, मगर कभी किसी अकेले लड़के-लपाड़े को नहीं रखा। उन्होंने ख़ुद को कछुए की कठोर खोल के भीतर सहेज लिया था। बेहद नियन्त्रित और स्वतः संचालित। उन्हें कभी ख़ुश नहीं देखा तो कभी बिफर कर टूटते भी नहीं देखा। एक तटस्थता उनके व्यक्तित्व का हिस्सा थी।

ऊपर के ही कमरे में खिड़की से सटी मेज़ के सामने रखी उस कुर्सी पर वह घण्टों बैठी रहतीं। कभी खिड़की से बाहर देखतीं तो कभी वहाँ रखे लम्बे रजिस्टर में कुछ लिखा करतीं। पहले सोचा कि ऑफ़िस का हिसाब-किताब निपटाती होंगी, पर जब ये सिलसिला लम्बा चलता रहा तब उत्सुकता बढ़ने लगी।

"कोई कहानी लिख रही हैं क्या माँ?" आख़िर मैंने पूछ ही लिया एक दिन। जवाब में माँ मुस्करा भर दीं।

मैं साहित्य की विद्यार्थी रही थी और फिक्शन में मेरी भी दिलचस्पी थी। वह लम्बा रजिस्टर मुझे आकर्षित करने लगा। जब तक ये टेबल-कुर्सी नीचे ऑफ़िस वाले कमरे में थी, तब तक तो मैंने कभी नोटिस नहीं लिया, मगर अब मैं जब भी कमरे की साफ़-सफ़ाई करने आती तो खिड़की से सटी यह

कुर्सी मुझे आमन्त्रित करती मालूम पड़ती। मैं ललककर उस ओर जाती मगर उस कुर्सी में कुछ ऐसा था कि जो माँ के पद की गरिमा से जुड़ा था, मैं उस पर बैठ नहीं पाती, ठिठक कर खड़ी रह जाती। ऐसा लगता, कोई मुझे पिछले जन्म के सम्बन्ध-सा उस ओर खींचता था। हाँ, वह था लम्बा रजिस्टर जिसके भीतर से दबी हुई आहटें मुझे आवाज़ देती थीं।

एक दिन मैं माँ का बिस्तर झाड़ रही थी। माँ बाथरूम में थीं। जाने किस आकर्षण से मैं मेज़ के सामने खड़ी हो खिड़की से बाहर देखने लगी। सामने बाड़ी में खड़ा पीपल का पेड़ लहरा रहा था। बहुत मोहक अनुभूति हो रही थी। पता ही न चला, मैं वहाँ कब तक खड़ी रही। कब मेरे हाथ मेज़ पर रखे रजिस्टर को सहलाने लगे और मैं उसके पन्ने पलटने लगी...उन पन्नों में झाँकती कहानी की उँगली थाम मैं जैसे अँधेरे कुएँ में प्रवेश करती जा रही थी...छप्प की आवाज़ जो उस दिन कुएँ से आयी थी, वैसी कई अनजान आवाज़ें मुझे अपरिचय से परिचय की ओर ले जाने को बेताब थीं... अनसुलझी पहेलियों से जुड़े रजिस्टर के शब्द धीमी-अनसुनी आहटों के साथ मुझे बीते समय की अन्तर्गुफाओं में लिए जा रहे थे...

...बाबा माँ से लगभग दस साल बड़े थे। माँ बाबा की दूसरी पत्नी थीं। माँ को पढ़ने का बहुत शौक था। इसी चक्कर में उन्होंने देर तक शादी नहीं की। उस ज़माने में बीस से ऊपर की लड़की कुँवारी रह जाये तो दस बातें होती थीं कि जाने क्या खोट होगा जो अब तक शादी नहीं हुई। माँ का भी ऐसा ही था। वो बाइस पूरे कर चुकी थीं और अब लड़का मिलने में दिक़्क़त हो रही थी। आख़िर नानाजी ने यहीं रिश्ता पक्का कर दिया। बाबा दुहाजू तो थे मगर पहली पत्नी से कोई सन्तान नहीं थी और उस पत्नी को गुज़रे भी चार-पाँच साल बीत चुके थे। बाबा का घर काफ़ी सम्पन्न और पढ़ा-लिखा था...

अब मुझे रजिस्टर को पढ़ने का चस्का लग गया था। मैं अक्सर तब इस कमरे में आती जब माँ नहाने गयी होतीं। धीरे-धीरे उस थोड़े से समय में एक जीवन खुलता जा रहा था। वह मन मेरे सामने उभरता जा रहा था, जिसे अक्षर-अक्षर पढ़ने की चाह पहले दिन से मेरे मन में थी...

...बाइस वर्ष की माँ जब ब्याह कर इस घर में आयीं तो बहुत ख़ुश थीं। बाबा के रूप में उन्हें समान सोच वाला साथी मिल गया था। उम्र का फासला आड़े न आया, वे एक-दूसरे के साथ ख़ूब बतियाते। वे दोनों बाड़ी में कुएँ से सटी सीढ़ियों की ओट में घण्टों बैठे रहते और कनेर की मदमाती गन्ध अपनी साँसों में भरते। माँ को कनेर की महक बहुत भाती थी। बाड़ी में एक भी कनेर खिला होता तो उसकी सुगन्ध ऊपर तक आ पहुँचती। पूजा-पाठ में माँ कनेर का फूल ज़रूर चढ़ातीं। पूरा घर गमगमाता रहता। एक रोज़ बाड़ी में पानी पटाते हुए माँ ने थककर कहा, "कितनी बड़ी है यह बाड़ी, पानी पटाते-पटाते ही प्राण निकल जायें।"

बाबा ने झट माँ के मुँह पर हाथ रख दिया, "फिर कभी ऐसी बात न कहना, मैं बाड़ी ही हटा दूँगा।"

"मेरा वो मतलब नहीं था..." माँ ने बहुतेरा समझाया कि बाड़ी में तो प्राण बसते हैं उनके। तब कहीं जाकर बाबा ने बाड़ी हटाने का निश्चय वापस लिया। मगर उन्होंने कुएँ से जोड़ते हुए ज़मीन के भीतर-ही-भीतर कुछ इस तरह से पाइप की फिटिंग कराई कि न केवल पूरी बाड़ी में, बल्कि ऊपर वाले गुसलखाने में भी अपने आप ही पानी पहुँचने लगा। अब वहाँ पानी पटाने के लिए कुएँ से बाल्टी खींचने की ज़रूरत नहीं थी।

बाबा माँ का बहुत ध्यान रखते थे, उन्हें किसी तरह का कष्ट नहीं होने देते। एक तो कि वे अपनी पहली पत्नी को खो चुके थे दूसरा कि वे माँ को बहुत प्यार करते थे। बाबा की तरह माँ को भी साहित्य, संगीत में बहुत रुचि थी।

माँ को गाने का शौक था। संगीत सिखाने गुरु जी घर पर आया करते। मुख्य द्वार की सीढ़ी के साथ, पहली मंज़िल पर बना, कोने का कमरा माँ का संगीत कक्ष था। किसी बाहरी व्यक्ति को ऊपर आने की छूट नहीं थी, मगर माँ की सुविधा और गुरु जी के आदर स्वरूप यह कमरा संगीत के लिए सुरक्षित कर दिया गया था। बाहरी व्यक्तियों में बस गुरु जी ही थे जो ऊपर तक आते, मगर बस, पहले कमरे तक, भीतर नहीं। माँ रोज़ एक-से-एक बन्दिश लेकर गुरु जी के पास हाज़िर होतीं, जिसे गुरु जी सुर में बाँधते और वे बड़े शौक से गाया करतीं।

एक दिन गुरु जी ने पूछ लिया कि ये ख़ूबसूरत शब्दावली किसकी है तो माँ ने बताया था कि ये पद बाबा का लिखा था। बस, फिर क्या था। गुरु जी ने बाबा को भी साथ बिठा लिया। उनके लिए तबला-डुग्गी लाया गया। फिर तो संगत बैठने लगी। तीनों के मिलने से मण्डली पूरी हो गयी। माँ सितार बजातीं और गातीं, बाबा तबले पर थाप देते और गुरु जी हारमोनियम पर संगत करते।

उस दिन माँ दिन भर गुनगुनाती रहीं–कह ना पाया मन की बात, बीत गयी सखि सारी रात...

गाने में मगन माँ खाना बना रही थीं कि अचानक बाबा दरवाज़े की ओट से गीत सुनते हुए पकड़े गये।

"अच्छा जी, चोरी से सुनते हैं मेरा गीत?" माँ ने उलाहना दिया।

"चोरी तो तुमने की है मेरे गीतों की..." बाबा तुनककर बोले थे। "अच्छा कौन-सी बात है जो कह न पाये अब तक?" माँ ने इसरार से पूछा था और वह रात तारों जड़े आसमान के नीचे बातों में कट गयी।

जब भोर का पंछी चहका तो दोनों का ध्यान टूटा।

"कह ना पाया मन की बात, बीत गयी सखि सारी रात..." बाबा ने भोर का तारा देखते हुए दोहराया था।

उस रोज़ भी बाबा ने एक और गीत लिखा था, वह भी अधूरी बात और मुलाक़ात का था। माँ लिखती हैं कि शायद उन्हें भान हो गया था कि उनके पास समय कम है।

इतना सब पढ़ने के बाद मैं ख़ुद को रोक नहीं पायी और एक रोज़ चुपके से मैंने सीढ़ी के साथ वाला कमरा खोल दिया...जरीदार साड़ी में लिपटा सितार अलमारी के साथ लगी दीवार से सटा पड़ा था, जिसकी बग़ल में तबला-डुग्गी ढका था। सामने की तरफ़ हारमोनियम रखा था...सभी वाद्य माँ की रेशमी साड़ियों से ढंके थे। सुन्दर जड़ाऊ, रेशमी साड़ियाँ, जो माँ उन दिनों पहना करती होंगी। लगा जैसे हारमोनियम पर गुरुजी बैठे हैं, दूसरी तरफ़ तबले पर बाबा और उनकी बग़ल में दुल्हन-सी सजी माँ हाथ में सितार थामे मधुर तान में गा रही हैं। मेरे पाँव सितार की तरफ़ खिंचते चले गये। मैंने उत्सुकता से उस पर पड़ी साड़ी

को उघाड़ा तो जैसे 'झन्न' की आवाज़ से कमरा झंकृत कर उठा हो। घबराकर मैं पीछे को पलटी, जल्दी से कमरा बन्द कर बाहर आ गयी।

मेरा पूरा शरीर तरंगित था। पिछवाड़े की सीढ़ी पार कर मैं कुएँ के पास जा पहुँची। कुएँ के तल का पानी झिलमिला रहा था, धुँधले-धुँधले दृश्य उभर रहे थे...छन्न-छन्न की ध्वनि के साथ जड़ाऊ साड़ी में लिपटी माँ की झलक दिखाई दे रही थी...मोहक तान में डूबी मैं बाड़ी में टहलने लगी। गुड़हल, कनेर और चाँदनी के फूलों से लदी समूची बाड़ी मेरे साथ थिरकने लगी... पीपल भी जैसे मेरे भीतर चल रहे संगीत पर झूमने लगा...हवा भी जैसे लयबद्ध हो कर बह रही थी...

'ना कह पाया मन की बात, गुज़र गयी सखि सारी रात...' मेरे होंठ फड़कते हैं, धुन टटोलते हैं, मैं गाने की कोशिश कर रही हूँ कि कोई टोकता है–'ना कह पाया' नहीं, 'कह ना पाया' और 'गुज़र' की जगह 'बीत' कहो।

"क्या अन्तर है दोनों में?" मैं हैरानी से पूछती हूँ।

"कह ना पाया, में जो मलाल है, वह ना कह पाया, में नहीं।" अन्तर्मन में कोई समझाता है, "यानी बातें तो बहुत-सी कीं पर मन की बात फिर भी न कह पाने का मलाल रह ही गया..."

"अच्छा।"

मैं मान लेती हूँ, "मगर गुज़र गयी और बीत गयी, तो एक ही बात है?"

"शब्दावली का अन्तर है..." पीपल का एक सुनहला पत्ता ठीक मेरे सर पर टपका। जैसे बाबा ने प्यार से थपकाया हो, "ये बन्दिश देशज शब्दों की है, यहाँ गुज़रना शब्द सटीक नहीं बैठता..."

"बात तो सही है!"

मैं पीपल की छाया में बैठ गयी। एक अनसुनी धुन मन में गूँजने लगी।

हालाँकि, इससे पहले मैंने कभी शास्त्रीय संगीत को ध्यान से सुना भी नहीं था। हाँ, राघव के जन्मदिन पर हम ज़रूर होटल सुर-सरगम जाया करते जहाँ खाने के साथ संगीत भी सुना जाता। वहाँ देखा था माँ को आँखें मूँदकर संगीत में विभोर होते हुए। मैं तब भी संगीत तो पता नहीं कितना समझ पाती थी, मगर माँ की तल्लीनता का सुख ज़रूर उठाया करती। बाबा के बाद बाक़ी तो सब

ख़त्म हो गया मगर माँ ने यहाँ आना नहीं छोड़ा। वर्ष भर का बस यही एक दिन होता जब मैं माँ को थोड़ा-सा खुलते हुए देखती।

रजिस्टर मेरे हमराज-सा मुझसे बहुत कुछ साझा करने लगा था...

जब लम्बे समय तक माँ की गोद नहीं भरी तो पास-पड़ोस में बातें होने लगीं कि पिछली पत्नी का शाप लगा है, इनका वंश आगे न बढ़ेगा...माँ-बाबा इन बातों पर ध्यान देने के बदले संगीत में खोये रहते।

एक दिन संगीत की आवाज़ सुनकर पिछवाड़े के जोगिया टोले से माधव नाम का एक नवयुवक बाबा के पास आया। उसने बताया कि वह संगीत के दम पर कुछ करना चाहता है, जबकि उसके पिता ढाबा चलाते थे और उससे भी यही उम्मीद करते थे। बाबा ने बीच का रास्ता निकाला और सलाह दी कि वह एक ऐसा रेस्तरां खोले जहाँ भोजन के साथ लाइव गीत-संगीत भी चलता हो। 'सुर-सरगम' नाम भी बाबा का ही दिया था। नये कॉन्सेप्ट का यह रेस्तरां सचमुच चल निकला। माधव के पिता ने बाबा को लाखों आशीषें दीं। यह उनका आशीष ही समझो कि इस घटना के साल भर के अन्दर ही राघव का जन्म हुआ और उधर यह रेस्तरां सुविधा सम्पन्न होटल में बदलने लगा। माँ ने राघव को माधव के पिता का आशीर्वाद माना और माधव की तर्ज़ पर ही इनका नाम राघव रखा।

माँ के जीवन में बहुत संघर्ष रहा पर माँ ने कभी शिकायत नहीं की। बाबा के साथ बिताए थोड़े समय को उन्होंने लम्बी यात्रा से बढ़कर माना और भाग्य की विडम्बना को ईश्वर के दिये प्रसाद की तरह स्वीकारती रहीं।

हाँ, अब वे गाती नहीं थीं, बाड़ी की तरफ़ आना बिल्कुल ही बन्द हो गया, कनेर के फूल बेरौनक हो गये। वे ऊपर बने बाथरूम का इस्तेमाल करने लगीं और ये कुआँ और बाड़ी उपेक्षित-से पड़ गये।

बाड़ी से निकलकर मैं ऊपरी तल्ले के आँगन में चली आयी। कुएँ से सटी सीढ़ियों पर देखा, कबूतर का एक जोड़ा एक-दूसरे के साथ चुहल कर रहा है। एक गिलहरी कुएँ की जगत पर दौड़ लगा रही है। सूखे पत्तों की चरमराहट से ठिठक पड़ती गिलहरी सहमकर दायें-बायें देखती, फिर दौड़ लगाने लगती।

पता नहीं, उसे कहाँ जाना है। वह कुएँ से पीपल और फिर पीपल से कुएँ की तरफ़ गश्त लगा रही है। मैं अपने भीतर अजीब-सी बेचैनी महसूस कर रही हूँ।

माँ का स्वास्थ्य लगातार गिरता जा रहा है। मेरे भीतर कोई कह रहा है कि उनका साथ बहुत दूर तक का नहीं रहा है। माँ की उम्र तो साठ से कुछ ही ऊपर है, मगर चेहरे पर असमय पड़ी लकीरों में सुदीर्घ यात्रा की कितनी कहानियाँ दफ़्न हैं।

मेरी निगाह माँ के कमरे की तरफ़ आ टिकी है। खिड़की का पल्ला फट-फट कर रहा है। मैं आगे बढ़कर खिड़की का पल्ला टिकाना चाहती हूँ तो पाती हूँ कि उसकी एक तरफ़ की चिटकनी टूट गयी है। खटखट की यह आवाज़ बेहद नागवार है। नीचे पड़ा छोटा-सा पत्थर उठाकर मैंने खिड़की के पल्ले में अटका दिया। आवाज़ थम गयी। पल्ला स्थिर हो गया। खिड़की से दिखाई पड़ती लकड़ी की मेज़ और कुर्सी कितने बेबस मालूम पड़ रहे हैं।

रजिस्टर के पन्ने, खिड़की से आती हवा में फड़फड़ा रहे हैं। ओह, मैंने आज रजिस्टर खुला छोड़ दिया क्या? ऐसी भूल कैसे हो गयी? हवा के झोंके तेज़ी से रजिस्टर के पन्ने पलटते जा रहे हैं। गश्त लगाती गिलहरी ऊपर आँगन में आ पहुँची है और इधर से उधर भटक रही है...शान्त रहने वाला पीपल भी आज बेचैन-सी आवाज़ कर रहा है। जैसे कोई किवाड़ तोड़कर अन्दर आना चाहता हो...

"वृन्दा...." राघव ने असहाय स्वर में मुझे आवाज़ दी।

किसी अनहोनी की आशंका से दौड़ती हुई मैं माँ के कमरे में दाख़िल हुई।

"कुछ ज़रूरी बात कहनी है," माँ का स्वर हाँफ रहा था।

"ज़रूर कहियेगा, मगर थोड़ी साँस तो ले लें," मैं उनका सिर दबाने लगी।

"नहीं दुल्हन, साँसें पूरी हो रही हैं। इतने में ही बात भी पूरी करनी है मुझे..."

'कह ना पाया मन की बात, बीत गयी सखि सारी रात...' कहीं दूर किसी ने तान भरी हो जैसे...

माँ ने बताया कि वे नहीं चाहतीं कि मरने के बाद उनके अन्तिम संस्कार पर लकड़ियों के गट्ठे बर्बाद किये जायें। उन्होंने इच्छा रखी कि उनके शरीर को विद्युत शवदाह गृह को सौंप दिया जाये और अस्थि-कलश नदी में विसर्जित न किया जाये।

मैं हैरानी से देख रही थी कि अपनी ज़िन्दगी की साँझ का दिया वे अपनी तरह से बुझाना चाहती थीं। कुछ इस तरह कि बुझने के बाद भी कहीं कालिख न रहे। मन को संयत रखते हुए हम उनकी वसीयत सुन रहे थे जो वह अपनी आने वाली पीढ़ियों के नाम छोड़े जा रही थीं।

"सुनो, मेरी राख भी वहीं पीछे बाड़ी में पीपल के नीचे ही दबा देना..." उन्होंने राघव की ओर कातर निगाहों से देखा, "फिर पीपल का पाट चौड़ा भी करा देना और ऊँचा भी"

मैं स्तब्ध थी, "तो क्या बाबा भी...?"

मेरे शरीर में झुरझुरी उतर आयी।

"तुम्हारे बाबा की राख को नदियों में बहाकर जल को प्रदूषित नहीं किया मैंने।" माँ कह रही थीं, "उस राख को वहाँ बाड़ी में दबाकर उस पर पीपल का पेड़ लगाया जिसकी हवा तुम सभी को बहुत भाती है।"

हम सभी अविश्वास से उनकी ओर देख रहे थे।

हवा ने एक ख़ास लय में हामी भरी...जैसे वह अपना आभार प्रकट कर रही हो!

हुनहुना रे...हुनहुना...हुनहुना रे...हुनहुना...हवा गा रही थी...

...जैसे डोली उठाते समय कहार गाते हैं!

खिड़की के पार पीपल उन्मत्त झूम रहा था।

धितंग...धितंग...खिड़की का पल्ला फिर बजने लगा था, उसके पल्ले में अटकाया पत्थर वहाँ से निकल गया था।

माँ के होंठ अस्फुट स्वर में फड़फड़ा रहे थे...वो क्या कह रही थीं, हम नहीं समझ पा रहे थे। मैंने आगे बढ़कर खिड़की का पल्ला बन्द करना चाहा कि अचानक निकली हिचकी की ध्वनि ने मुझे दो क़दम पीछे धकेल दिया, ठीक वैसी ही ध्वनि जैसी उस रोज़ कुएँ से निकली थी और मैं सिहर गयी थी...बिल्कुल वैसी ही सिहरन जो मैंने संगीत कक्ष में सितार पर ढंकी साड़ी उघाड़ते समय महसूस की थी...

पीपल के पत्तों से तबले की थाप सुनाई दे रही थी...और हवा से उड़कर कोई जरीदार चूनर पीपल के पेड़ पर आ टँगी थी...

(अक्षरा)

धिनाधिन...धिन...धिनाधिन...

हल्की बरसात के बाद मौसम सुहावना हो गया था। रास्ते में बिछे सुनहले पत्तों से आती चर्र-मर्र की आवाज़ अस्फुट-सी कुछ कह रही थी जो समझ न आ पाने के बावजूद बड़ी भली लग रही थी। शान्ति पथ के दोनों ओर सजी रंगीन फूलों की क़तारें और बीच-बीच में रंगोली-सी बनाते हुए घुमेरदार गलियारे... कॉलेज जाने का ये रास्ता मुझे हमेशा ही लुभाता रहा है, मैं इसी कॉलेज में पढ़ी और अब यहीं पढ़ा भी रही हूँ। ऊँची-नीची पहाड़ियों पर चढ़ते हुए महसूस होता, जैसे इन पहाड़ियों की गोद में समायी यह गर्ल्स कॉलेज की बिल्डिंग नहीं, बल्कि कोई रूप गर्विता नायिका हो जो पहाड़ियों की ओट में नज़ाकत के साथ खड़ी किसी का इन्तज़ार कर रही हो। उसे मैंने पहली बार यहीं देखा था, ठीक इसी जगह। दलाल के चंगुल से छुड़ाई गयी कुछ और लड़कियों के साथ वह भी यहाँ लायी गयी थी। वह नहीं जानती थी कि वह किस भयंकर जीवन का हिस्सा बनने से बचा ली गयी थी। वह नहीं जानती थी कि उसकी ज़िन्दगी मौत से बदतर हो सकती थी। वह ख़ुशक़िस्मत थी कि उनके चंगुल से छुड़ा ली गयी थी। वह ख़ुशक़िस्मत थी कि वह ख़ुशक़िस्मती या बदक़िस्मती का मतलब नहीं जानती थी। मैंने उसकी तरफ़ ग़ौर से देखा–साँवला रंग, छोटी-छोटी आँखें, चपटी-फूली नाक, मोटे-काले होंठ और घुँघराले बाल। इतनी जायदाद के साथ, सोलह-सत्रह साल की वह आदिवासी लड़की, दिल्ली जैसे महानगर में अपनी जन्नत बसाने की हसरत लिए चली आयी थी। उसके भीतर से एक जिद्दी आत्मविश्वास झाँक रहा था, जिसने मुझे बेतरह आकर्षित किया और मैंने उसे अपने पास बुला लिया। अपनी प्रधानाचार्या के द्वारा चलाये जा रहे एन.जी.ओ. के शर्तनामे पर हस्ताक्षर कर मैंने उसे अपने साथ रखने की इज़ाज़त ले ली।

रूपन्ती, उसने अपना नाम बताया जो मुझे उसके काफ़ी अनुकूल लगा। घर के काम समेटती वह मेरे साथ ही कॉलेज आ जाती जहाँ एन.जी.ओ. द्वारा चलाये जा रहे स्कूल में वह भी और लड़कियों के साथ पढ़ाई करती। ख़ाली वक़्त में वह अपनी उम्र की लड़कियों के साथ खेलती, तो कभी हरी घास पर बैठी, यूकेलिप्टस के ऊँचे पेड़ों को अपनी छोटी-छोटी आँखों में भरती। लड़कियों के झुण्ड में वह अलग से पहचानी जाती और मेरी निगाहों के दायरे में क़ैद हो जाती। जब मैं उसे कुछ बताती तब उसकी आँखे हैरत से भर जातीं, जैसे मैं किसी और ही दुनिया के बारे में बता रही हूँ। यह दुनिया उसके लिए सचमुच ही दूसरी दुनिया थी, वरना जंगलों का उन्मुक्त स्वभाव उसकी जीवन शैली का हिस्सा था। वह बड़ी ज़िम्मेदारी से स्कूल में सिखाये पाठ याद करती, साथ ही मुझे अपनी भाषा के गीत सुनाती। कभी-कभी वह मुझे आदिवासी नृत्य भी दिखाती। मैंने महसूस किया कि अपनी सादगी के साथ वह सचमुच सुन्दर थी। हैरानी से खुली उसकी आँखें, उसकी सुन्दरता को और बढ़ा देतीं।

मैंने पाया था कि रूपन्ती के भीतर जानने-समझने की तीव्र लालसा थी। वह मेरी बातों को बड़े ध्यान से सुनती और निरन्तर अपनी सहमति जताती रहती। मगर जब तक उसे कोई बात समझ नहीं आती, वह अपनी गरदन नहीं हिलाती। पूछे जाने पर भी वह ख़ामोश देखती रहती। मैं दोबारा किसी और तरह से अपनी बात को समझाती। समझ आ जाने पर उसके चेहरे की खोई हुई रंगत वापस लौट आती। वह ख़ुद इतना नहीं बोलती, जितनी उसकी आँखें बोलतीं। उसकी सहमति-असहमति, हैरानी, जिज्ञासा सब उसकी आँखों से ज़ाहिर हो जाता। कहने को उसे अपनी भाषा के अलावा किसी दूसरी भाषा का ज्ञान नहीं था। मगर वह समझती हर भाषा थी। उसकी आँखों में सैंकड़ों सवाल तैरते और वह हर सवाल का जवाब तलाशती। मेरी भरसक कोशिश होती कि मैं उसकी हर जिज्ञासा शान्त कर सकूँ और उसे नयी जानकारियों से समृद्ध कर सकूँ।

वह जल्दी ही शहर की बोली बोलने लगी थी। मैं डरती थी कि कहीं वह अपना गंवईपन छोड़कर शहर वाली न बन जाये। मगर मैंने महसूस किया था कि शहरी आकर्षण के बावजूद उसका अपने गाँव-घर से अटूट सम्बन्ध था। अपने ग्रामीण जीवन से सीखी कई तरह की अनोखी जानकारी देकर वह भी मुझे अचम्भित कर देती।

"मौसम बदलने वाला है, जाड़ा और पड़ेगा..."

उसकी बात पर मैं हँस पड़ती, "तुझे मौसम विभाग वालों का फ़ोन आया था?"

वह अपनी बात अजीब तर्कों के साथ सिद्ध करती। कई बार वह किसी पक्षी को दिखाकर आने वाले वक़्त की जानकारी इस तरह बताती जैसे वह उन पक्षियों की बोली समझती हो और उन पक्षियों ने उसके कान में यह जानकारी दी हो कि जल्दी ही यहाँ तूफ़ान आने वाला है। चूहे की उछल-कूद देखकर, भूकम्प के बारे में की गयी उसकी उद्घोषणा मेरे लिए अविश्वसनीय सत्य थी।

उसकी दुनिया मेरे लिए भी विस्मय का विषय है। उसे मेरे साथ रहते तीन साल बीत चुके हैं और अब वह एक समझदार, परिपक्व लड़की बन चुकी है। मेरे अकेलेपन को एकान्त में बदलने वाली इस लड़की की मेरे जीवन में बहुत अहमियत है। उसकी ख़ामोशी मेरे एकान्त की लय को टूटने नहीं देती, तो उसकी चपल आँखें निरन्तर संवाद की प्रतीक्षा में दिखाई पड़ती हैं। उसका होना ऐसा है जैसे वह है भी, मगर उसके होने की कोई आहट भी नहीं। उसने बड़ी होशियारी के साथ मेरी ज़रूरतें समझ ली थीं और वह मेरी समय सारिणी के मुताबिक क़दमताल करती मिलती। घर के काम निपटाकर, वह मेरे कॉलेज जाने के समय पर तैयार मिलती। मेरे एकांगी जीवन में वह मेरी सहयोगी भी थी और साथी भी। मेरा उससे रिश्ता इतना घनिष्ठ हो चुका था कि वह कभी मुझे किसी बच्ची-सी मालूम पड़ती, तो कभी ज़िम्मेदारियों से भरी माँ जैसी लगती। मैं उसके लिए बहुत कुछ तो नहीं कर पायी मगर हाँ, ज़िन्दगी को लेकर उसके ख़ूबसूरत भ्रमों को बचाये रखने की कोशिश लगातार करती रही हूँ। उसकी सादगी और निश्छलता देखकर मुझे अक्सर यह भय लगता कि अगर उसे हक़ीक़त की कठोरता से रूबरू होना पड़ा तो ज़िन्दगी में कुछ भी नहीं बचेगा–न ये नदियाँ, न पहाड़, न झर-झर बहते झरने, न हरियाली घाटियाँ। तब धरती बाँझ हो जायेगी और पर्वत संन्यासी।

एक रोज़ उसने मुझे अपनी बोली में कुछ गुनगुनाते हुए एक ख़ास तरह का नृत्य दिखाया।

धिनाधिन...धिन...धिनाधिन... की आवाज़ के साथ, कभी वह अपने सिर को गोल-गोल घुमाती तो कभी हाथ-पैरों को।

मैं इस नृत्य को देखकर हँसने लगी।

धिनाधिन...धिन...धिनाधिन... इसके सिवा मेरी समझ में कुछ नहीं आया।

उसने बताया कि ये ऐसी तितलियों का गीत है जो किसी के मरने की प्रतीक्षा में इस ख़ास प्रकार के स्वर में गुनगुनाती हैं। उसने बताया कि इस प्रजाति की तितलियाँ शिकार कर अपना भोजन नहीं जुटातीं, बल्कि अपनी विशेष प्रकार की भनभनाहट के साथ नृत्य करते हुए आसन्न मृत्यु का जश्न मनाती हैं, इसलिए इनकी मौजूदगी मृत्यु का संकेत मानी जाती है।

उसकी इस जानकारी से मैं अचम्भित रह गयी मगर उसे कोई अचम्भा नहीं था, न ही कोई शिकायत थी। फिर भी, मेरे चेहरे पर छाई मायूसी को देखते हुए उसने दूसरा गीत सुनाया। उसका महीन स्वर इस बार कुछ उल्लास लिए हुआ था मगर मैं बहुत सामान्य नहीं रह पायी। उसने मेरा हाथ पकड़कर मुझे खड़ा कर दिया और मेरी कमर में हाथ डालकर अपने पैर आगे-पीछे करते हुए आदिवासी ढंग से नृत्य करने लगी। उसने बताया, वहाँ की लड़कियाँ सामूहिक स्वर में इस तरह का गीत गाते हुए जंगल के देवता से सबके हित की कामना करती हैं।

एक बार उसने आटे की छोटी-छोटी गोलियाँ बनाकर, चाशनी में उबालकर मुझे खिलाईं।

उसका स्वाद बहुत भाया नहीं तो ऐसा ख़राब भी नहीं लगा।

"अच्छा है।" प्रतिक्रिया को उत्सुक, उसकी आँखों को देखकर मैं हँस दी।

वह ऐसे ख़ुश हो गयी जैसे उसका जंगल शहर से जीत गया हो।

फिर तो वह अक्सर ही मुझे अपने पारम्परिक भोजन का स्वाद चखाने लगी। मुझे पता ही नहीं चला कि कब और कैसे महानगर के इस आधुनिक फ्लैट में एक आदिवासी जंगल हावी होने लगा। कई बार तो मैं भी उसके अभिवादन का उत्तर 'जोहार' कहकर देती। जब मैं उसे 'आसो जुआ' कहकर बुलाती या 'बसो जुआ' कहकर बैठने को कहती तो वह बेतरह ख़ुश हो जाती। उसकी बोली, उसके गीत, खेल-ही-खेल में मेरी दिनचर्या में हिस्सेदारी करने लगे थे। कभी-कभी मैं सोचती कि उसके साथ उसके गाँव चलूँ, मगर फिर यह

सोचकर डर जाती कि कहीं वहाँ जाकर, उसकी जंगल की दुनिया में वापस लौट जाने की इच्छा जाग उठी तो मेरा काम कैसे चलेगा। सच है, स्वार्थ हम शहरी लोगों की ख़ून में आ बसा है।

आज के ख़ुशनुमा मौसम में बीती कई बातें यादों में घुमड़ने लगी थीं और मानसिक दुनिया में मैं बहुत लम्बी सैर कर आयी थी वरना पिछले कुछ रोज़ से तो बिस्तर से हिलने-डुलने का भी मन नहीं कर रहा था। दरअसल कुछ समय से माहवारी बहुत अनियमित हो गयी है। कभी दो-तीन महीने आती ही नहीं, तो कभी अतिरेक हो जाती है। अपने स्वभाव का भी इन दिनों कोई ठिकाना नहीं रहता। वो तो रूपन्ती है तो सँभाल लेती है। डॉक्टर कहती है, आजकल चालीस की उम्र में भी मीनोपॉज हो जाता है। ये दिन भावात्मक अतिरेक के भी होते हैं, शायद इसी क्रम में मैं पिछली बातें दोहराने लगी थी।

आज तबीयत कुछ बेहतर मालूम पड़ी तो घर से निकलने को मन कुलबुलाने लगा। सोचा, कॉलेज चलती हूँ, कोई क्लास लूँ या न लूँ, कम-से-कम रूटीन तो बदलेगा मगर जैसे ही घर से बाहर निकलने लगी कि लड़खड़ा गयी। रूपन्ती ने झट बढ़कर सहारा दिया और सँभालकर मुझे घर वापस ले आयी। मेरे सिर में तेल ठोकते हुए वह अचानक ही पूछ बैठी,

"दीदी, मेरे गाँव चलोगी? वहाँ ऐसी कई जड़ी-बूटियाँ हैं जिनका रस पीने से ख़ून बहना भी रुक जायेगा और कमज़ोरी भी दूर हो जायेगी..."

रूपन्ती की बात सुनकर मैं थोड़ा असहज हो गयी। इसे कैसे पता, मुझे क्या परेशानी है? हो सकता है, इसने डॉक्टर के साथ मेरी बातचीत सुनी हो और अन्दाज़ा लगाया हो। ख़ैर, जो भी हो, मैं इस तरह की बातों में हिस्सेदारी करने की आदी नहीं थी। मुझे अभी भी ध्यान है, जब मैं पहली बार इस तरह के परिवर्तन से गुज़री थी तो एकान्त में बैठकर ख़ुद को लड़की होने पर कितना कोसा था। कितने ही अवसरों पर इस अवस्था के कारण मेरी प्रतिभाएँ बाधित हुई थीं। माँ ने बहुतेरा समझाया कि स्त्री होने के लिए यह ज़रूरी है, यह स्त्री को पूर्णता प्रदान करता है, इसके बाद ही वंश आगे बढ़ता है, मगर मैं महीनों अपनी लाचारी पर रोती रही। मैं पूछना चाहती थी कि पुरुष की पूर्णता के लिए ऐसी सज़ा से गुज़रना ज़रूरी क्यों नहीं होता, जबकि वंश तो उनके नाम का चलता है और भी बहुत से प्रश्न मन में उठते, मगर मैं इसी असहजता के

कारण कभी पूछ नहीं पायी। आज रूपन्ती का इस तरह खुले तौर पर कुछ कहना मुझे चौंका गया। मुझे तो यह भी अन्दाज़ा नहीं था कि रूपन्ती इन बातों के बारे में जानती भी है।

"तुम्हें महीना...होता है? मुझे तो आजतक पता ही नहीं चला..." थोड़ा हकलाते हुए मैं पूछ बैठी। दरअसल इसने आज तक मुझसे ऐसा कोई सामान भी नहीं मँगवाया, जबकि उसकी हर ज़रूरत का सामान मैं ही ख़रीदकर लाती थी।

मेरे संशय पर वह विजय गर्व से मुस्करा रही थी। उसने मुझे बड़ी ही खुफिया जानकारी देते हुए बताया कि यहाँ लाने से पहले एजेंट ने सभी लड़कियों को कुछ ऐसी जड़ी-बूटियाँ खिलाई थीं, जिससे उनका मासिक धर्म होना रुक गया।

"मतलब?" मैं हैरानी से चीख़ पड़ी, "तुमने क्यों कराया ऐसा?"

उसने बताया कि एजेन्ट ने नौकरी पर लगाने की यह शर्त रखी थी। उसके मुताबिक ऐसा करवाने से इन लड़कियों को कई तरह की परेशानियों से बचाया जा सकेगा।

मैं सकते में आ गयी। यह क्या कह रही है? कैसी परेशानियों से बचाया जा सकेगा? मतलब अब इस शरीर को नोचो-खसोटो, कोई चिन्ह नहीं रहेगा...?

शहर देखने और शहर में जाकर पैसा कमाने का सपना देखने वाली बेचारी भोली-भाली लड़कियाँ, कहाँ जानती हैं कि इन्होंने कितना बड़ा सौदा किया है। मैं उसे बताना चाहती थी कि स्त्री की पूर्णता इसके बिना नहीं है और इस मुसीबत से बचकर न केवल वह मातृत्व सुख से वंचित रह जायेगी बल्कि उसकी वंश-बेल का विकास रुक जायेगा। ऐसी कई बातें जिनके प्रति मेरी माँ ने मुझे सजग किया था, वे सब मेरी ज़ुबान पर थीं। अब तक शायद मेरे लिए औरत होना व्यक्ति होने से अधिक महत्त्वपूर्ण नहीं था, मगर रूपन्ती से उसका यह अधिकार छीने जाने की साज़िश ने अचानक ही इसे सर्वाधिक महत्त्वपूर्ण बना दिया।

अगले ही दिन मैं उसे अपनी गायनेकोलॉजिस्ट के पास ले गयी। कई तरह की जाँच के आधार पर दी गयी डॉक्टर की रिपोर्ट मेरी आशंका से परे नहीं थी। मन बड़ा आहत हुआ। सम्बन्धों को लेकर मेरी व्यक्तिगत धारणा बहुत संवेदनशील रही है, जिसकी वजह से मैंने ख़ुद को विवाह और परिवार

के बन्धन से दूर रखा था मगर रूपन्ती के आने के बाद मेरी धारणाएँ बहुत हद तक बदली थीं। रूपन्ती के साथ हुए इस छल को मैं बर्दाश्त नहीं कर पा रही थी। मैंने डॉक्टर से देर तक इस सम्बन्ध में बात की। डॉक्टर ने मुझे कुछ उम्मीद बंधाई और मैं उसके कहे मुताबिक उसका नियमित उपचार कराने लगी।

वक़्त बीतता रहा मगर हुआ कुछ नहीं, बस मेरा इन्तज़ार मेरे सब्र का इम्तिहान लेता रहा। फिर मैंने डॉक्टर बदल लिया। कई डॉक्टर बदल लिए। रूपन्ती मेरे कहे अनुसार सब करती रही। जहाँ-जहाँ मैं उसे ले जाती रही, वह जाती रही। जो दवाइयाँ मैं उसे देती रही, वह खाती रही मगर नतीजा सिफर ही रहा। इधर रूपन्ती के स्वभाव में अचानक ही ठहराव-सा आ गया था। अब वह काम करते हुए गुनगुनाती नहीं थी, मुझसे जिज्ञासा भरे सवाल नहीं पूछती। वह चुप-चुप रहती। कई बार वह एकान्त में दीवार की तरफ़ टकटकी लगाये शून्य में देखती रहती। उसकी ये ख़ामोशी मुझे तोड़ने लगी।

मैंने हिसाब लगाया कि उसे अपना घर छोड़े लगभग पाँच साल पूरे होने वाले थे और इन पाँच सालों में वह कम-से-कम दस साल बड़ी हो गयी थी। भरी जवानी में ही वह अधेड़-सी दिखने लगी थी।

"तुम्हारे गाँव चलें?"

मैंने सोचा, कम-से-कम घर जाकर, अपने लोगों से मिलकर ख़ुश तो हो जायेगी।

गाँव जाने की बात से सचमुच उसके चेहरे पर चम्पई रंग उतर आया, मगर उसके पास उसके गाँव का पूरा पता नहीं था।

"मोरा नदी पार करने के बाद बेलतुला में एक बड़ा-सा स्कूल है..." वह अपने गाँव के बारे में बताने लगी। इंटरनेट की सहायता से हम हाथीगोड़ नाम के उस गाँव का पता लगा पाये जो असम के गुड़ियाझार जंगल पार करने के बाद स्थित है।

हमने बेलतुला की टिकट बुक करा ली थी। इसके बाद गुड़ियाझार का घना जंगल था, जहाँ से यातायात का सम्पर्क नहीं था। रेल के डिब्बे में चढ़ते हुए उसके चेहरे पर बचपन की पारदर्शी तरलता उतर आयी थी। वह खिड़की से सटकर बैठी थी। बाहर के दृश्य उसके चेहरे पर उतरते जा रहे थे। हरे पेड़ों की छाया, उस पर आ-जा रही थी। उज्जड्डु हवा साधिकार उसके बालों से ढिठाई कर रही थी। अपनी आँखों के रास्ते वह हरे मैदानों में उतरती जा रही थी, धूलदार पगडण्डियों पर दौड़ती जा रही थी। समय और स्थान की दूरियाँ, रेल की समानान्तर पटरियों-सी साथ-साथ दौड़ी जा रही थीं। लगभग दो दिन का सफ़र, रूपन्ती के बीते बरसों की कथा बाँच रहा था। कभी वह छूटे हुए गाँव की याद करती तो कभी शहर की कहानी गाँव को सुनाने लगती। खुली किताब-सा उसका चेहरा मेरी आँखों के सामने था और मैं जैसे कोई लम्बा उपन्यास पढ़ रही थी। जब हमारी ट्रेन मोरा नदी के पुल से गुज़रने लगी तो रूपन्ती के भीतर जैसे बाढ़-सी उमड़ आयी। उसकी आँखें झर-झर बरस रही थीं। आज मैं भी उसके साथ वैसे ही उपस्थित थी जैसे मैं थी भी और मेरे होने की कोई आहट भी नहीं थी। वह निर्बाध अपने एकान्त को जी रही थी, अपनी निजता में ख़ुद से बात कर रही थी, ख़ुद को सुन रही थी।

बेलतुला उतरकर हमें थोड़ा पूछना पड़ा। आगे की यात्रा हमें पैदल करनी थी। जंगल का इलाक़ा शुरू हो चुका था और वहाँ गाड़ियों की आवाजाही नहीं थी। रूपन्ती रास्तों को पहचानते हुए हामी भरती जा रही थी।

"वो देखो, टेमरस..." उसने उछलकर पेड़ से लटकता अधपका अमरूद तोड़ लिया। उसे पता था कि अधपका अमरूद मुझे कितना पसन्द है। पेड़ से तोड़े अमरूद का खिच्चा-खिच्चा स्वाद मन को तरोताज़ा कर गया। अब वह बच्चों-सी चहक रही थी। उसने अपना इलाक़ा पहचान लिया था। वह मुझे पेड़ों पर चहकती चिड़ियों से मिलवाने लगी, "मैना पाखुर...चौटाई पाखुर... पारुआ पाखुर..."

वह उन्हें भी मेरे बारे में बता रही थी। ऐसे पंछी मैंने दिल्ली में भी देखे थे, मगर कभी उनसे इस तरह बात नहीं की थी। मैं हैरान थी कि क्या सचमुच ये एक-दूसरे की ज़बान समझते थे!

“मिनौतीऽऽऽ, तिल्लोतमाऽऽऽ, गुंजरोऽऽऽ” गाँव के मुहाने पर पहुँचते-पहुँचते वह सच में अपने आपे में नहीं रह गयी थी और अपनी सहेलियों के नाम पुकारने लगी थी।

विह्वलता में वह अपनी स्थानीय बोली में कुछ बोलने लगी थी। शायद वह अपने बचपन की कोई घटना बयान कर रही थी जो इन सहेलियों से जुड़ी थी। मैं हैरान थी कि इतने समय में जो बोली उसने एक बार भी नहीं बोली थी, वह आज बरसों बाद भी उसके कण्ठ से झरने की तरह झर रही थी और जो कोयल की तान की तरह मीठी लग रही थी। वह कुछ-कुछ बोलती जा रही थी, बिना इसका एहसास किये कि मैं इसे समझ भी पा रही हूँ या नहीं। दरअसल वह तो आत्मालाप कर रही थी, जंगल-झाड़ से उनका हाल-समाचार पूछ रही थी, इतने बरसों बाद वहाँ की धूल-मिट्टी को गले लगा रही थी। उसकी हालत देखकर मैं भीतर-भीतर एक तरह की तुष्टि का एहसास कर रही थी कि मैं किसी की खोई हुई ख़ुशी का माध्यम बनी थी।

आख़िर नदी, कुआँ, जंगल, मैदान पार कर हम एक ईंटघर के सामने खड़े थे। रूपन्ती की आँखें झर-झर बरस रही थीं। घर के भीतर से मंझोले क़द का एक अधेड़ बाहर आया, रूपन्ती ‘बा’ कहकर जिससे लिपट गयी थी। वह हमें भीतर ले गया। रूपन्ती अपनी माँ से गले लगकर देर तक रोती रही। मेरी उपस्थिति गौण हो चुकी थी। वे अपनी बोली में बोल रहे थे जो मेरी समझ से परे थी। पहली बार लगा कि मैंने तो घाटे का सौदा किया। उसे तो अपनी बोली सिखा दी मगर उसकी बोली तो सीखी ही नहीं।

हाथीगोड़ बहुत सुन्दर गाँव था। वह ऐसा पिछड़ा इलाक़ा भी नहीं था, इनके गाँव को लेकर जैसी भ्रान्ति हम शहर वालों ने पाली हुई है। बल्कि सच कहूँ तो ये लोग इतने ग़रीब भी नहीं थे कि हमारे घरों में साफ़-सफ़ाई, खाना बनाने का काम करते। यानी ये लोग सचमुच बस शहर को देखने के लोभ से ही गाँव छोड़कर आते हैं। मुझे पश्चात्ताप हुआ, जिनसे हम नौकरों की तरह व्यवहार करते हैं, उनकी स्थिति हमारी स्थिति से कोई कमतर भी नहीं थी। रूपन्ती ने अपने गाँव के सभी लोगों से मेरा परिचय कराया, अपने जंगल, बागान घुमाए और ख़ूब शौक से ताज़ा मछली खिलाई। सभी कुछ आनन्ददायक था, इतना कि मेरा वहाँ से लौट आने को मन ही नहीं कर रहा

था। उसने मुझे अपने गाँव के ओझा, बाबा से भी मिलवाया और मेरी तकलीफ़ की चर्चा की। कह नहीं सकती कि यह उन जंगली बूटियों का कमाल था या उन आदिवासियों के प्यार का, कि दो दिन के भीतर ही मेरी कमर दर्द में आराम महसूस होने लगा था। मुझे उम्मीद बँधी कि रूपन्ती की भी रुकी हुई माहवारी ज़रूर शुरू हो जायेगी और वह मातृत्व के सुख को पा सकेगी। रूपन्ती मेरे बारे में तो मुझे सब जानकारी देती जाती थी, मगर अपनी बेहतरी के बारे में कुछ नहीं बता रही थी। मुश्किल यह थी कि वह गाँव वालों से अपनी बोली में बात करती थी जो मेरी समझ का हिस्सा नहीं थी। फिर भी, बात कुछ सकारात्मक नहीं मालूम पड़ रही थी, क्योंकि कुछ भी सकारात्मक होता तो वह मुझे झट बताती, उसका कुछ न बताना ही मेरी शंकाओं का जवाब था।

पता ही नहीं चला कैसे दो से तीन और तीन से चार दिन बीत गये। लौटने की इच्छा न होते हुए भी मेरे भीतर लौट चलने का दबाव तेज़ हो रहा था।

"क्या इरादा है, अब विदा दो मुझे।"

आख़िर मैंने चलने की बात उठायी, मगर उसे साथ चलने को कहने की हिम्मत फिर भी नहीं जुटा पायी। वैसे भी, अब वहाँ कुछ अधेड़ उम्र वासियों के सिवा बचे ही कितने लोग थे? ज़्यादातर लड़के-लड़कियाँ शहर भेजे जा चुके थे। पानी भरने जाती लड़कियों की टोलियाँ तो कब की गुम हो चुकी थीं। जंगली पेड़ों की टहनियों पर झूलती, रंग-बिरंगे रिबन बाँधे गीत गाती लड़कियों की आवाज़ें तो कब की सन्नाटे में बदल चुकी थीं।

चलते वक़्त मन बड़ा भारी हो गया। रूपन्ती का साथ अब मेरी ज़रूरत का हिस्सा बन चुका था। अकेले यात्रा का ख़याल भी मन को व्यथित कर रहा था। मगर उससे भी ज़्यादा, इस बात का मलाल था कि रूपन्ती की समस्या का कोई ठोस उपचार यहाँ भी नहीं मिल पाया। फिर भी, इतनी तसल्ली तो थी ही कि वह अपने गाँव वापस आ गयी थी, अपने लोगों के बीच वापस आ गयी थी।

स्टेशन पर गाड़ी आ लगी थी, रूपन्ती ने मेरा सामान गाड़ी पर चढ़ा दिया। उसने खिड़की की तरफ़ से मेरा हाथ पकड़ रखा था कि गार्ड ने हरी झण्डी हिलाकर सिग्नल दे दिया। गाड़ी धीरे-धीरे स्टेशन छोड़ने लगी और छूटने लगा रूपन्ती का हाथ। गाँव का रंग-रूप किसी रंगीन चित्र-सा स्थिर हो गया था।

बहती नदी ठहर गयी थी, पेड़ों पर झूलती हवा थम गयी थी, जंगल-झाड़, पेड़-पहाड़, सब सदमा खाये खड़े थे।

अचानक मैंने देखा, गाँव के ऊपर ख़ूबसूरत तितलियों का झुंड मँडरा रहा है, धिन-धिन की अनुगूँज लिए कोई भनभनाहट सुनाई पड़ रही थी। मेरा कलेजा धक से रह गया, क्या ये वही तितलियाँ हैं जिनका ज़िक्र रूपन्ती ने किया था...धिनाधिन...धिन...धिनाधिन...

रूपन्ती का सिर घुमाकर-घुमाकर नृत्य करना, मेरी चेतना में सजीव होने लगा। मुझे लगा, रूपन्ती अपने हाथ-पैरों को लहराते हुए मुझसे पूछ रही है... पूरा गाँव उजड़ गया, पूरी प्रजाति ख़त्म होने की क़गार पर है, ऐसे में जो जश्न का गीत गाये, वह कौन हो सकती है?

धिनाधिन...धिन...धिनाधिन...

उस रोज़ तो मैं रूपन्ती का गीत नहीं समझ पायी थी, मगर आज उसकी बोली ख़ूब अच्छी तरह समझ रही हूँ।

'शहर में ले गये पकड़ के जिन, औरत हुई पर चढ़े न दिन, धिनाधिन... धिन...धिनाधिन...'

मैं देख रही थी कि रूपन्ती की सहेलियाँ–मिनौती, तिल्लोतमा, गुंजरो भी उसके साथ आ मिली हैं।

मैंने पाया, जंगल बाँझ हो गये थे, पेड़ संन्यासी हो गये थे।

आदिवासी जाति की समाप्ति की व्यथा इन तितलियों के स्वर में मुखरित होती जा रही थी।

धिनाधिन...धिन...धिनाधिन...

धिनाधिन...धिन...धिनाधिन...

गाड़ी ने रफ़्तार पकड़ ली थी।

(कमलेश्वर स्मृति कथाबिम्ब सर्वश्रेष्ठ कथा पुरस्कार)

शापमुक्त

"बन्द करो यह म्यूज़िक," वान्या वैष्णवी झल्ला पड़ी।

पल भर में वातावरण शान्त हो गया। यह घर उसकी मर्ज़ी से चलता है। कुछ देर पहले उसने ही म्यूज़िक चलवाया था, पर अब यह उसका ध्यान भटका रहा था।

"तुम्हारा बस चले तो तुम सबको ख़ामोश कर दो। बुत में बदल दो। एक तान्या काफ़ी नहीं।" कोई आवाज़ कानों में फुसफुसा गयी थी।

"मैंने उसे बुत बना दिया है?" वह पूछना चाहती थी, मगर ज़बान ने साथ न दिया। उसकी आवाज़ किसी गहरे कुएँ में धँसकर रह गयी। क्या तान्या के साथ भी ऐसा ही होता होगा? क्या वह भी बहुत कुछ कहना चाहती होगी, मगर उसकी आवाज़ किसी खाई, किसी गुफा में दफ़्न हो जाती होगी!

वह ख़ुद को बेहद असंयत, असन्तुलित महसूस करने लगती है। तान्या उसके जीवन का 'डार्क-स्पॉट' हो कर रह गयी है। क्या उसकी इस स्थिति के लिए वह ज़िम्मेदार है? कोई उससे बार-बार प्रश्न करता है। वह ख़ुद को कोई माकूल जवाब नहीं दे पाती है।

घुँघराले बाल और गहरी काली आँखों वाली तान्या कितनी ख़ूबसूरत दिखती थी। हर कोई उससे बात करना चाहता था, मगर उसने ख़ुद को अपने ही भीतर ऐसा क़ैद कर लिया कि वह बेतरतीब पड़ी किसी वस्तु की तरह हो गयी, जिस तरफ़ किसी का ध्यान नहीं जाता। तान्या सदा से ऐसी नहीं थी। मगर उम्र के साथ बढ़ती हुए तान्या अपने भीतर गुम होती चली गयी। लाख कोशिशों के बावजूद वह मुश्किल से कुछ बोलती। अन्य बच्चों-सी चपलता नहीं थी उसके भीतर। वह अक्सर किसी दीवार पर टकटकी लगाये रहती या

फिर, आँख बन्द कर कुछ देखती रहती। आँखें बन्द कर देखने का उपक्रम कितना कठिन होता होगा, मगर उसके लिए यह बहुत सामान्य था। कई बार लगता जैसे खुली आँखों से भी वह उस दुनिया को नहीं देखती जिसे बाक़ी लोग देखते थे। उसके भीतर का उल्लास शिथिल हो गया था।

वैसे, ऐसा भी क्या हुआ था उसके साथ? कई बार वान्या वैष्णवी ख़ुद को टटोलती। तब उसे ख़ुद को अवसाद से बाहर निकालने में अकथ मेहनत करनी पड़ती। शहर की नामी मोटिवेशनल स्पीकर वान्या वैष्णवी के शब्द सारी दुनिया के लिए अलग ही अहमियत रखते थे। लोग उसके कहे अनुसार ख़ुद में सकारात्मक बदलाव लाने की कोशिश करते और वान्या वैष्णवी के व्याख्यानों का जादू सबके सिर चढ़कर बोलता। मगर यह जादू तान्या पर रत्ती भर भी असर नहीं करता। किसी बुत की तरह वह हर बात सुन लेती, अपेक्षित ढंग से कर भी देती मगर बोलती कुछ नहीं।

वान्या वैष्णवी का बड़े-बड़े मंचों पर जाना होता था, भाषण देते हुए उसकी ज़ुबान न थकती थी, मगर क्या था जो अपनी ही बेटी के मामले में उसके शब्द उसका साथ न देते। उसकी आवाज़ में वह जोश, वह सच्चाई आने ही न पाती जो दुनिया बदलने की ताक़त रखती है। तान्या को लेकर वह बहुत असहाय थी। असहाय क्या, वह हार चुकी थी। उसने बहुत-सी कहानियाँ सुनाकर उसे मुखर करने की कोशिश करके देख ली। ऊर्जा से भरे उसके शब्द कुछ काम न करते, जोशीले गीतों का उस पर कुछ भी असर न होता।

एक बार वह उसे, केवल उसे अपने साथ सिनेमा दिखाने ले गयी। रास्ते भर वह उससे कुछ-कुछ बतियाती रही, उसे हँसाने की कोशिश में ख़ुद बेतहाशा हँसती रही पर तान्या पर रत्ती भर भी फ़र्क़ न पड़ा। वह निर्जीव आँखों से उसे देखती रही। एक बार तो लगा कि वह उसे ज़ोर से झकझोर दे। कई बार 'शॉक थेरेपी' भी बहुत कारगर होती है। हताशा और ग़ुस्से में भर कर दाँत पीसते हुए उसने अपना हाथ तान्या की तरफ़ उठाया भी, मगर तान्या का बेजान चेहरा देखकर वह ख़ुद ही शॉक में आ गयी।

"आख़िर ऐसा भी क्या हो गया है कि तुम कुछ बोलती ही नहीं? बहुतों के साथ बहुत कुछ गुज़रता है पर वे ज़िन्दगी से मुँह नहीं फेरते। वे फिर उठते हैं, यत्न करते हैं और दुनिया बदल कर रख देते हैं..." कहते-कहते उसके होठों

के किनारों पर थूक जम आया। हताशा में उसकी आँखें जलने लगीं और वह ख़ुद अवसादग्रस्त महसूस करने लगी। आख़िर वे सिनेमा देखे बिना ही वापस आ गये। तान्या को किसी बात से कोई असर नहीं पड़ता था। न सिनेमा जाने से ख़ुशी हुई, न लौट आने से नाराज़गी। दरअसल, उसके लिए यह सब कुछ मायने ही नहीं रखता था। तब क्या मायने रखता था? कुछ नहीं, वस्तुतः कुछ भी नहीं। मगर उसका यह मौन, उसका यह एकाकीपन वान्या वैष्णवी के लिए बहुत मायने रखता था। तान्या की चुप्पी उसके लिए चुनौती थी और वह बार-बार कमर कसकर उस चुनौती का सामना करने को आ खड़ी होती और हर बार मुँह की खाकर लौटती। तब वह ख़ुद को बड़ा कोसती।

दरअसल, कई बार उसे भी लगता कि तान्या की इस स्थिति के लिए वह स्वयं ज़िम्मेदार है। पर वह कर भी क्या सकती थी। उसे उस समय जो विवेकशील लगा, उस निर्णय का चुनाव उसने किया और यह मान लिया कि वह कभी ग़लत नहीं हो सकती। पर सवाल यह भी था कि यदि तान्या के बदले कोई अन्य लड़की वहाँ होती, क्या तब भी उसका निर्णय वही होता? सोच की सूई यहीं आकर अटक जाती थी।

वान्या वैष्णवी आधुनिक ख़यालात वाली बोल्ड महिला थी। बचपन से ही ग़लत के विरोध में आवाज़ उठाना उसकी पहचान थी। कॉलेज में भी वह छात्र संघ की अध्यक्ष चुनी गयी थी। उसके तेवर ऐसे थे कि बड़े-बड़े नेता थर्रा जाते। राजनीतिक पार्टियों ने उसे चुनाव लड़ने का टिकट भी देना चाहा, मगर राजनीति के पचड़ों से दूर रहना भी उसके सिद्धान्तों में शामिल था। कॉलेज के समय में ही उसने देख लिया था कि राजनीति 'कम-से-कम नुकसान और अधिक-से-अधिक मुनाफ़ा' के नियम पर चलती है। इसमें कोई अपना-पराया नहीं होता। कोई अपना होता है तो बस कुर्सी। उसे कुर्सी की कोई ज़रूरत नहीं थी। वह बेताज बादशाह थी। उसे तो शोषितों का हिमायती बनकर गरजना और सत्ता पर आरोप लगाना अधिक जँचता था। ऐसा नहीं था कि वह यह सब लोकप्रियता के लालच में करती थी। ग़लत का विरोध करना उसका स्वभाव था। मगर जब अपने पर आयी तब अचानक ज़बान ने दगा दे दिया...शब्दों के बाण का तरकश ख़ाली हो गया और इसके लिए वह ख़ुद को कभी माफ़ नहीं कर सकती थी। यही कारण था कि तान्या को दुरुस्त करने की कोशिश

में कई बार वह स्वयं भी अवसाद में जाने लगती। कई बार उसे लगता कि बड़े-बड़े सम्मेलनों में हुंकार कर अपनी बात कहना, नाटक के संवाद-सा नकली है, असल ज़िन्दगी में तो वह उसी दिन ख़ामोश हो गयी थी जिस दिन उसने अपने भीतर की उस आवाज़ को जबरन चुप करा दिया था जो तान्या के पक्ष में उठना चाहती थी। उसी दिन से उसके व्याख्यान नकली लगने लगे। उनके भीतर की सच्चाई ख़त्म हो गयी। भले ही औरों को उनमें कोई अन्तर न दिखाई देता हो, मगर अपने भीतर वह भी शून्य हो चली थी। रटे-रटाए संवाद की तरह वह अपना व्याख्यान देती और लौट आती। अपने ही शब्द उसका मुँह चिढ़ाते मालूम पड़ते।

कई बार यह भी ख़याल आता कि तान्या के बारे में क्यों न वह किसी साइकेट्रिस्ट की मदद ले। मगर अगला ही पल उसे सजग करता–क्या सोच रही हो, लोगों को पता चलेगा तो तुम्हारा अस्तित्व कितना खोखला हो जायेगा! वान्या वैष्णवी को अपनी ही बेटी के लिए मनोचिकित्सक तक जाना पड़ रहा है, चिराग तले अँधेरा! फिर क्या लोग उसकी बातों को उसी भरोसे के साथ सुनेंगे जैसे अब तक सुनते रहे हैं? उसका अब तक का जोड़ा-अर्जा सब एक महाशून्य में बदल जायेगा। तब वह अपना सामना कैसे करेगी? अपना सामना तो वह अब भी नहीं कर पाती है। अकेलेपन से बहुत बचती है वह। हर समय काम की व्यस्तता को ओढ़े रहती है। कभी तेज़ आवाज़ में टी.वी. चला देती है तो कभी ख़ुद ही ज़ोर-ज़ोर से गाने लगती है। कई बार तो पूजा करते समय वह मन्त्रों का उच्चारण इतने ऊँचे स्वर में करती मानो ईश्वर से याचना नहीं कर रही, ललकार रही हो।

वह सदा से संघर्षशील रही है। बिना जद्दोजहद के पायी सफलता को तो सफलता माना ही नहीं कभी, उसकी ख़ुशी कभी नहीं जानी। उसे अपनी उपलब्धियों में गिना ही नहीं, जिसके लिए उसे संघर्ष न करना पड़ा हो। मगर ख़ुद से ही यह कैसा संघर्ष था जो उसे छीजता जा रहा था। वह भीतर-ही-भीतर पीड़ा से कराहती मगर होठों पर मुस्कान रखे, पूरी धमस से अपनी बात कहती। कैसी दोहरी हो गयी थी उसकी ज़िन्दगी! कितने झूठे हो गये थे उसके शब्द! अगर उसकी यही दशा रही तो वह दिन दूर नहीं जब उसे ख़ुद को साइकेट्रिस्ट से दिखाना पड़ेगा। तब मज़ाक़ बन कर रह जायेगी वह!

इसलिए वह तान्या से बचने लगी थी।

तान्या ने तो उसी दिन से उसकी तरफ़ देखना छोड़ दिया था जिस दिन अन्याय के विरोध में गरजने वाली माँ ने उसके मामले में चुप्पी साध ली। उसे भरोसा था कि उसकी माँ ऐसी घटना के ख़िलाफ़ दहाड़ उठेगी। वह तान्या को समझाएगी, "तुम्हारी क्या ग़लती है, तुम क्यों मुँह छुपाकर बैठी हो? खड़ी हो और बोलो। समूची दुनिया के सामने उसे बेनकाब कर दो। उसे कहीं मुँह दिखाने लायक न छोड़ो। हिम्मत न पड़े उसे दोबारा किसी लड़की को हाथ लगाने की। किसी को ग़लत इरादे से छूना भी कम बड़ा गुनाह नहीं है। यही है वह बीज बिन्दु जहाँ से कोई कमज़ोर अपराधी शातिर गुनहगार में बदलता है..." माँ के भाषण के कितने ही वाक्य तान्या के मन में हंगामा कर रहे थे। वह अपनी आवाज़ बुलन्द करने के लिए तैयार भी थी, मगर माँ ने उसे अनसुना कर दिया।

"इसमें इतना परेशान होने की क्या बात है?" कुछ देर होंठ चबाने के बाद उसने कहा था, "इतनी दुर्घटना तो हर लड़की के साथ होती ही है। इसे बहुत तूल न दो, इग्नोर इट!"

तान्या सन्न रह गयी। इतनी दुर्घटना तो हर लड़की के साथ होती ही है, इसलिए इसे तूल नहीं देना है? इग्नोर कर देना है?

तान्या भले ही उस दिन के बाद से ख़ामोश रहने लगी थी मगर उसकी सुनने की शक्ति बहुत प्रबल हो गयी थी। वह पीठ पीछे चलती आहटों को भी बख़ूबी पहचान लेती और जान जाती कि पीछे से कौन गया है। माँ पैरों को हल्का-सा घसीट कर चलती थीं तो भाई धम-धम करता हुआ निकल जाता। पापा की चाल में हमेशा ही हड़बड़ी महसूस होती, जबकि पड़ोस के सुरेश अंकल बिल्कुल दबे पाँव आते। ऐसा उसने पहली बार उसी दिन महसूस किया था जब सुरेश अंकल अचानक उसके पीछे आकर खड़े हो गये और उसे एकदम से गोद में उठा लिया था। वह कोई दस साल की रही होगी। उनकी गोद का कसाव दमघोंटू मालूम पड़ा और वह रोने लगी। उसे चुप कराने की कोशिश में उन्होंने उसका मुँह इतनी ज़ोर से चूमा कि उसकी आवाज़ गले में घुटकर रह गयी। सूजे होठों के साथ वह घर लौटी और माँ को इस बारे में बताना चाहा तो माँ को अपने अहम कार्यक्रम की हड़बड़ी थी। फिर भी, तान्या का चेहरा पढ़ने में वान्या को पल भर भी न लगा। वह एक पल

को तो तिलमिलाई, मगर फिर घड़ी की तरफ़ देखकर ख़ुद को सामान्य कर लिया। उस वक़्त वह माँ से अधिक 'वान्या वैष्णवी' थी जिसे आज मन्त्री जी के कार्यालय से निमन्त्रण था। यह बात मीडिया की टी.आर.पी. बढ़ा सकती थी, मगर वान्या वैष्णवी की टी.आर.पी. गिरा सकती थी। बतौर माँ, उसने तान्या को पुचकार कर समझाया था कि ऐसी परिस्थितियाँ लगभग हर लड़की की ज़िन्दगी में आती हैं, इस पर ध्यान मत दो। और हाँ, यह भी समझाया था कि वह पड़ोस के अंकलों के सामने न पड़ा करे।

तो वही अपना मुँह छुपाती फिरे? यानी ऐसे लोगों को मुँह दिखाने के क़ाबिल न छोड़ने की शिक्षा देने वाली माँ के अनुसार, वही किसी को मुँह दिखाने के लायक नहीं रह गयी थी। वह बहुत कसमसाई, माँ से उनके ही शब्दों को दोहराते हुए बहुत कुछ पूछना चाहती थी, मगर माँ ने इन सवालों को मैले कपड़ों के ढेर में छुपाकर वॉशिंग मशीन ऑन कर दी और आगे की ज़िम्मेदारी पापा पर छोड़कर अपने कार्यक्रम के लिए निकल गयीं।

उस दिन से वह दबे पाँव आ धमकने वाली पदचाप को लेकर सजग हो गयी। किसी अन्य की चाल में भी उस तरह की आहट मिलती तो वह सहम जाती। इस आहट ने उसके मस्तिष्क में अपना स्थान सुरक्षित कर लिया था। वह अनायास ही चौकन्नी रहने लगी थी। उसे नहीं पता कि वह क्यों चौकन्नी हो गयी, उसे किस बात से सावधान रहना था, मगर वह पीठ पीछे चलते लोगों की आहट को एक भाषा की तरह समझने लगी थी।

स्कूल में टीचर ने 'बैड टच' की जानकारी देते हुए उसकी पीठ पर हाथ फिराया और पूछा था, 'गुड टच या बैड टच?' फिर शरीर के कुछ हिस्सों की तरफ़ हाथ ले जाते हुए उसे फिर 'बैड टच' के बारे में आगाह किया। उसे लगा, वह इस छुअन से पहले ही वाक़िफ़ है। बस, उसे इसका नाम नहीं मालूम था। पर अगर वह 'बैड टच' थी तो माँ ने इसका प्रतिरोध करने के बदले उसे ख़ामोश क्यों करा दिया? वही वान्या वैष्णवी जो हर किसी को ग़लत के विरोध में आवाज़ उठाने की सलाह दिया करती थीं? वही वान्या वैष्णवी जो अन्याय को चुपचाप सहन करने वालों को लानत भेजती थीं? क्यों किया उन्होंने ऐसा? वह कहती थीं कि किसी के साथ कोई तभी ज़्यादती कर सकता है जब हम उसे इसकी छूट देते हैं। तो क्या वान्या वैष्णवी ने सुरेश

अंकल को छूट दी थी? अलग-अलग शब्दों के लिबास में यही प्रश्न बार-बार तान्या के ज़हन में उभरते और वह घुटी हुई चीख़ के साथ ख़ामोश हो जाती।

उस दिन वान्या वैष्णवी की अन्तरात्मा ने भी उसे बहुत झकझोरा था। उसके लिए चुप रहना कहीं अधिक कठिन था। इस हरकत पर आवाज़ उठाना या फिर, अपनी गरजती आवाज़ से ऐसे लफंडरों को घायल कर देना तनिक भी कठिन नहीं था वान्या वैष्णवी के लिए। मगर उसने ऐसा नहीं किया। उसने ऐसा क्यों नहीं किया, यह प्रश्न उसके भी कलेजे की हूक बनकर टीसता रहता। उसने पुलिस में रिपोर्ट क्यों नहीं लिखाई, विरोध में आवाज़ क्यों नहीं उठायी? उसकी एक आवाज़ पर पत्रकारों की भीड़ उसके दरवाज़े पर खड़ी होती। बस, यही तो नहीं चाहती थी वह। शिकायत लिखाते ही यह ख़बर बवाल बन जाती। हर न्यूज़ चैनल उसकी ख़बर को नमक-मिर्च लगाकर बताता, बार-बार बताता कि वान्या वैष्णवी की बेटी के साथ किसी ने कुकृत्य करने की कोशिश की। पीड़ित होने का इतना दर्द न होता जितना इस शोर पर होता। चैनलों का क्या है, उन्हें तो टी.आर.पी. से मतलब है। वे किसी का दर्द क्या समझें!

बस, इतना ही? क्या यह सच नहीं था कि उस दिन उसे नये नियुक्त हुए आई.ए.एस. अधिकारियों को सम्बोधित करने गृह मन्त्रालय जाना था। इस घटना पर आवाज़ उठाने से वह यह महत्त्वपूर्ण अवसर चूक नहीं जाती? घर पर पत्रकारों की लाइन लग जाती और वह उस दिन व्याख्यान नहीं दे पाती। वैसे देखा जाये तो इतना क्या हुआ था, पड़ोसी सुरेश ने उसे गोद में उठाकर चूमा था, जगह-जगह छूना चाहा था, मगर तान्या के चीख़ पड़ने पर उसे झट से नीचे उतार दिया था। देखा जाये तो तान्या ने चीख़कर सुरेश को इतना शर्मिन्दा तो कर ही दिया था कि वह कभी दोबारा ऐसी ज़ुर्रत न करता। यही अपेक्षित था। अब इस घटना को तूल देने से तान्या की ही बदनामी होती। वह कोई साधारण औरत होती तो चल भी जाता मगर वह एक सेलिब्रिटी थी। उसकी बेटी के साथ छेड़छाड़ की घटना भी सुर्खियों में आ जाती और फिर तान्या को सामान्य ज़िन्दगी में ला पाना कठिन हो जाता। इस पर शोर मचाने से तो वह भी ख़बर बन जाती जो हुआ ही न था। इतनी दुर्घटना से तो लगभग हर लड़की गुज़रती है। वान्या वैष्णवी ने ख़ुद को भी समझाया था और समय पर घर से निकल गयी थी।

इतनी दुर्घटना से तो लगभग हर लड़की गुज़रती है...तो क्या उसे ग़लत नहीं आँका जाना चाहिए, उसे सही का दर्जा दे दिया जाना चाहिए? अगर ऐसा ही था तो उस दिन 'जेंडर सेंसटाइज़ेशन' पर अपना वक्तव्य देते हुए वह इतना उत्तेजित क्यों हो गयी थी? उसने तो द्विअर्थी संवादों को भी गुनाह के दायरे में बताया था और सभी को उसके प्रतिरोध में आवाज़ उठाने के लिए पर्याप्त आगाह किया था। मानसिक उथल-पुथल के बावजूद उसका उस दिन का व्याख्यान बहुत प्रभावशाली रहा था। यहाँ तक कि उनकी 'पॉश कमिटी' में बाहरी सदस्य के रूप में उसे नामित कर दिया गया था।

'क्या तुम्हारा भाषण इस घटना से अधिक अहमियत रखता है?' धीमे स्वर में कोई सवाल उभरता जिसे वह अपनी दहाड़ती आवाज़ में दबा देती। तब गहरी काली आँखों वाली तान्या की ख़ामोशी उसके भीतर चीत्कार करने लगती और उसकी प्रतिरोध शक्ति कमज़ोर पड़ जाती।

माँ के इस बर्ताव से तान्या सकते में आ गयी थी। उसे लगने लगा कि यह स्पर्श जिसे टीचर 'बैड टच' कहती है उसे सहन किया जाना चाहिए। यह स्वाभाविक है। मगर माँ के ही भाषण इसका विरोध भी करते हैं। टीचर ने भी इस बात को रोकने के लिए उसे जाग्रत किया था। वह दोनों धाराओं के बीच टकराती चलती। कभी वह ज़ोर से चीख़ती तो कभी उसकी आवाज़ घुट जाती। वह टुकुर-टुकुर माँ की तरफ़ देखती और वह दृष्टि इतनी मारक होती कि वान्या वैष्णवी झट अपना चेहरा घुमा लेती।

धीरे-धीरे तान्या की आवाज़ गुम होती चली गयी। वह चुप रहने लगी। हल्की-सी आहट पर भीतर तक सिहर उठने वाली तान्या का आत्मविश्वास बिल्कुल ख़त्म हो चुका था। वह अकेली रहती और कभी-कभी तो 'एब्नार्मल चाइल्ड' की तरह बर्ताव करने लगती। मगर एक बात थी कि वह अपनी ज़िम्मेदारियों के प्रति अतिरिक्त सजग रहती। अपनी पढ़ाई का कोर्स ख़ामोशी से पूरा करती। वह आत्मनिर्भर थी–ख़ुद से अपना काम कर लेने वाली। किसी स्थान पर दिक़्क़त आती तो वह उसका बार-बार अभ्यास करती मगर टीचर से नहीं पूछती।

सभी को उसके ख़ामोश वजूद की आदत पड़ चुकी थी। सभी ने उसे वैसे ही स्वीकार लिया था। उसका होना-न-होना एक-सा था। आकर्षक व्यक्तित्व के बावजूद उसकी किसी से मित्रता न होने पायी।

जहाँ उसकी ख़ामोशी उसके वजूद की मौजूदगी को ग़ैर-मौजूदगी में बदलती रहती, वहीं कुछ ऐसे भी शोहदे थे जो इस चुप्पी का फ़ायदा उठाने से नहीं चूकते। जब जिसे मौक़ा मिलता, वह उसे छूता हुआ निकल जाता। वे यह जान चुके थे कि वह विरोध नहीं कर सकती।

एक रोज़ ख़ाली पीरियड में वह कैंटीन के पीछे बैठी लिखने में तल्लीन थी कि कुछ क़दमों की आहट ने उसे चौकन्ना कर दिया। वह हड़बड़ा कर उठ गयी। वह वहाँ से निकलने की कोशिश में थी कि तीन-चार लड़कों का एक झुण्ड उसके बिल्कुल पास आ गया और जानबूझकर उससे सटकर चलने लगा। तेज़ चाल से आगे बढ़ने की कोशिश में तान्या उन लड़कों से टकरा गयी। वह उनसे बचकर तो निकल आयी मगर उसे अपने शरीर से, अपने आप से अजीब-सी वितृष्णा हो गयी। वह जान नहीं पायी कि जो उसे मित्रता के लायक भी नहीं समझते, वे उसके साथ छू जाने के लिए इतने अधीर क्यों रहते हैं? और यह कैसा स्पर्श है जो होता तो शरीर पर है मगर आहत आत्मा हो जाती है? इन्हीं ख़यालों में डूबी वह अपनी क्लास में बैठी थी कि अचानक वर्गीस मैम क्लास में आ गयीं और पूरी क्लास का मुआयना करते हुए उसे बाहर निकल आने का इशारा किया।

कॉलेज का वार्षिकोत्सव नजदीक आ रहा था। कलात्मक अभिरुचि वाली मिसेज वर्गीस इतिहास पढ़ाने के साथ-साथ नाटक विभाग की भी ज़िम्मेदारियों को सहर्ष देख लिया करती थीं। हर बार की तरह इस बार भी वे कुछ अनूठी प्रस्तुति तैयार करने में मग्न थीं। नाटक की कहानी ऐतिहासिक सन्दर्भों से उठायी गयी थी। पटना के दीदारगंज की ज़मीन से निकलने वाली यक्षिणी की मूर्ति किस प्रकार मौर्य काल की मूर्तिकला का अद्‌भुत नमूना बनकर प्रसिद्ध हुई कि पटना संग्रहालय में रखी इस यक्षिणी की मूर्ति को देखने के लिए दुनियाभर के लोग यहाँ आते हैं। मैम वर्गीस ने इसी कथा को कॉलेज के वार्षिकोत्सव में मंचित किये जाने वाले नाटक के लिए चुना था। अब उन्हें इसके मुख्य पात्र यानी यक्षिणी की मूर्ति के लिए कोई कलात्मक चेहरा चाहिए था। कॉलेज के हर क्लास में चक्कर लगाने के बाद उनकी निगाह तान्या की गहरी काली आँखों पर आकर ठहर गयी। उन्होंने क्लास के हर बच्चे को भरी-पूरी नज़र से देखा और फिर इशारा कर तान्या को बाहर बुला लिया।

तान्या सूखे पत्ते-सी काँपने लगी। उस पर तो कभी किसी की नज़र ही नहीं पड़ी अब तक, उसे क्यों बाहर बुलाया है? दुविधाओं की चुप्पियाँ समेटे वह क्लास से बाहर निकल आयी। वर्गीस मैम ने उसे सिर से पाँव तक देखा। उनके खाँचे में पूरी तरह से फिट थी यह लड़की। मैम ने उससे कुछ भी पूछे बिना उसे अपने नाटक ग्रुप में शामिल कर लिया।

ऐसा पहली बार हुआ था कि पूरी क्लास का मुआयना करने के बाद उसे चुना गया था। पहली बार किसी की नज़र उस पर आकर ठहर गयी थी। पहली बार उसे किसी स्थान पर पूरी तरह फिट पाया गया था। वह नाटक की मुख्य भूमिका में थी। यह निर्विकार, भावशून्य चेहरा किसी नाटक की मुख्य भूमिका के लिए उपयुक्त हो सकता है, यह सोचना भी कठिन था। मगर मूर्ति की भूमिका में उसे न कोई संवाद बोलना था, न ही चेहरे पर भाव लाने थे। निर्विकार-सा चेहरा लिए, ख़ास तरह की भंगिमा में खड़े रहना था। यह भूमिका तान्या के लिए भी सुविधाजनक थी। नाटक के रिहर्सल में जाना उसे अच्छा लगने लगा। तान्या को अच्छा लग रहा था कि उसकी ख़ामोशी भी केन्द्र में होकर दुनिया को आकर्षित कर सकती है। अपनी तमाम ख़ामियों के बावजूद, वह उपयोगी है।

वार्षिक उत्सव का समय निकट आता जा रहा था। नाटक की तैयारी भी उसी रफ़्तार से चल रही थी। इसी अवसर पर कॉलेज पत्रिका का विमोचन भी किया जाना था, इसलिए यह ज़रूरी था कि पत्रिका भी समय से तैयार हो जाती। पत्रिका के प्रूफ पढ़े जाने थे और मैम अपनी व्यस्तताओं के कारण समय नहीं निकाल पा रही थीं। कॉलेज के प्राध्यापक बहुत हद तक अपने छात्रों से मित्रवत हो जाते हैं। मैम वर्गीस ने अपनी समस्या बताते हुए तान्या से आग्रह किया कि वह मैगजीन के प्रूफ देखने में उनकी सहायता करे। उन्होंने तान्या को प्रिंटेड काग़ज़ों की फ़ाइल थमा दी।

पहली बार तान्या पर किसी ने इतना भरोसा किया था कि उसे अन्तिम समय में पत्रिका के प्रूफ देखने की ज़िम्मेदारी सौंपी थी। वरना वह तो यह सोच भी नहीं सकती थी कि वह भी किसी लायक है। उसे भी कोई महत्त्वपूर्ण ज़िम्मेदारी दी जा सकती है। बोले बिना भी उसकी उपस्थिति को जाना जा सकता था!

पत्रिका के आर्टिकल्स से गुज़रते हुए तान्या को महसूस हुआ कि जो वह अपनी कॉपी के पीछे लिखा करती है, वे सब इन लेखों से कहीं कम नहीं हैं। आख़िर संकोच त्यागकर उसने अपनी कॉपी वर्गीस मैम के सामने रख दी। समय बहुत नजदीक आ गया था और वर्गीस मैम इस वक़्त कोई नया लेख इसमें शामिल करने की स्थिति में नहीं थीं, मगर तान्या की आँखों में जाने कैसा आग्रह था कि वे उसे मना नहीं कर पायीं और उन्होंने चुपचाप उसकी कॉपी अपने पर्स में रख ली।

घर पहुँच कर जब वह पर्स रखने लगीं तब अचानक हाथ कॉपी से जा टकराया। उन्होंने कॉपी खोली तो जगह-जगह तुकान्त-अतुकान्त कविताएँ लिखी थीं। रूमानियत से भरी इस उम्र में तो कविताएँ लिखी ही जाती हैं। उत्सुकता में भरकर वे कॉपी के पन्ने पलटने लगीं। मगर यह क्या, यहाँ तो कई तरह के सर्पदंश काग़ज़ पर चुभे दिखाई पड़ रहे थे। उसने चुनौती देते हुए लिखा था–

''शापग्रस्त नहीं थी अहिल्या
वह तो एक घृणित स्पर्श था
जिसने सुकोमल नारी को
पत्थर में बदल दिया।''

एक आहत एहसास हर पंक्ति में व्याप्त था। काग़ज़ पर क़लम का दबाव भी तान्या की भावतीव्रता की ग़वाही दे रहा था। उसने कामना की थी कि सम्भव होता तो वह भी पत्थर ही हो जाती, ताकि किसी अनधिकृत स्पर्श का एहसास नहीं होता। तब अपनी चुप्पी के लिए वह स्वयं को अपराधी नहीं महसूस करती। फिर अगली ही पंक्ति में ख़ुद को अपराध मुक्त करने की कोशिश में उसने पूरी शिद्दत से लिखा था–

"मैं हाशिए पर किया गया रफ वर्क नहीं हूँ
कि सवाल हल कर दिये जाने के बाद
जिसे काटकर ख़ारिज कर दिया जाये..."

कविता की अन्तिम पंक्ति ने तो जैसे मैम को हिला कर रख दिया। आख़िर उसने ऐसा क्यों लिखा? वह पंक्ति लगातार दिमाग़ में गूँजती रही। कभी

'हाशिए' पर दबाव बनता तो कभी 'रफ़ वर्क' पर। कभी 'शापग्रस्त अहिल्या' की छवि बनती तो कभी वितृष्णा जगाते स्पर्श का एहसास सालता। सवाल हल हो जाने के बाद, काटकर ख़ारिज कर दिये जाने का दर्द उन्हें रात भर टीसता रहा। वर्गीस मैम तान्या के भीतर उमड़ते तूफ़ान का अनुमान लगा पा रही थीं। उन्हें लग रहा था कि यक्षिणी की ही भाँति वह भी अब तक अपने ही भीतर दफ़्न रही है। अपने पात्र की खोज करते हुए आज वर्गीस मैम से जो अचानक आ टकराई है, वह कोई साधारण लड़की नहीं है। हज़ारों वर्ष पूर्व मौर्यकाल की मूर्तिकला के अद्‌भुत प्रमाण की तरह यह भी ईश्वर की गढ़ी अनूठी दुनिया का अद्वितीय प्रमाण है।

मैम लगातार उसके बारे में सोचती रहीं। सोचती रहीं कि नाटक में पत्थर की मूर्ति बनी तान्या, वास्तविक दुनिया में भी पाषाण प्रतिमा ही थी। किसी अवांछित स्पर्श से पथरा गयी यह मूर्ति और कब तक किसी राम के स्पर्श की प्रतीक्षा करती रहेगी! रिहर्सल के दौरान वह तान्या की जिस मौन भंगिमा पर मोहित हुई जाती थीं, आज पता चला कि उसके जीवन्त अभिनय में मैम के निर्देशन का नहीं, तान्या के बरसों का अभ्यास था। अब उन्हें तान्या की चुप्पी बेचैन करने लगी थी। उन्हें लग रहा था, जैसे बरसों तक अन्तर्मन में दफ़्न हो चुकी इस आवाज़ और इन्सान को जीवन्त करने में उन्हें ईश्वरीय प्रेरणा मिल रही है। साधारण अध्यापक होते हुए भी उनकी स्नेहिल छुअन ने पथरा चुकी तान्या को द्रवित कर दिया था। वह ख़ुद अपनी कॉपी लेकर उनके पास आयी थी यानी वह यह सब कहना चाह रही है। उसका यह मौन टूटना ही चाहिए। वर्गीस मैम अपने भीतर उस सामर्थ्य को महसूस कर पा रही थीं जो पाषाण को सजीव कर सकता था।

अगले दिन वर्गीस मैम ने तान्या को रिहर्सल के बाद रोक लिया। कविताओं की प्रशंसा करते हुए मैम ने कहा, "देखो, पत्रिका तो पूरी तैयार हो चुकी है। इस हालत में तुम्हारी कविता शामिल करना कठिन होगा, मगर मैं चाहती हूँ कि तुम एनुअल फंक्शन पर इसे पढ़कर सुनाओ।"

तान्या अजीब से पसोपेश में पड़ गयी। वह समझ नहीं पा रही थी कि अपनी कविता को इतने श्रोताओं के बीच पढ़कर सुनाने का यह प्रस्ताव

उसके लिए ख़ुशी बनकर आया है या चुनौती बनकर। एक अनजाना भय उसे आतंकित कर रहा था, एक अनदेखी ख़ुशी उसे विभोर कर रही थी।

आख़िर वह दिन भी आ ही गया, जब उस नाटक का मंचन होना था। सब नि:शब्द देख रहे थे–

"दीदारगंज के नजदीक बहती नदी के किनारे रसूल नाम का धोबी पत्थर पर कपड़े धो रहा है कि अचानक उसे एक साँप दिखाई दिया। उसे पकड़ने की कोशिश में वह उसकी तरफ़ दौड़ा कि उसका पैर कीचड़ में किसी ठोस वस्तु से जा टकराया। उसने हड़बड़ा कर नीचे देखा तो पाया कि कीचड़ वाली ज़मीन में कुछ धँसा हुआ है। उत्सुकता में भरकर उसने ज़मीन को थोड़ा कुरेदा तो गहराई में गड़ी कोई बड़ी वस्तु मालूम पड़ी..."

दर्शक साँस रोके इस मंचन को देख रहे थे।

...मज़दूर बुलाकर उस स्थान को खोदा गया। खुदाई में निकली एक ख़ूबसूरत मूर्ति जिसे देखकर लोग हतप्रभ रह गये। बड़े-बड़े पुरातत्वविदों ने मूर्ति पर की गयी पेंटिंग को मौर्यकालीन बताया जिससे यह सिद्ध हुआ कि वह तीसरी शताब्दी ईसा पूर्व की कला का अनूठा नमूना थी। बलुआ पत्थर से बनी मूर्ति के रूप में तान्या उस काल के अवर्णनीय सौन्दर्य का जीवन्त प्रतिरूप बनकर मंच पर स्थापित थी।

सभी दर्शक इस प्रस्तुति से अभिभूत हुए बिना न रह सके।

नाटक समाप्त होने के बाद हॉल तालियों से गूँज उठा। तालियों की अनुगूँज में सुध-बुध खोई तान्या नाटक ख़त्म होने के बाद भी मूर्तिवत खड़ी रही। नज़र उठाकर दर्शकों को देखने का साहस तक नहीं जुटा पायी।

कार्यक्रम ख़त्म होने से पहले कॉलेज की पत्रिका का विमोचन करने और सभी कलाकारों को सम्मानित करने के लिए जब मुख्य अतिथि को मंच पर बुलाया गया तो तान्या हैरान रह गयी। मोटिवेशनल स्पीकर वान्या वैष्णवी जलसे की मुख्य अतिथि के रूप में सभी कलाकारों को सम्मानित कर रही थीं।

"अरे, मैं तो इसे सचमुच की मूर्ति समझ रही थी।" उल्लास से गद्गद हो वान्या वैष्णवी तान्या की ओर देख रही थी। उसके चेहरे पर लगाया मौर्यकालीन पेंट अभी उतारा नहीं गया था, जिससे वह उसे ठीक से पहचान नहीं पायी थी।

इसी बीच मैम ने उसके स्वरचित कविता-पाठ की भी उद्घोषणा कर दी। तान्या का नाम सुनकर वान्या वैष्णवी के भीतर सिहरन हो आई।

"शापग्रस्त नहीं थी अहिल्या..." आत्मविश्वास बटोर कर तान्या ने अपनी कविता का वाचन प्रारम्भ कर दिया। उसकी कविता का हर शब्द उसके आत्मविश्वास को दृढ़ता प्रदान कर रहा था। वान्या वैष्णवी का प्रेरक स्वर जिस सत्य को उद्घाटित नहीं कर पाया, तान्या आज स्वयं उसे ज़माने के सामने उजागर कर रही थी। किसी संकोच से परे वह पूरी बुलन्द आवाज़ में कह रही थी–

"वह तो एक घृणित स्पर्श था
जिसने सुकोमल नारी को
पत्थर में बदल दिया।"

वान्या वैष्णवी हतप्रभ अपनी ही सन्तान को देख रही थी। वह सच कह रही थी, अहिल्या शापग्रस्त कैसे हो सकती है? छल तो अवांछित स्पर्श का था! गौतम ऋषि की तरह ही उन्होंने भी सुरेश को दण्डित करने के बदले तान्या को ही बुत क्यों बन जाने दिया? वह अनुभव कर रही थी कि यक्षिणी की मूर्ति से कलंकित स्पर्श का रंग धुलता जा रहा था। वह अपने स्वरूप में लौट रही थी। उसका मौन टूट चुका था। वह गरज रही थी–

"मैं हाशिए पर किया गया रफ वर्क नहीं हूँ
कि सवाल हल कर दिये जाने के बाद
जिसे काटकर ख़ारिज कर दिया जाये..."

वान्या वैष्णवी यह भी देख रही थी कि बुत बन चुकी तान्या को सजीव करने की कोशिश में जहाँ वह मोटिवेशनल स्पीकर ख़ुद हार चुकी थी, वहीं एक साधारण अध्यापक के अपनत्व भरे स्पर्श से तान्या सजीव हो उठी थी। अपने भीतर की ग्लानि से परे, स्वयं पर विश्वास के साथ वह मौर्य काल से निकलकर अपने वर्तमान में प्रवेश कर रही थी...

(पुरवाई)

याददाश्त वापस लौट रही है

आदमक़द शीशे में तरन्नुम ने ख़ुद को सिर से पैर तक निहारा, फिर सधे हाथों से आँखों में सुरमा पिरोया। काजल की डोरी से आँखें चमक उठी थीं। बालों को हल्का-सा बाउंस दे कर उसने टेबल पर पड़ा पर्स उठा लिया और लहराती हुई कमरे से बाहर निकल आयी।

"बाइ अम्मी," हाथ हिलाकर दरवाज़े से निकलने लगी कि अम्मी ने रोक लिया, "ज़रा सुनना तो एक मिनट।"

"लगा दी न टोक।" तरन्नुम ठहर गयी।

तरन्नुम का ऊपर से नीचे तक मुआयना करते हुए अम्मी अटक-सी गयीं, "बाल खुले क्यों रख छोड़े हैं?"

तरन्नुम जब तक कुछ कहती तब तक अम्मी ने अपने बालों की क्लिप खोलकर उसके बालों में लगा दी। फिर जल्दी से टेबल पर पहले से रखी एक की-रिंग तरन्नुम के पर्स की जिप में लटका दी।

"ये क्या है?" तरन्नुम कुछ समझ नहीं पायी।

"देख कितनी तेज़ धार है इसकी," लगभग फुसफुसाते हुए अम्मी ने की-रिंग को घुमाकर खोल दिया। घुमा देने पर उसकी गोलाकार आकृति सीधी हो गयी। फिर उसे आगे की तरफ़ हल्का-सा दबाया तो वह की–रिंग लगभग तीन इंच लम्बे चाकू में तब्दील हो गयी।

"इसकी क्या ज़रूरत है, अम्मी?" तरन्नुम ने चौंककर पूछा।

"कुछ नहीं, फिर भी पड़ी रहने दे, जैसे लिपस्टिक, आई लाइनर वग़ैरह पड़ी रहती है।"

तरन्नुम बहस नहीं करना चाहती थी। वह जल्दी से बाहर निकल आयी। पता नहीं, आजकल अम्मी को क्या हो गया है। अम्मी पहले तो ऐसी नहीं थीं। वे तो कितने आज़ाद ख़यालात वाली हुआ करती थीं, लड़कियों का हौसला बढ़ाने वाली। तरन्नुम बड़ी शिद्दत से उस अम्मी को तलाशने लगी जिनके पास किसी तरह का शक-शुबा फटक तक नहीं सकता था।

"किसी के डर से ये लड़कियाँ जीना छोड़ दें क्या?" वे दावा ठोककर पूछतीं।

"लड़ाइयाँ डरकर नहीं, लड़कर जीती जाती हैं और इन्हें जीतने के लिए हथियार की नहीं, अन्दरूनी ताक़त की दरकार होती है।" वे लड़कियों का हौसला बढ़ातीं।

हर तरह के इफ्स एंड बट्स का जवाब उनके पास हाज़िर रहता था। तरन्नुम अपनी कितनी ही सहेलियों की परेशानियों का खुलासा अम्मी से किया करती थी। शुरू-शुरू में उसकी सहेलियाँ एतराज़ करतीं, "तू हर बात अपनी अम्मी से क्यों कह देती है? तुझे डर नहीं लगता?"

"डर कैसा?" तरन्नुम हैरानी से पूछती, "एक बार अम्मी से बता देने के बाद हमें किसी तरह का डर नहीं रहता, बल्कि इत्मीनान रहता है कि अब अम्मी सब सँभाल लेंगी।"

तरन्नुम एक लम्बी साँस भरती है, पता नहीं, अम्मी को क्या हो गया है? आजकल हर छोटी-बड़ी बात में नुक्ताचीनी करने लगी हैं। वह महसूस करती है, एक अजीब-सी दहशत, एक अजब-सा ख़ौफ़ हर समय अम्मी के चेहरे पर चस्पा रहता है। एक रोज़ कहने लगीं—बुरका पहनकर कहीं आया-जाया करो। तरन्नुम ने हैरानी से अम्मी की तरफ़ देखा था। उनके चेहरे पर बेबसी का ऐसा साया था, जैसे कोई अपनी अन्तिम ख़्वाहिश बता रहा हो। तरन्नुम एकबारगी इस अम्मी को पहचान नहीं पायी। कई तरह के सवाल होंठों पर आकर ठहर गये। लगा जैसे किसी तरह की जिरह-बहस इस अम्मी को और बेबस कर देगी। घर से बाहर निकलते हुए जब वह बुरका पहनने लगी तो अम्मी ने यकबयक रोक दिया, "नहीं, नहीं, बुरका पहनने की कोई ज़रूरत नहीं।" अपनी ही बात को काटकर कहने लगीं, "जीन्स पहनो, बाल कटवा लो... लड़कों के बीच ऐसे मिल जाओ कि तुम्हारे लड़की होने का पता ही न चले।"

झटके के साथ कैब रुकी और तरन्नुम ने ख़ुद को दफ़्तर के अहाते में खड़ा पाया। एक लम्बी कहानी, थोड़ी-सी दूरी तय करने में निपट गयी। वह अपना कम्प्यूटर खोलकर अपनी आज की वर्क-असाइमेंट देखने लगी। कम्प्यूटर की उखड़ी-उखड़ी भाषा...टूटे-टूटे वाक्य...शॉर्ट-कट की शैली। अब वह इस शैली से अनजान नहीं। शुरू-शुरू में उसे यह भाषा किसी ख़ुफिया कोड की तरह लगती थी जिसे समझने में अक्सर उसे अपने सीनियर्स की मदद लेनी पड़ती थी। मगर अब वह इस भाषा की आदी हो चुकी है। उँगलियाँ की-बोर्ड पर सरपट दौड़ी जा रही थीं। जैसे कम्प्यूटर को उसके दिमाग़ी उथल-पुथल से कुछ लेना-देना नहीं था, वैसे ही उसकी उँगलियों को उसके भीतर के तूफ़ान से कोई मतलब नहीं था।

"कमिंग फॉर कॉफ़ी?" शिखा ने कम्प्यूटर पर दस्तक दी तो उँगलियों की रफ़्तार धीमी पड़ी, किसी के आत्मीय साथ की उसे बेतरह ज़रूरत महसूस हुई।

"सम प्रॉब्लम?" कॉफ़ी टेबल पर उसे गुमसुम देखकर शिखा ने पूछा।

तरन्नुम पसोपेश में पड़ गयी कि कुछ कहे या ना कहे। शिखा ने दोबारा उसे झकझोरा तो वह ख़ुद को रोक न सकी। वैसे भी विदेशियों की इस कम्पनी में एकाध से ही तो वह अपने मन की बात करती है, अगर उससे भी न कहेगी तो किससे कहेगी? कहने का मन बनाया, मगर क्या कहे? जिस अम्मी से वह अब तक अपनी सहेलियों की परेशानियाँ भी साझा किया करती थी, आज उसी अम्मी के बारे में अपनी सहेली से डिस्कस करते हुए ज़ुबान लड़खड़ा गयी।

"अम्मी इज़ गेटिंग ओवर सेंसिटिव दीज़ डेज़...आजकल बहुत स्ट्रेंज बिहेव करने लगी हैं..."

"क्या मतलब?" शिखा कुछ समझ नहीं पायी।

"उनके दिमाग़ में दहशत भर गयी है...," गला खखारते हुए उसने समझाने की कोशिश की, "हर वक़्त एक ख़ौफ़ से घिरी रहती हैं। कभी बेबसी की उस हद तक चली जाती हैं जैसे उन्होंने कोई भारी जुर्म किया हो और सज़ा सुनाये जाने का इन्तज़ार कर रही हों...और कभी इतनी दबंग हो जाती हैं कि दुस्साहस की सीमा पार करने लगती हैं...कभी इतनी हिदायतें दे डालती हैं जैसे कोई बड़ी अनहोनी होने वाली हो, '...देर मत करना, सीधी घर चली आना...', तो कभी हालात पर क़ाबू करने के बड़े अजीब से हल

बताने लगती हैं," तरन्नुम ने खुलासा किया, "एक रोज़ कहने लगीं कि जैसे हम पानी की बोतल साथ लेकर चलती हैं, वैसे ही तेज़ाब की बोतल भी साथ लेकर चला करें।"

"निर्भया काण्ड के बाद से हर माँ-बाप अपने बच्चों को लेकर ओवर टेंस्ड हो गये हैं। तुझे पता तो है, कैसी बर्बर घटनाएँ हो रही हैं और टी.वी. चैनल्स जिस तरह उन्हें बार-बार विस्तार से दिखाते हैं कि अच्छे-भले आदमी के मन में दहशत भर जाये...तू उनके मन की हालत समझने की कोशिश कर।" अब शिखा समस्या को समझ पा रही थी।

"अरे, क्या समझने की कोशिश करूँ, कभी बचकर निकलने की सलाह देती हैं तो कभी शरीर के उन हिस्सों के बारे में ताकीद करती हैं, जिन पर हमला कर किसी मर्द को बेबस किया जा सकता है।"

शिखा हालात की गम्भीरता का अन्दाज़ा बख़ूबी लगा पा रही थी, फिर भी, उसने तरन्नुम को ढाढ़स बँधाया, "ट्राइ टु अंडरस्टैंड हर, वो ज़बरदस्त स्ट्रेस से गुज़र रही हैं...वरना वो तो कितनी मॉडर्न और अंडरस्टैंडिंग हुआ करती थीं...कितनी डेयरिंग..."

शिखा स्कूल के समय से तरन्नुम की सहेली थी और वह उसकी अम्मी को लम्बे अरसे से जानती थी।

तरन्नुम को शिखा की यह तरफ़दारी भली लगी। दरअसल वह भी यही चाहती थी कि किसी तरह से अम्मी को वाजिब ठहराया जा सके। तरन्नुम यह कभी क़बूल नहीं कर सकती थी कि वह ख़ुद या दूसरा कोई भी उसकी अम्मी को ग़लत करार दे। फिर अम्मी की दिमाग़ी उथल-पुथल का अन्दाज़ा भी उसे था। वह समझ सकती है कि आज अगर अम्मी इस हाल में आ पहुँची हैं तो वे अपने भीतर कैसे हालात से गुज़र रही होंगी। उसे शिखा की बात सही मालूम पड़ी। उसकी अम्मी तो कितनी शार्प हुआ करती थीं, कैसे उसकी हर बात कहने से पहले ही समझ लिया करती थीं। हॉस्टल में रहते हुए कई बार ऐसा हुआ था कि उसने फ़ोन पर सिर्फ़ 'हलो' कहा और अम्मी ने पूरा एक्स-रे खींच दिया, "कोई परेशानी है क्या...?" या फिर, "सोई नहीं क्या रात भर?" अम्मी कैसे पल भर में जान लेती थीं कि कब उसकी चिन्ता फ्रेंड्स को लेकर है, कब पेपर अच्छा न हो पाने की है या फिर, कब उसकी तबीयत ख़राब

है। फिर चाहे उनका कितना ही ज़रूरी असाइंमेंट क्यों न हो, वे उसके साथ इत्मीनान से बात करतीं, ताकि वह रिलैक्स हो जाये। और ये भी सच है कि कैसी भी परेशानी क्यों न रही हो, एक बार अम्मी से बात कर लेने के बाद छूमन्तर हो जाती, वह ख़ुद को कितना हल्का महसूस करने लगती।

आज अम्मी परेशानी में हैं, तरन्नुम ने सोचा, अपने हालात से वे अकेली जूझ रही हैं...ऐसे वक़्त उसे उनके साथ खड़े होना चाहिए, उन्हें रिलैक्स करना चाहिए।

"हलो अम्मी, क्या कर रही हैं आप?" कैफेटेरिया से चलते हुए उसने अम्मी को फ़ोन मिला दिया।

"कौन? तरन्नुम? क्या हुआ बेटे?" अम्मी ने पहली ही घण्टी पर फ़ोन उठा लिया और सवालों की झड़ी लगा दी।

"होगा क्या, बस यूँ ही फ़ोन कर लिया।" तरन्नुम ने लाड़ जताते हुए कहा।

"यूँ ही तो तू कभी फ़ोन नहीं करती...सब ठीक तो है न?" अम्मी की आवाज़ में बेचैनी थी।

तरन्नुम फ़ोन करके पछता रही थी। उसने ग़लत सोचा था कि अपनी सलामती की ख़बर देकर वह अम्मी को रिलैक्स कर पायेगी। अब वह शाम तक बेचैन रहेंगी। एक कशमकश के साथ वह अपनी सीट पर वापस लौट आयी।

शुरुआती दिनों में वह अपने काम को लेकर कितनी फ़िक्रमन्द रहती थी। उसका डेली टार्गेट पूरा हो जाये, इस बात की उसे कितनी चिन्ता रहा करती थी। मगर अब ये सब सामान्य बातें हैं। वह कई और बातें सोचते हुए भी अपना टार्गेट पूरा कर सकती है। उसकी उँगलियाँ मशीनी अन्दाज़ में अपना टार्गेट पूरा कर रही थीं। जहनी तौर पर उसका सारा ध्यान अम्मी पर था। अम्मी के दोनों चेहरे उसके रूबरू थे। एक ओर एक फौलादी शख़्सियत थी, तो दूसरी ओर एक बेबस किरदार...एक तरफ़ खनखनाती हुई बिन्दास हँसी थी, तो दूसरी तरफ़ दहशत से घुटी एक गुम चीख़...वह मन-ही-मन अपनी मसरूफियत को भी कोस रही थी कि अम्मी कब और कैसे इतना बदल गयीं और उसे पता भी नहीं चला। आज वह अपनी अम्मी की अच्छी बेटी बनकर उनके साथ बैठेगी, प्यार से उनकी परेशानी सुनेगी। उसने अपने आप में तय किया।

घर पहुँचकर तरन्नुम ने पहला काम यही किया कि चाय के प्याले के साथ वह अम्मी के पास जा बैठी। उसे लग रहा था जैसे वह बरसों बाद अम्मी से मिल रही हो। कितनी बदल गयी हैं अम्मी, तरन्नुम ने पाया उनके चेहरे पर चिन्ता की अनगिनत लकीरें उभर आयी हैं...आँखों के नीचे काले घेरे दिखाई देने लगे हैं...बालों में सफ़ेदी झनझना आयी है...वह किसी उपेक्षित बच्ची-सी मालूम पड़ रही हैं, अम्मी की इस हालत के लिए तरन्नुम ख़ुद को ज़िम्मेदार महसूस कर रही है...तरन्नुम को याद नहीं आता कि अम्मी कभी भी उससे इस तरह बेज़ार रही हों...तरन्नुम ने जज़्बाती हो कर अम्मी के गले में अपनी बाँहें डाल दीं...

अम्मी शायद किसी गहरी सोच में डूबी थीं। वे इस अचानक की प्रतिक्रिया के लिए तैयार नहीं थीं, "क्या हुआ मेरी बच्ची," वे जैसे नींद से जगीं। उन्होंने तरन्नुम की बाँहें हल्के हाथ से हटा दीं और दहशत पर प्यार की परत चढ़ाते हुए सवालिया नज़रों से उसका चेहरा टटोलने लगीं, "किसी बात की फ़िक्र मत कर, मैं हर हाल में तेरे साथ हूँ..."

अम्मी की यह आश्वस्ति बिन कहे भी तरन्नुम के साथ थी, बल्कि बेमौक़े की तसल्ली पाकर वह थोड़ा अन्यमनस्क हो आयी।

"हरदम किस सोच में डूबी रहती हैं आप?" तरन्नुम ने बात शुरू करनी चाही। मगर तरन्नुम की बात से अम्मी के चेहरे पर चिन्ता की लकीरें और गहरा गयीं। कोई बात जैसे ज़बान पर आते-आते ठहर गयी, आँखों में अजीब-सी दहशत उतर आयी। अम्मी की आँखें तरन्नुम के चेहरे के आर-पार देख रही थीं। तरन्नुम एक पल को सामना नहीं कर पायी इस तीर नज़र का।

"ऐसे क्या देख रही हैं अम्मी?" तरन्नुम हताशा से भर गयी। उसकी हर कोशिश अम्मी की चिन्ता को घटाने के बदले बढ़ा रही थी।

"जो भी कुछ हुआ है, बेख़ौफ़ बता...किसी बात की चिन्ता मत कर।" अम्मी की यह तस्वीर अपने पहले की तस्वीर से बिल्कुल अलग थी। एक पल को लगा जैसे तरन्नुम को अपनी खोई हुई अम्मी वापस मिल गयी हों, जिनसे अपनी हर तरह की परेशानी बता कर वह बेफ़िक्र हो जाया करती थी। मगर आज पता नहीं कौन किसको तसल्ली दे रहा था।

"आप इतनी चिन्ता क्यों करती हैं? आपकी ये घबराहट मुझे पागल बना देगी।" तरन्नुम ने समझाने की कोशिश की।

अम्मी ने उसे कलेजे से लगा लिया, "बता बेटे, बता क्या हुआ है?"

"फ़िलहाल तो कुछ नहीं हुआ अम्मी, मगर क्या होने का इन्तज़ार कर रही हैं आप, बताइए?" और सब्र नहीं रख सकी तरन्नुम।

अम्मी तरन्नुम के चेहरे को देखकर सहम गयीं।

"क्या लगता है आपको, क्या हुआ होगा?" तरन्नुम की आवाज़ तल्ख हो आयी।

अम्मी ने ज़ुबान पर आ रही बात को थूक के साथ निगल लिया।

"क्यों सोचती रहती हैं आप हरदम उल्टा-सीधा?" तरन्नुम ने अपनी आवाज़ को भरसक नरम बनाते हुए अम्मी को प्यार से समझाया, "क्यों हरदम कुछ ग़लत होने की आशंका से डरी रहती हैं आप...? जब हमने किसी का ग़लत नहीं किया तो हमारे साथ ग़लत क्यों होगा?"

"मैंने ग़लती की है..."

"अम्मी, क्या कह रही हैं आप? क्या ग़लत किया है आपने?"

"वो उस दिन, दामिनी वाली घटना के रोज़...मैं लाल बहादुर शास्त्री इंस्टीट्यूट से वापस लौट रही थी..." अम्मी की आँखें यादों की परत उधेड़ने लगीं, "मेरी गाड़ी लगभग उसी समय उसी रास्ते से निकल रही थी...मैंने देखा भी था, सफ़ेद रंग की एक चार्टर्ड बस को अपने सामने से निकलते हुए..."

"ऐसी कितनी ही बसें दिन भर सड़कों पर घूमती रहती हैं..." तरन्नुम ने कहना चाहा, मगर अम्मी ने बीच में ही रोक दिया, "नहीं, ये वही बस थी, क्योंकि जिस तरह वह अपनी लेन से अन्दर-बाहर होती हुई चल रही थी कि मेरा ध्यान उस तरफ़ गया भी था...आह...वह बच्ची उस वक़्त उनकी हैवानियत का शिकार हो रही होगी...हमने देखकर भी नहीं देखा, वह बच्ची मदद के लिए पुकार रही होगी...हमने सुनकर भी नहीं सुना...उसकी दर्दनाक चीख़ें सर्द राहों में गूँज रही होंगी...ऐन उसी वक़्त मैं उस रास्ते से निकल रही थी, पर मुझे क्यों न सुनाई दी उसकी दर्द भरी आवाज़?" अम्मी अपनी हथेली पर सिर पटक रही थीं।

"सर्दियों की रात थी, खिड़कियों के शीशे बन्द कर रखे होंगे, क्या पता स्टीरियो भी चल रहा होगा...ऐसे में उसकी आवाज़..."

"वही तो, वही तो हमारी ग़लती है! हम कैसे आँख-कान बन्द कर म्यूज़िक सुनना गवारा कर सकते हैं, जबकि हमारी बच्चियाँ घर न लौटी हों... वे अपनी अस्मत की लड़ाई में अकेली पड़कर भी उनसे मुक़ाबला करती रही और हम कारों के शीशे चढ़ाकर घर लौट आये...क्या पता हममें से कोई एक भी उसकी मदद को आ जाता तो ये सब न घटता..." अम्मी फफक पड़ीं।

तरन्नुम अम्मी को समझाना चाहती थी कि इस घटना में उनका कोई कसूर नहीं है, मगर वह कुछ सुनने को तैयार ही नहीं थीं।

"वह रोज़ आती है मेरे पास...और आगाह करती है कि अगर अब भी नहीं जगे तो ऐसे हादसे रोज़ होंगे और कोई नहीं बचेगी...एक-एक कर सबका नम्बर आयेगा..." अम्मी की आँखों में दहशत थी।

"ये आपका वहम है अम्मी..." तरन्नुम ने समझाने की कोशिश की।

"तुमने सुना नहीं, दूसरे ही दिन नोएडा में एक और लड़की दरिन्दगी का शिकार हुई...और वो पाँच साल की बच्ची के साथ जो किया गया? वे कभी किसी लड़की पर तेज़ाब फेंक देते हैं तो किसी के अन्दर रॉड घुसेड़ देते हैं... और कब तक इसे वहम का नाम देती रहोगी?" अम्मी की आँखें घात में बैठी बिल्ली की तरह चमक रही थीं।

"सुन रही हो दरिन्दों के क़दमों की आहट? वो हर तरफ़ दौड़ रहे हैं...हर गली, हर कूचे में...वो घर में घुस-घुसकर लड़कियों की इज़्ज़त लूटेंगे, फिर मारकर फेंक देंगे...एक-एक को मारेंगे...अपने बचाव के लिए तैयार रहो..."

अम्मी अपने आपे में नहीं थीं और एकतरफ़ा संवाद बोले जा रही थीं कि तरन्नुम ने रोक दिया, "रिलैक्स अम्मी, इनके डर से हम जीना छोड़ दें क्या?" तरन्नुम ने दावा ठोका, "ये लड़ाइयाँ डरकर नहीं, लड़कर जीती जाती हैं...और इन्हें जीतने के लिए हथियार की नहीं, अन्दरूनी ताक़त की दरकार होती है..." तरन्नुम की निगाह अपने बैग में लटकते की-रिंग पर जा टिकी थी, उसने उसे अपने हाथ में ले लिया और दबाकर खोलने-बन्द करने लगी।

"आप हरगिज़ चिन्ता न कीजिए, हम अपनी लड़ाई के लिए तैयार हैं।" उसकी उँगली में चाकू वाला छल्ला गोल-गोल घूम रहा था।

"जिस दामिनी की बात आप कर रही हैं वह तो हमारे भीतर है...कहीं वह वीरा है तो कहीं निर्भया, कहीं वह अमानत है तो कहीं तरन्नुम...ये दरिन्दे हमारा कुछ भी नहीं बिगाड़ सकते।"

अम्मी जैसे अर्से बाद कोई बेख़ौफ़ चेहरा देख रही थीं और हैरानी से महसूस कर रही थीं, ये तो उन्हीं का चेहरा है...ये तो उन्हीं के अल्फ़ाज़ हैं... ऐसा तो वे कहा करती थीं...

अम्मी को लग रहा था, उनकी याददाश्त वापस लौट रही है...

(रंग-प्रसंग)

रिहाई

उम्र क़ैद की लम्बी सज़ा को चौदह साल में निबटाकर आज वह अपने घर के सामने खड़ा था। टकटकी लगाये वह देर तक उस दरवाज़े को घूरता रहा, जिससे वह अनेक बार इस घर के भीतर-बाहर गया था। लम्बी साँस भर, बहुत संयत मन से उसने जेब से चाबी निकाली और ताले में डालकर घुमाई। ताला ढीठ-सा अड़ा रहा। इसी दशा में टँगे-टँगे यह ताला भी उम्र क़ैद जितनी लम्बी अवधि काट चुका था। यों दरवाज़ा ज़ोर से धकेलने पर सम्भवत: ताला खोलने की ज़रूरत ही न पड़ती, मगर यह विकल्प उसके दिमाग़ में आया ही नहीं। एक आँख बन्दकर उसने ताले की मोरी के भीतर झांकते हुए चाबी घुसेड़ कर पूरी ताक़त से मरोड़ दी। कड़-कड़ की आवाज़ के साथ कराहता वह ताला आख़िर होश में आया तो जैसे आश्चर्य से उसका मुँह खुला का खुला ही रह गया। गोया अविश्वास से पूछ रहा हो, "कौन हो भाई, यहाँ तो बरसों से कोई आया नहीं।"

"तो क्या ओमी भी कभी आया नहीं, मेरे पीछे?" वह हल्के से बुदबुदाया था।

"कौन ओमी?" दरवाज़ा भी अब तक बुढ़ा चुका था और उसकी याददाश्त पहले जैसी नहीं रह गयी थी कि अरसे बाद कोई आये और अपना परिचय तो देना दूर, लगे किसी-किसी के बारे में दरियाफ़्त करने।

उसने दरवाज़े को ज़ोर से धकेला तो बरसों की जमी धूल उस पर छिटककर पड़ी। चलो, किसी ने गले लगाकर स्वागत तो किया। वह भीतर चला आया। लम्बे अरसे से एक ही स्थान पर रखी चीज़ें, पड़ी-पड़ी जम चुकी थीं। कुछ साफ़-साफ़ दिख नहीं रहा था। हर तरफ़ पड़ी धूल की मोटी परत से उसका रंग-रूप ही बदल चुका था। क्या यह उसी का घर है? स्मृतियों में कुछ

कौंधा तो ज़रूर मगर ठीक से आकार न ले सका। किसके सहारे वह छोड़ गया था अपना घर? माथे पर सोच की सलवटें गहरा गयीं। 'ओमी!' उसने पुकारना चाहा, मगर गहरे निःश्वास के साथ आँख, नाक और मुँह में धूल भर गयी। ज़ोर से खाँसता हुआ वह बाथरूम की तरफ़ दौड़ा। हाँ, ये उसी का घर है, उसे भरोसा हुआ। उसे बाथरूम का सही अन्दाज़ा था। ऐसे ही और चीज़ें भी स्पष्ट हो जायेंगी। उसने ख़ुद को आश्वस्त किया और कमरे की सफ़ाई करने में मसरूफ हो गया। उम्र का तकादा है, वह अब दिमाग़ पर बहुत ज़ोर नहीं डाल पाता है। हाँ, काम चाहे कितना ही करा लो, वह थकता नहीं। जेल में बहुत डटकर काम किया है। बस, सोचने की आदत नहीं रही। उसने रसोई के दरवाज़े के पीछे पड़ी झाड़ू निकाल ली। कमाल है, झाड़ू भी वहीं थी। यानी घर तो उसका ही है। ऐसा तय कर आख़िर वह उसकी साफ़-सफ़ाई में जुट गया। रात होने तक उसने घर को काफ़ी हद तक ठीक-ठाक कर लिया था। बहुत मिट्टी निकली, धूल की चद्दर जैसी।

'यानी ओमी कभी आया नहीं, मेरे जाने के बाद', वह आहत स्वर में बुदबुदाया, 'मगर मैं तो ओमी के भरोसे ही छोड़ गया था सब कुछ। ऐसा नहीं हो सकता। वह ज़रूर यहीं कहीं छुपा बैठा होगा।' पलंग के नीचे, परदे के पीछे, खिड़की के बाहर, बगीचे में, हर तरफ़ देख लिया मगर ओमी कहीं दिखाई न दिया। अँधेरा गहराने लगा था। बत्ती जलानी चाही तो तारें कटी हुई मिलीं। किसी तरह तारें जोड़ीं और स्विच दबाया तो बल्ब चनक कर टूट गया। खाने को कुछ था नहीं और खाने का मन भी नहीं था। वह वैसे ही अँधेरे में पड़कर सो गया।

ऐसा नहीं था कि वह बरसों बाद सो रहा था। जेल में भी उसे पूरी नींद मिलती थी पर जाने क्यों आज वह देर तक सोता रहा। आँख खुली तो दिन चढ़ आया था। औचक वह उठा, कोई आया नहीं उठाने? फिर याद आया, वह रिहा हो चुका है और अब वह अपनी मर्ज़ी का मालिक है। जब तक चाहे सोये। हाथों को खींचकर एक भरपूर अंगड़ाई भर वह बाज़ार की तरफ़ निकल पड़ा। सोचा, कुछ सब्ज़ी-भाजी ले आऊँ, घीया, कद्दू खा-खाकर वह दूसरी सब्जियों का स्वाद ही भूल गया है। पसन्द की सब्ज़ियाँ लेनी चाहीं तो कुछ याद ही न

आया। आख़िर घीया, कद्दू समेटे ही लौट गया। हाँ, लौटते हुए नया बल्ब लेना नहीं भूला। उसे उम्मीद थी कि जलती बत्ती देख ओमी ज़रूर वहाँ आयेगा। आख़िर उसी की ख़ातिर तो वह जेल से निकला है वरना वह तो जेल में ही रम गया था। बल्कि सच क़बूले तो वह जेल के वातावरण में इतना घुलमिल गया था कि वह इस घर को, ओमी को बिल्कुल ही भूल चुका था। जेलर साहब की कोशिशों ने जेल को आश्रम में बदल दिया था। उसके पास काम भी था और कमाई भी। बाहर की दुनिया से बेहतर ही थी जेल की दुनिया। फिर भी, पता नहीं क्यों सब छटपटाते रहते थे, घर लौट आने को। उसकी सज़ा उम्र भर लम्बी थी, इसलिए उसने औरों की तरह दिन नहीं गिने। दीवार पार की दुनिया के प्रति उसका मोह मर चुका था। मगर फिर एक सुबह अचानक ही जेलर साहब ने बताया कि उसकी सज़ा माफ़ हो गयी है तो वह कुछ समझ नहीं पाया।

"देखो, तुम्हारे अच्छे बर्ताव और चाल-चलन के कारण तुम्हारी सज़ा यहीं ख़त्म कर दी गयी है! तुम अगले महीने रिहा कर दिये जाओगे!" जेलर साहब ने ख़ुशी से उसकी पीठ थपथपाई थी।

सज़ा...उसे कुछ याद आया, कॉलेज में झगड़ा हुआ था। लड़के एक-दूसरे पर टूट पड़े थे। वह भी कूदा था किसी पर, पूरी ताक़त के साथ। बस, इसके बाद कुछ याद नहीं। कितनी ही बार वह कोर्ट में पेश हुआ है। वकील ही उसे बताते हैं कि कैसे-कैसे क्या हुआ था।

ख़ैर, रिहाई की ख़बर पर बाक़ी क़ैदियों ने उसे बधाई दी तो उसे लगा कि यह ख़ुशी की बात है। पर ख़ुशी की बात कैसी होती है, इतने सालों में वह यह भी भूल चुका था। फिर भी, वह कुछ हल्का-हल्का महसूस करने लगा था।

"यहाँ की सिखाई बातें भूलना नहीं," चलते-चलते जेलर साहब ने आख़िरी सीख दी थी।

"यहाँ के अलावा और भी कुछ है क्या?" उसे कुछ ध्यान नहीं आया।

रिहाई के वक़्त जेलर साहब ने उसका झोला उसके हवाले किया तो समूचे बदन में झुरझुरी उतर आयी। दिमाग़ में कुछ कौंध-सा गया। ओमी से मिलने की छटपटाहट तभी से ज़ोर मारने लगी।

घर पहुँचकर उसने बड़े चाव से सब्ज़ी बनायी, गोल-गोल, नरम-नरम रोटियाँ सेंकते हुए भीतर ही भीतर ओमी को पुकारता रहा। सोचा, पास-पड़ोस में पूछूँ कि पिछली बार ओमी कब आया था यहाँ? मगर हिम्मत न हुई। बाहर की दुनिया पराई हो गयी थी। एक सज़ा-ए-आफ्ता से कौन बात करना चाहेगा? लोग उसे नहीं पहचानते, यह भी अच्छा ही है। उसने राहत की साँस ली और खा-पीकर सो गया। बत्ती जली ही छोड़ दी। उसे भरोसा था कि कहीं न कहीं से ज़रूर ओमी घर पर निगाह रखता होगा और बत्ती जलती देख दौड़ता हुआ यहाँ आयेगा।

नींद में भी वह हर खटके से जागता रहा पर सुबह हो गयी और ओमी नहीं आया।

अगला दिन भी बीत गया, ओमी नहीं आया।

उसकी छटपटाहट अब नागवार गुज़रने लगी। अगर ओमी ही न मिला तो जेल से छूटने का क्या फ़ायदा? वह क्या करे? कहाँ तलाशे? किससे पूछे? कई बार ख़याल आया कि जेलर साहब से मिले। वे बहुत क़ाबिल ऑफ़िसर हैं। कहीं से भी खोज निकालेंगे उसके ओमी को। मगर फिर ठिठक गया। कोई पता नहीं, क्या समझ बैठें। पूछेंगे, क्यों ढूँढ़ रहा हूँ इसे, तो क्या जवाब दूँगा। फिर जेल वालों का क्या भरोसा, कहीं कुछ शक-वक कर बैठें और पकड़कर उसे जेल में डाल दें, तो? नहीं, नहीं। ओमी ख़ुद ही आयेगा यहाँ। उसे पूरा भरोसा था कि उसके लौटने की ख़बर मिलते ही ओमी दौड़ता हुआ यहाँ आयेगा। इन्हीं उम्मीदों में वह रोज़ बत्ती जलती छोड़कर सो जाता। दिन बीतते जा रहे थे और ओमी का कोई पता नहीं मिल रहा था।

एक रात कानों में पड़ी किसी आवाज़ ने उसे झकझोर कर जगा दिया। ये तो ओमी की आवाज़ थी। हाँ, ओमी गा रहा था। बिल्कुल वैसे ही सप्तम सुर में, जैसे वह गाया करता था। वह झटके से उठ बैठा। उचककर खिड़की से बाहर देखा। बगीचे में खड़े पेड़ के पीछे कोई साया छिपा-सा लगा। वह जल्दी से बगीचे की तरफ़ लपका। जंगल-झाड़ से उग आये बगीचे में हर साया किसी के होने का भ्रम पैदा करता था।

'ओमी...ओमी...' उसने धीरे से पुकारा मगर कोई जवाब न मिला।

वह पूरे बगीचे का चक्कर लगा आया पर कहीं कोई नहीं था। दरवाज़ा खोल वह सड़क पर निकल आया। उजाला होने में अभी देर थी। हर ओर सन्नाटा था। पंछी अभी सो रहे थे। वह समझ न पाया कि आवाज़ कहाँ से आयी थी और कहाँ को चली गयी। अपनी शून्यता के साथ वह बैरंग वापस लौट आया। भीतर का ख़ालीपन और भी गहरा गया था।

आख़िर, उसने जेलर साहब से ही मदद लेने का फ़ैसला किया और दिन निकलने पर तैयार-वैयार हो कर जेल जा पहुँचा।

"क्या हुआ, घर में मन नहीं लगा?" जेलर साहब उसे देखकर मुस्कराए।

ऐसा कई बार होता था कि क़ैदी रिहा हो जाने के बाद भी जेल के दोस्तों से मिलने चले आते थे। बाहर की दुनिया के लिए वे चाहे कितना ही अधीर रहे हों पर बाहर की दुनिया उन्हें उस शिद्दत से नहीं स्वीकारती।

"साब, ओमी से मिलवा दो," वह सीधा मुद्दे पर आ गया।

"ठीक है, पर ये ओमी है कौन?" जेलर साहब ने जानना चाहा।

"साब जी, वह मेरे साथ ही रहता था। बहुत अच्छा गाता था। अरसा हो गया उसकी आवाज़ सुने।" एक लम्बी साँस भर उसने बताया, "वह मेरे साथ यहाँ भी आया था, मुझे जेल तक छोड़ने। फिर अचानक मेरी उँगली झटक कर वह पता नहीं कहाँ चला गया।" उसकी आँखों में सूनापन उतर आया था।

"वह मुझसे नाराज़ हो गया था। मेरी हरकतों से परेशान..." उसने एक सिसकी भरी। "साब जी, किसी तरह उसे ढूँढ़ दो, उसके बिना मेरी रिहाई का कोई मतलब नहीं।"

कोई बाढ़ बाँध तोड़ने को आतुर थी मगर उसने उसे आँखों की कटोरियों में समेट लिया।

जेलर साहब सोच में पड़ गये। कौन था जो उसे जेल तक छोड़ने आया था? रिहाई के समय तो कोई उसे लेने नहीं आया। जिस समय वह जेल में आया था उस समय तो यहाँ कोई और ही जेलर था। वही कुछ बता सकता है। मगर वह भी इतनी पुरानी बात क्या याद रखेगा। यहाँ तो हर रोज़ ही कोई न कोई आता रहता है। और यह तो जब से यहाँ आया है, कभी कोई इससे मिलने नहीं आया है, न ही इसने कभी किसी का ज़िक्र किया है। यह तो कभी कुछ बोला ही नहीं। यहाँ तक कि सुनवाई के समय भी उसकी तरफ़ से उसका

वकील ही जो कुछ बोलता। वह न उसे काटता, न हामी भरता। उसकी चुप्पी को हामी के तौर पर लिया जाता रहा और फिर उसे उम्रक़ैद हो गयी। ये जेलर साहब तो दो साल पहले ही यहाँ की जेल में आये थे। इसकी ख़ामोशी और इसका शान्त स्वभाव जेलर साहब के भीतर उसके प्रति सहानुभूति भरता रहा और उन्हीं की पैरवी पर उसकी रिहाई हुई थी।

जेलर साहब ने उसकी फ़ाइल मँगा ली। क्या पता, इसमें कहीं ओमी का कोई सुराग मिल जाये।

फ़ाइल खोली ही थी कि खट से एक फ़ोटो नीचे गिरी। जब तक जेलर साहब फ़ोटो उठाते तब तक उसने लपककर वह फ़ोटो उठा ली और ख़ुशी से चहक पड़ा, "साब जी, यही तो है ओमी। इसी को तो ढूँढ़ रहा हूँ।"

जेलर साहब ने फ़ोटो हाथ में ले ली। वह बीस-बाइस साल के सुदर्शन युवक की तस्वीर थी। मूँछों की हल्की धारी और चमकदार आँखों के बीच दमकता कमसिन चेहरा। आख़िर फ़ोटो फ़ाइल से निकली है तो ज़रूर ही इसके बारे में फ़ाइल में कुछ मिलेगा। जेलर साहब ध्यान से फ़ाइल पढ़ने लगे।

"शिवेन्द्र कुमार उर्फ़ 'ओमी' को दफ़ा 302 के जुर्म में आज तारीख..." जैसे-जैसे वे फ़ाइल पढ़ते जा रहे थे, सारा रहस्य खुलता जा रहा था। जब उसे यहाँ लाया गया था और रिकॉर्ड के लिए जो तस्वीर खींची गयी थी, यह वही तस्वीर थी।

जेलर साहब समझ चुके थे कि एक लम्बे समय तक जेल की ज़िन्दगी जीते-जीते वह ख़ुद को ही पहचान नहीं पा रहा था। अपने कॉलेज के 'उमंग-बैंड' का वह सिंगर, हिन्दुस्तानी और पाश्चात्य संगीत का फ्यूज़न जिसके गाने की ख़ासियत थी...जिसकी ऊँची तान और दिलकश आवाज़ के कितने ही दीवाने थे...

जेलर साहब फ़ाइल पलट रहे थे और महसूस कर रहे थे कि एक समय में वह कितना हँसमुख और हाज़िरजवाब हुआ करता था। संगीत की धुन पर थिरकता, आवाज़ के आरोह-अवरोह पर झूमता ओमी एक ज़िन्दादिल इन्सान था। अपने वक़्त के युवाओं की पहली पसन्द। अलग-अलग कॉलेजों में उसका बैंड अपने जलवे बिखेरता लोकप्रिय हो रहा था। उसकी दिलकश आवाज़ को सुनने भीड़ उमड़ आती थी। ओमी-ओमी...हर तरफ़ उसके नाम

की धूम मची रहती थी। ऐसे ही एक म्यूज़िकल कॉन्सर्ट में किसी प्रतिद्वन्द्वी बैंड के लोगों के साथ उसका झगड़ा हुआ। हाथापाई, जानलेवा हमला...फिर लम्बी जिरह-बहस के बाद शिवेन्द्र कुमार को उम्र क़ैद की सज़ा हो गयी। धीरे-धीरे शिवेन्द्र कुमार की आवाज़ गुम हो गयी। उसके नाम के अक्षर क़ैदी नम्बर में तब्दील हो गये। उसके भीतर का ओमी जेल की ऊँची दीवारों में दफ़्न हो गया। अब वह किसी से नहीं लड़ता था, किसी से नहीं उलझता। आख़िर इस जेलर की निगाहों ने उसके भीतर की मासूमियत को पहचाना और उसकी रिहाई की अपील की। रिहाई भी हुई, मगर उसकी नहीं जिसे क़ैद कर यहाँ लाया गया था। रिहा होने वाला तो दूसरे ही शख़्स में बदल चुका था। एक ऐसा शख़्स जो हँसना-गाना जानता तक नहीं था। उसकी कोई पसन्द-नापसन्द नहीं थी, जबकि ओमी हर बात पर उत्तेजित होने वाला, एक बेहद ज़िन्दादिल इन्सान था। जिसे रिहा किया गया उसमें तो न किसी तरह की ज़िद थी, न उत्तेजना। क़ैद के इन लम्बे वर्षों में वह एक निहायत तटस्थ व्यक्ति हो चला था। एकदम शान्त और निर्विकार।

उन दोनों के न चेहरे मिलते थे, न प्रकृति। वह ख़ुद से ही अपरिचित हो गया था और ख़ुद को ही तलाश रहा था।

"ये तुम्हारी ही तस्वीर है। तुम ही ओमी हो।"

जेलर साहब ने उसे समझाना चाहा तो वह अबूझ-सा उनका चेहरा देखता रहा। फिर वह अकबका कर कुर्सी से उठा और उस फ़ोटो को लेकर कमरे में लगे आईने के सामने खड़ा हो गया। वह कभी आईने में ख़ुद को देखता तो कभी उस तस्वीर को।

दोनों में कहीं भी, कुछ भी तो एक-सा नहीं था।

(अक्षरा)

जोड़ों में जमी शाम

हर सुबह वह देखती है वहाँ बिस्तर पर पड़ा अपना पार्थिव शरीर–निष्क्रिय, बेजान, बिना किसी हलचल, मोह-माया से परे एक आकृति भर। वह आहिस्ता से प्रवेश करती है अपने भीतर। हाथों-पैरों में थोड़ी-सी हरकत होती है। बायें हाथ को ऊपर उठाकर पहले क्लॉक फिर एंटी-क्लॉकवाइज़ घुमाती है–एक... दो...तीन...चार...पाँच...फिर करवट बदल कर दायाँ हाथ, बायाँ पैर और दायाँ पैर घुमाती है। साँस फूलने लगती है तब एहसास होता है कि जान अभी बाक़ी है, लगभग मरने जैसी स्थिति में पहुँचकर भी मरी नहीं है अभी। वैसे अभी मर भी कैसे सकती है, कितने असाइन्मेंट्स पेंडिंग हैं। वह जल्दी से ख़ुद को उठाकर बिठाती है। हाथ आगे बढ़ाकर अधबँधी मुट्ठियाँ पाँच-पाँच बार क्लॉक और एंटी-क्लॉकवाइज़ घुमाती है, जल्दी-जल्दी पंजों को आगे-पीछे भींचती है। ज़मीन पर पैर रखती है तो एकाएक सन्तुलन नहीं बना पाती, हड़बड़ाकर खिड़की का पल्ला थामकर ख़ुद को सँभालती है। झल्लाहट होती है, वैसे तो जपेगी मर जाऊँ, मर जाऊँ, मगर गिरने के डर से पल्ला थाम लिया। क्यों थाम लिया? गिर जाने देती। क्या होता अगर थोड़ी चोट ही लग जाती। क्या पता पलंग के कोने से सिर टकराता और इहलीला समाप्त हो जाती। पर इतनी-सी चोट से रिहाई भी तो नहीं होती। लेकिन कामिनी भल्ला के साथ तो ऐसा ही नहीं हुआ था? उसका रिक्शा आगे जा रही गाड़ी से टकराकर उलट गया और वह एक उछाल के साथ रोड डिवाइडर से जा टकराई। अस्पताल तक जाने का समय नहीं मिला, वहीं ढेर हो गयी। वह अक्सर सोचती है, क्या उसके साथ भी ऐसा ही कुछ नहीं हो सकता? रोज़ ऐसी कामनाओं के साथ ही उसकी सुबह होती है। मृत्यु की कई सारी सम्भावनाओं में से रोज़ कोई नयी

सम्भावना तलाश करती है। रोज़ इसी उम्मीद से दिन की शुरुआत करती है कि क्या पता आज कुछ ऐसा घट जाये कि इस जीवन से निजात मिल जाये। ऐसी अपंगता के सहारे आख़िर कितना लम्बा जीवन जिया जा सकता है? वह महसूस करती है कि जन्म के साथ मिली अपंगता फिर भी झेली जा सकती है, क्योंकि तब व्यक्ति प्रारम्भ से ही वैसा जीवन जीने का आदी हो जाता है, लेकिन जो अपंगता डॉक्टरों की लापरवाही या ख़ुदगर्जी का नतीजा हो, उस सज़ा को झेलना कितना मुश्किल है। अपने-आप को समझाते-बुझाते हुए वह बाथरूम की तरफ़ मुड़ गयी। गीज़र ऑन किया तो बिजली नदारद। आँखों में लाचारगी तैर गयी। कोई और वक़्त होता तो वह बिजली विभाग पर झल्लाती, देश की व्यवस्था को कोसती। मगर अब वह महसूस करती है कि ऐसी प्रतिक्रियाएँ कहीं-न-कहीं उसकी अक्षमता को ही उजागर करती हैं, इसलिए वह स्थितियों को कोसने के बजाय दूसरे विकल्प खोजना चाहती है। आख़िर किस-किस को कोसे, कितना कोसे। जब डॉक्टर ही विश्वास के लायक नहीं रह गये, तब इन निर्जीव उपकरणों से कैसी शिकायत! रोज़ ही दोहराती है अपनी दुर्दशा की कथा। सोचती है कहाँ-कहाँ उसे रोका जा सकता था।

उस रोज़ जब वह सोकर उठी तो बायें हाथ में थोड़ी सूजन थी। हाथ घुमा-घुमाकर देखा, सूजी हुई हथेली ख़ूबसूरत लग रही थी। चिन्ता से अधिक उसे उत्सुकता थी कि ऐसा कैसे हो गया और हुआ तो केवल बायें हाथ में क्यों हुआ। तब उसमें कोई दर्द भी नहीं था। उसे याद है, उस रोज़ ऑफ़िस में भी काम से छूट मिल गयी थी। उसने याद करने की कोशिश की कि पिछली शाम उसने अपनी किताबों के रैक पर पेंट किया था। क्या पता, हाथ पर अधिक भार पड़ गया हो। मगर पेंट तो दायें हाथ से किया था, जबकि सूजन बायें हाथ में थी। दो दिन के भीतर-भीतर यह सूजन दोनों हाथों और पैरों तक आ पहुँची थी। सूजन बढ़ जाने के कारण मुट्ठी बन्द करने में दिक़्क़त होने लगी थी। वह हड़बड़ाकर अपने दफ़्तर के पैनल के डॉक्टर के पास भागी थी। फिर तो एक्स-रे, ब्लड-टेस्ट की झड़ी लग गयी। डॉक्टर टेस्ट पर टेस्ट करा रहे थे, मरीज़ को भला क्या आपत्ति हो सकती है, पैसे तो दफ़्तर से भरे जाने हैं। शरीर को छलनी कर दिया। पता नहीं कितने तरह के प्रयोग कर लिए मगर न सूजन कम हुई, न दर्द। यहाँ तक कि एम.आर.आई. तक करा लिया, मगर मर्ज़ था

कि पकड़ ही न आया। तरह-तरह की दवाइयाँ चलती रहीं मगर सब बेअसर। अब उसकी बेचैनी काफ़ी बढ़ गयी थी। आख़िर क्या हुआ है उसे जो कोई पता ही नहीं लगा पा रहा। फिर डॉक्टरों और इलाज़ के बदलने का सिलसिला शुरू हुआ। एलोपैथी, होमियोपैथी यहाँ तक कि आयुर्वेदिक और यूनानी भी आजमा लिए। हर डॉक्टर अपने इलाज का भरोसा दिलाता और पिछले इलाजों को ग़लत ठहराता। हर डॉक्टर के साथ कम से कम तीन-चार महीने तो चलना ही पड़ता। फिर तो उसने पैनल-वैनल का चक्कर भी छोड़ दिया। जो कोई बताता कि फलाँ डॉक्टर से उसे आराम आया है तो वह वहीं दौड़ जाती। करते-करते तीन साल बीत गये। आजकल सरकारी इलाज के भरोसे है। प्राइवेट अस्पतालों में जहाँ हर बात को अतिरिक्त गम्भीरता से लेते थे, यहाँ गम्भीर से गम्भीर बात को भी बड़ी सहजता से लेते हैं।

"आपने आने में देर कर दी...गठिया बढ़ चुका है...गठिया में दर्द तो होगा ही...सूजन है तो घुटने मोड़ने में दिक़्क़त होगी ही..." डॉक्टरों को उससे कोई सहानुभूति नहीं।

उसे विश्वास नहीं होता कि उसे गठिया है...गठिया तो बहुत सामान्य बीमारी है। अगर ऐसा है तो इसका पता लगाने में डॉक्टरों को इतनी दुविधा क्यों हुई...उसके जानने वालों में कितने ही लोग हैं जो उठते-बैठते गठिया का रोना रोते रहते हैं। वह यह भी यक़ीन नहीं कर पा रही कि गठिया ऐसा लाइलाज रोग है कि जिससे छुटकारा न पाया जा सके। वह अपनी टेढ़ी होती जा रही उँगलियों को देखकर सोचती है कि ऐसा कैसे सम्भव है कि चिकित्सा विज्ञान अभी तक इनका इलाज खोज नहीं पाया है...

बार-बार पूछती है ख़ुद अपने-आप से—क्या गठिया इतनी भयंकर बीमारी का नाम है...आँखें नम हो आयी हैं, हथेली तो खुलती नहीं, अधबँधी मुठ्ठी से ही आँखें पोंछ लेती है। गीज़र पर उसकी तकलीफ़ का कोई असर नहीं, वह अभी नींद से जागा नहीं। गैस पर पानी गर्म कर तो ले मगर कैसे, हाथ का ग्रिप तो बनता ही नहीं जब तक कुछ देर पानी में हाथ न डाल ले। सोचती है, कल से रात में ही गीज़र ऑन कर दिया करेगी, पानी गर्म होने पर ऑटो ऑफ़ हो जायेगा। सुबह दिक़्क़त तो नहीं होगी।

दीवार को टटोलती हुई वह पैरों को किचन की तरफ़ घसीटने लगी। बग़ल के कमरे में नेहा गोल होकर सोई पड़ी थी। 'हाँ-नहीं' की दुविधा के बावजूद वह नेहा के कमरे की तरफ़ मुड़ गयी। पायतने समेट कर रखी चादर पूरी कसरत के साथ खोलकर नेहा पर खींच दी। देर रात तक जगकर पढ़ रही होगी। काश, वह स्वस्थ होती तो उसके साथ जागती, उसे चाय बनाकर पिलाती। फ़िलहाल तो यह स्थिति है कि अगर सोने में देर हो गयी तो उसे रात भर नींद ही नहीं आती। कभी था कि यह शरीर उसके कहे मुताबिक चलता था, अब तो वही अपने शरीर के आदेश पर चलती है। इतने पर भी तो शरीर साथ नहीं देता। नेहा करवट बदलकर चित हो गयी। उसने सन्तुष्ट भाव से नेहा की ओर देखा और किचन की तरफ़ बढ़ने लगी। अभी थोड़ी देर में जगेगी तो 'देर हो गयी, देर हो गयी' की घण्टी बजाती बिना नाश्ता किये ही स्कूल भाग जायेगी। वह चाहती है कि जल्दी-जल्दी पैर बढ़ाये, मगर जब-जब वह ऐसी कोशिश करती है, उसे अपनी बेचारगी का एहसास और भी तीव्रता से होता है। मुट्ठियाँ भींचकर अपना आक्रोश तक व्यक्त नहीं कर सकती। ऐसी स्थिति से समझौता कर पाना आसान है क्या? गिरीश उसे समझाते हैं कि जब यही नियति है, तो वह इसे सामान्य ढंग से लेने की कोशिश करे और इसी ढंग से जीने की आदत डाल ले। मगर सामान्य हो पाना इतना आसान है क्या? पिछले तीन साल से कोशिश कर रही है। अब तो उसे याद भी नहीं कि वह कभी कितनी जुझारू हुआ करती थी, हर समय चैलेंज लेने को तैयार रहा करती थी। फिर वक़्त ने एक ऐसा चैलेंज उसके सामने रखा कि उसके सारे जोड़ हिल गये। उसने कभी नहीं सोचा था कि स्वस्थ शरीर कितनी बड़ी उपलब्धि होती है। आज सोचती है कि गौतम बुद्ध क्यों अपना राज-पाट छोड़ कर संन्यासी हो गये। बीमारी...बुढ़ापा...और मृत्यु...क्या जीवन का चक्र इन्हीं के इर्द-गिर्द घूमता रहता है। वह महसूस करती है कि वह भी मोह-माया से ऊपर उठ चुकी है और इस जीवन से संन्यास ले लेना चाहती है। क्यों हमारी मृत्यु पर हमारा अधिकार नहीं! वह मानती है कि अभी बहुत से काम बाक़ी हैं, मगर वह उन्हें कर पाने के लायक ही नहीं बची जब, तो ज़िन्दा रहने का भी क्या फ़ायदा! बल्कि वह ख़ुद को भी एक काम की तरह से मानती है जिसका भार ज़बरदस्ती घरवालों पर डाल दिया गया है। वह उकता चुकी है अपने आप से।

धीरे-धीरे घरवाले भी उकता जायेंगे, फिर अकेली रह जायेगी वह...इस स्थिति को कैसे झेल पायेगी वह! नहीं-नहीं, ऐसा सोचना ठीक नहीं। सब कितनी चिन्ता करते हैं कि पण्डित-ओझा तक नहीं छोड़ा...अब जो उसके हिस्से का कष्ट है, वह तो उसे ही भुगतना पड़ेगा न।

पिछले सप्ताह ही तो वह ऑल इंडिया मेडिकल इंस्टीट्यूट गयी थी जहाँ आर्थ्राइटिस पर सेमिनार था। सेमिनार बहुत कामयाब रहा। कई तरह की जानकारी मिली। यह भी पता चला कि हिन्दुस्तान में रुमटॉइड आर्थ्राइटिस के विशेषज्ञ बहुत कम हैं, जिसका नतीजा यह होता है कि रुमटॉइड आर्थ्राइटिस के मरीज़ों को भी हड्डी के डॉक्टर यानी ओर्थोपिडीशियन से इलाज कराना पड़ता है जो ठीक नहीं है। सेमिनार में उसकी ऐसे कई मरीज़ों से मुलाक़ात हुई जिन्हें देखकर उसने ख़ुद को बेहतर पाया था और ईश्वर को धन्यवाद दिया था। उसे यह देखकर थोड़ी राहत भी हुई थी कि उसकी तरह दुनिया में और भी कई लोग हैं जो इस दर्द के बावजूद हँसकर अपना जीवनयापन कर रहे हैं। उनसे मिलकर उसने अपने भीतर एक प्रकार की ऊर्जा महसूस की थी। सेमिनार के बाद मरीज़ों के बीच दौड़ की प्रतियोगिता भी कराई गयी, जिसमें वह पाँचवें स्थान पर रही। उस रोज़ उसे लगा था कि विवशताओं के बीच भी ख़ुश रहा जा सकता है। उसने ख़ुद को समझाया था कि अब वह भाग्य को कोसने के बदले इस जीवन को सार्थक मान कर जियेगी। आख़िर ईश्वर ने उसे इसके अलावा भी तो बहुत कुछ दिया है।

पिछले सप्ताह से इस सप्ताह के बीच उसकी सोच में कितना अन्तर आ गया है। कितने उतार-चढ़ाव से होकर गुज़र रही है उसकी ज़िन्दगी।

रसोई तक की यात्रा पूरी हो गयी है। दोनों हथेलियों के सहारे वह गैस पर पानी चढ़ा देती है। गैस की आँच भली लग रही है। लगता है, जैसे माँ उसे प्यार से समझा रही हो, "क्यों मन छोटा करती है मँझली, हर किसी के हिस्से में कुछ सुख, कुछ दुख आता ही है...तू तो फिर भी इस बीमारी से लड़ सकती है, लड़ भी जायेगी मगर मैं जिस बीमारी से मरी उससे तो लड़ना भी सम्भव नहीं था।"

उसे लगा जैसे शरीर में एक सिहरन-सी दौड़ गयी हो। उबलते पानी की कुछ बूँदें छलककर हाथ पर आ पड़ी थीं। चाय लायक पानी पतीले में छोड़ बाक़ी पानी दूसरे पतीले में निकाल लिया और उसमें थोड़ा ठण्डा पानी मिलाकर उसमें अपने हाथ डुबो लिए। माँ की याद उसके भीतर गरमाइश पैदा कर रही थी।

"हमने कोई कम कष्ट सहा मँझली, पर जैसे-तैसे मुकाबला किया, कभी मरने-मराने की दुआ नहीं माँगी अपने राम-रमैया से..."

माँ की निकटता को वह बहुत गहराई से महसूस कर रही है...माँ को छाती का कैंसर हो गया था। ऑपरेशन से बायाँ ब्रेस्ट रिमूव करना पड़ा था। वह महसूस करती है कि कितना अपमानजनक रहा होगा यह उपचार। मगर माँ ने सब कुछ सह लिया। जीवन एक पैकेज डील की तरह है। कुछ अच्छा, कुछ बुरा।

वह महसूस कर रही है जैसे उसके भीतर की गाँठें पिघलकर उँगलियों के रास्ते पानी में उतरती जा रही हैं...उसका हर जोड़ पिघलता जा रहा है...पानी के भीतर वह अपनी मुट्ठियों को बन्दकर खोलती है, दुबारा खोलती-बन्द करती है...वह महसूस कर रही है, उँगलियों की अकड़ कम हुई है...

(समाज कल्याण, दिव्यांग विशेषांक)

आवाज़ उठानी ही होगी

कितनी बड़ी दुनिया समाई है छोटे-से डिपार्टमेंटल स्टोर में। प्लास्टिक की टोकरी में कुछ दालें और मसाले डालने के बाद मैं फिर सोच में पड़ गयी कि और क्या-क्या लेना है। हर बार सोचती हूँ कि अगली बार से लिस्ट बना लिया करूँगी, मगर यह बात स्टोर में पहुँचने के बाद ही याद आती है। स्टोर की शेल्फ पर नज़र मारती हूँ, कितने करीने से इतनी थोड़ी-सी जगह में ज़रूरत का हर सामान सजा रखा है। दायीं तरफ़ के रैक का सामान देखकर ध्यान आता है कि सुबह के नाश्ते के लिए कुछ ले लूँ। जल्दी-जल्दी मैगी, मूसली, मैकरोनी और कॉर्नफ्लेक्स वग़ैरह के पैकेट टोकरी में पटकती हूँ। इतना छोटा-सा स्टोर है कि चार ग्राहक एक साथ सामान लेने आ जायें तो भीड़ हो जाती है। वो तो दोपहर का समय होने से बहुत भीड़ नहीं है, फिर भी, मन पर एक दबाव-सा रहता है कि जल्दी-जल्दी अपना सामान समेटो और दूसरों को रास्ता दो। अभी हाथ में लिस्ट होती तो दस मिनट में सामान लेकर पेमेंट की लाइन में लग जाती। ख़ुद पर झल्लाहट होती है कि मैं कोई भी काम सिस्टम से क्यों नहीं करती। पीछे वाले व्यक्ति को टूथपेस्ट उठाते देखकर दो टूथपेस्ट मैंने भी अपनी टोकरी में डाल लिए। अच्छा लगता है किसी पुरुष को घर के सामान की ख़रीददारी करते हुए देखकर। पता नहीं, वह अन्दाज़े से सामान उठा रहा है या उसने कोई लिस्ट बना रखी है, मगर वह खटाखट सामान भरे जा रहा है...उसकी देखा-देखी मैंने भी जल्दी-जल्दी नहाने का साबुन, सर्फ, विम पाउडर रख लिया। उस व्यक्ति ने टॉयलेट क्लीनर उठाया और बास्केट में पटक दिया। एक ही टोकरी में खाने-पीने के सामान के साथ टॉयलेट क्लीनर रखना ठीक नहीं लगता, कहीं ढक्कन ढीला हो और लिक्विड बाहर निकल

आये...मगर पुरुषों को इस बात से कोई फ़र्क़ नहीं पड़ता। मैंने खिन्न मन से उसकी टोकरी पर निगाह डाली–तेल, साबुन, चना-चबैना, टॉयलेट क्लीनर और मच्छर मारने वाली दवा...सब एक साथ। सामान उठाते हुए अचानक उसकी निगाह मेरी निगाह से आ टकराई। मैं झेंपते हुए मुस्करा दी, वह भी मुस्करा दिया। मैं कुछ असहज हो गयी, लगा जैसे किसी ने मुझे नक़ल करते हुए देख लिया हो। स्थिति से निपटने के लिए मैं दूसरी ओर घूम गयी और हड़बड़ाहट में सोयाबीन का एक पैकेट उठा लिया। मैंने टोकरी नीचे रख दी। मन ही मन याद करने लगी कि और किन चीज़ों की ज़रूरत है, मगर कुछ ख़ास ध्यान नहीं आया। खीज के साथ मैंने अपनी टोकरी समेट ली और पेमेंट काउंटर की तरफ़ बढ़ गयी।

मैं जिस स्थिति से बचने की कोशिश में वहाँ से जल्दी निकल आना चाहती थी, उसी स्थिति से फिर सामना हो गया, मुझसे पहले वही व्यक्ति अपने सामान का भुगतान कर रहा था। एक बार सोचा, वापस लौटकर कुछ और सामान ले आती हूँ, मगर तब तक उस व्यक्ति से फिर निगाह मिल गयी। इस बार उसके चेहरे पर परिचित-सा भाव था। वह अपना सारा सामान एक-एक कर काउंटर पर रखता जा रहा था, बीच-बीच में वह कनखियों से मुझे देखकर यों मुस्कराता जैसे कह रहा हो कि तसल्ली से मिला लो, कहीं कोई सामान छूट तो नहीं गया। अपनी सोच पर ख़ुद ही हँसी आ रही है, भला उसे क्या पता, मैं उसके सामान से अपनी लिस्ट तैयार कर रही थी। अपने मन का चोर ख़ुद पर ही सन्देह कर रहा है। ख़ामख्वाह ही परेशान हो रही हूँ। भुगतान करने के बाद उस व्यक्ति ने 'बाइ' के अन्दाज़ में एक बार फिर मेरी ओर मुस्कराकर देखा और सामान उठाकर आगे बढ़ गया।

मैंने बेहतर महसूस किया। अपना सामान काउंटर पर निकाला और भुगतान किया। सामान थोड़ा ही था, एक कैरी बैग भी ले लिया। जब से पॉलीथिन बैगों पर प्रतिबन्ध लगा है, तब से अपना थैला लेकर चलने की अनिवार्यता हो गयी है, जो कभी याद ही नहीं रहता। ख़ैर, जल्दी-जल्दी सामान बैग में भरा और स्टोर से बाहर निकल आयी। दो-एक रिक्शे वालों ने आशा भरी नज़रों से देखा। मैंने हाथ में सँभाले सामान का वज़न सामान्य पाते हुए रिक्शा लेने का विचार त्याग दिया। सोचा, थोड़ा पैदल भी चलना चाहिए। इधर

कितने दिनों से वॉकिंग भी बन्द पड़ी है। हालाँकि, ऐसे काम निपटाते हुए चलने से वॉकिंग की भरपाई नहीं हो सकती पर कुछ तो होगी ही। मैंने झटके से चाल तेज़ की। आजकल की ज़िन्दगी में हड़बड़ी इस तरह समा गयी है कि कोई जल्दबाज़ी न भी हो, तो भी हड़बड़ी-सी बनी रहती है। अब अभी क्या जल्दी है? ऑफ़िस से जल्दी इसीलिए तो निकली थी न कि सामान लेते हुए समय से घर पहुँच जाऊँगी...मैंने अपनी चाल थोड़ी धीमी कर दी। खिला-खिला मौसम भला लग रहा था। कितने दिन बाद आज ठीक से धूप निकली है। वैसे आजकल धूप की परवाह भी किसे है? हर तरह की सुविधाएँ उपलब्ध हैं, मत निकले धूप, रूम हीटर लगाकर बैठेंगे मज़े से। पहले वाली बात थोड़े ही है कि धूप का मनुहार करने बैठेंगे–सूरूज देवता उगौ, उगौ, तोहर बहुरिया जाड़ा मरौ...माँ हर सरदी ये गाकर सूर्य देवता की चिरौरी किया करती थीं और धूप उगने पर उल्लसित होकर कहतीं कि सूरूज भगवान उनकी प्रार्थना पर ही आये हैं। सोचती हूँ, पहले लोग कितने भोले हुआ करते थे। कम-से-कम माँ तो ज़रूर ही बहुत ही भोली हुआ करती थीं, कितनी छोटी-छोटी बातों से ख़ुश हो जाती थीं। एक प्यारी-सी स्मृति मन को भीतर तक ख़ुशबू से भिगो गयी। आँखों के भीग गये कोर पोंछने को रुकी तो लगा जैसे मेरे ठीक पीछे कोई और भी रुका। मैंने चौंककर देखा, गहरे नीले रंग का स्वेटर पहने, अधेड़ उम्र का वह व्यक्ति कुछ परिचित-सी मुस्कान से देख रहा था। एकाएक समझ नहीं पायी कि इन्हें कहाँ मिली हूँ, मगर हाथ में पकड़ा एक ही स्टोर का कैरी बैग देखकर पहचान करने में कोई शक की गुंजाइश नहीं रही। कितने शातिर हैं लोग कि ज़रा-सी मुलाक़ात पर परिचित होने की प्रतीति देने लगते हैं। दिमाग़ थोड़ा अशान्त हो गया। थोड़ी देर पहले का वह भला-सा एहसास छूमन्तर हो गया। चेहरे पर उभर आयी बेरुखी को रोकने की मैंने कोई कोशिश नहीं की। चाल भी थोड़ी तेज़ कर दी। वैसे भी, घर पहुँचकर किये जाने वाले कामों का दबाव अब जगह बनाने लगा था।

सामने चौड़ी सड़क पार करने लगी तो कुछ रिक्शे वाले दिखाई पड़ गये। रिक्शा ले लूँ क्या? लगभग आधा रास्ता तय कर चुकी हूँ। अब रिक्शा क्या लेना? और वो भी इस चम्पू की ख़ातिर? मन ने अर्जी ख़ारिज कर दी। मैं कोई इससे डरती हूँ क्या? क्या कर लेगा मेरा पीछा करके? अभी थोड़ी देर में घर

पहुँच जाऊँगी, फिर टाटा, बाइ-बाइ। मैंने ख़ुद को समझाया, मगर अब मेरी चाल में एक चौकन्नापन आ मिला था। भीतर का कोई तन्त्र एकाएक चैतन्य हो उठा था। मैं चल आगे की तरफ़ रही थी मगर आँखें पीछे जा चिपकी थीं। वह मुस्कराता हुआ ठीक मेरे पीछे चल रहा था। मैं बायीं तरफ़ मुड़ी तो वह भी बायीं तरफ़ मुड़ गया। कहीं मेरा घर जान लेने के बाद यह रोज़ ऑफ़िस से घर आते वक़्त मेरे पीछे तो नहीं लग जायेगा? चालीस की उम्र होने चली, अब मेरे पीछे क्या आयेगा, पीछा ही करना होगा तो किसी लड़की का करेगा। मगर इन टपोरियों को उम्र से क्या मतलब, इन्हें तो बस...ऊफ, मैं भी कितना कुछ सोच जाती हूँ। भले घर का व्यक्ति दिखता है, उम्रदार भी है। मगर आजकल भरोसे का समय नहीं रहा। कितने उम्रदार लोग मासूम बच्चों के साथ कुकर्म कर बैठते हैं। मन एक तरह की वितृष्णा से भर उठा। एक बीमार समाज पर कैसा भरोसा? वो गाँव की मिट्टी, वहाँ का संस्कार महानगरों में कहाँ मिलेगा? महानगर तो ऐसा जंगल है जहाँ कोई किसी को नहीं पहचानता, बाप-बेटी, भाई-बहन का रिश्ता भी कुछ अर्थ नहीं रखता...सारे मूल्य, सारे आदर्श इस जंगल में पहुँचकर तिरोहित हो जाते हैं...यहाँ आकर गाँव का सीधा-सच्चा आदमी भी जानवर बन जाता है। ऊँची-ऊँची इमारतें और उनसे भी ऊँचे यहाँ के सपने। ये सपने ही व्यक्ति को अपराधी और वहशी बनाते हैं। करियर बनाते-बनाते ही तीस की उम्र हो जाती है, क्या तब तक युवा मन में कोई इच्छा ज़ोर नहीं मारती होगी?

मेरी चेतना उस पर लगातार नज़र रखे हुए थी। अब मेरा रास्ता काफ़ी तय हो चुका था। इस सड़क को पार कर मुझे भीतर वाली सड़क पर जाना था। सड़क पार करते हुए मैंने होशियारी बरती। थैला दूसरे हाथ में लेने के बहाने से मैं रुक गयी, ताकि यह व्यक्ति मुझ से आगे निकल जाये। कमाल है, कितना आसान हल हो सकता था मगर ख़याल नहीं आया। सड़क सँकरी थी, मेरे रुक जाने से वह व्यक्ति भी रुक गया, जैसे अदब के साथ मुझे आगे बढ़ने का रास्ता दे रहा हो। मेरी योजना फेल हो गयी। सोचा, थककर रुकने का अभिनय करती हूँ, फिर लगा कि कहीं मदद के तौर पर इसने मेरा थैला उठा लिया तब तो इससे पीछा छुड़ाना और भी मुश्किल हो जायेगा।

सड़क पार कर ली थी। दायें हाथ की तरफ़ कोई पचास क़दम चलकर मेरी हाउसिंग सोसाइटी है। मैं भीतरी सड़क पर आ गयी थी मगर उसे अब भी पीछा करता महसूस कर मेरी घबराहट बढ़ने लगी। पिछले दिनों नोएडा में ऐसा ही तो हुआ था न, वह लड़की अपनी शिफ्ट पूरी कर साथियों के साथ लौट रही थी। जब उसके साथी अपनी-अपनी राहों को मुड़ गये तब घर से कोई दस मिनट की दूरी पर उस लड़की पर हमला किया गया और कुकर्म कर उसकी हत्या कर दी गयी। ऐसी और भी कई घटनाएँ याद आने लगीं। हम समय रहते सावधान नहीं होते और दुर्घटना हो जाती है। मुझे पहले ही चेत जाना चाहिए था। मगर अब क्या करना चाहिए...दिमाग़ में सनसनी होने लगी। सोचा, राह बदल लूँ...बायीं ओर मुड़ जाऊँ...बायीं ओर क़ब्रिस्तान है...क्या फ़र्क़ पड़ता है, इसी तरफ़ मुड़ जाती हूँ, लेकिन ये रास्ता तो और भी सुनसान होगा...फिर क्या करूँ? मैं नहीं चाहती थी कि इसे मेरे डर का अन्दाज़ा लग जाये और इसका हौसला बढ़ जाये। समय अधिक नहीं था, आख़िर मुझे तय रास्ते की तरफ़ ही मुड़ना पड़ा। जैसा कि अन्देशा था, वह भी मेरे पीछे-पीछे मुड़ गया। मैंने अपनी अन्तरचेतना में अपने पर्स को टटोला...दिल्ली गैंग रेप वाली घटना के बाद से मैं अपने पर्स में मिर्च पाउडर का सैशे रखने लगी हूँ, शायद किसी ऐसी ही अवांछित स्थिति से निपटने की तैयारी में। मगर अब सोच रही हूँ कि क्या मैं सामान से भरे थैले को एक ओर पटककर इससे अपना बचाव कर पाने में सफल हो पाऊँगी? मन-ही-मन पुलिस सहायता के नम्बर भी दोहरा डाले, मगर सामान उठाने के चक्कर में मोबाइल पर्स में डाल दिया था। सारी तैयारियों के बावजूद मैं निहत्थी थी। मुझे कम-से-कम मोबाइल तो हाथ में पकड़ना चाहिए था। मेरी घबराहट बढ़ने की पर्याप्त वजह थी, मेरी चाल भरसक तेज़ हो चली थी। वह भी उसी तेज़ी से मेरा पीछा कर रहा था। मेरी हथेली पसीने से चिपचिपी हो आयी थी मगर हाथ पोंछने का वक़्त नहीं था, मेरी चुन्नी एक ओर अधिक सरक आयी थी या पता नहीं, कहीं इसने खींचने की कोशिश तो नहीं की... मेरी चाल लड़खड़ाने लगी।

और दस क़दम चलकर मेरी सोसाइटी का गेट दिखाई देने लगा था, मुश्किल से दस क़दम और...कई बार एक क़दम की दूरी से दुनिया पलट जाती है, मैं चाहती थी किसी तरह उड़कर इस दूरी को फलाँग जाऊँ, मगर मेरे

लिए अब एक-एक क़दम भारी पड़ रहा था, पूरी ताक़त लगाकर भी मैं और तेज़ नहीं चल पा रही थी। गायत्री मन्त्र का जाप करते हुए मैंने ये दूरी तय की। गेट पर खाकी वर्दी में खड़े गार्ड को देखकर मेरा हौसला लौटने लगा, मैंने गार्ड की तरफ़ देखकर उस व्यक्ति की ओर इशारा किया। अधनींदी अवस्था में उसने ढीले हाथ का सैल्यूट मारा और गेट खोल दिया। मैंने सोचा था कि गार्ड को देखकर वह आदमी राह बदल लेगा, मगर उसने मेरे लिए खोले गये गेट का लाभ उठाया और मज़े से मेरे साथ ही भीतर चला आया। मैंने गार्ड को दोबारा आँख का इशारा किया, मगर वह शायद समझ नहीं पाया या उसने समझना नहीं चाहा। रिटायर्ड बूढ़ों को सोसाइटियों में गार्ड रख लेते हैं, ये क्या गार्डिंग करेंगे? ये तो ख़ाली सलामी बजा कर यहाँ रहने वालों की ईगो सन्तुष्ट करते हैं, इन्हें इसी बात के पैसे मिलते हैं। ज़रूरत पड़ने पर ये किसी को दबोच तो सकते ही नहीं, लोहा क्या लेंगे!

खिन्न मन से मैं अपने ब्लॉक की तरफ़ मुड़ गयी। सोसाइटी के भीतर आ जाने के कारण अब मेरा डर कुछ नियन्त्रण में आ गया था। मगर कमाल है, वह ढीठ की तरह अभी भी मुस्तैदी से मेरे पीछे चला आ रहा था। ऊपर की मंज़िल पर जाने के लिए सीढ़ियाँ चढ़ने लगी तो वह भी मेरी पिछली सीढ़ी पर खड़ा, मेरे आगे बढ़ने की प्रतीक्षा कर रहा था। कहीं इसने मुझे कॉल गर्ल तो नहीं समझ लिया और मेरी सामान्य मुस्कराहट का असामान्य अर्थ लगाकर मेरे पीछे-पीछे चला आया...? कॉलेज के ज़माने में हमारी सीनियर्स ने सावधान किया था कि काले और पीले रंग के कपड़े पहनकर रीगल सिनेमा हॉल के सामने न खड़ी रहना वरना लोग कॉल गर्ल समझेंगे...सीढ़ियाँ चढ़कर मैं अपने दरवाज़े के सामने रुकी तो वह भी रुक गया। पर्स से चाबी निकालने लगी तो हाथ काँप गये, इससे पहले कि यह मेरे साथ घर के भीतर दाख़िल हो जाये इसे रोकना ही होगा, आवाज़ उठानी ही होगी–

कौन हैं आप...और क्या चाहते हैं...?

मैं पूछती, मगर इससे पहले उस व्यक्ति ने साथ वाले मकान का ताला खोला और उसमें समा गया।

(पुष्पगन्धा)

पलटवार

मेहता की ख़ुशी का ठिकाना नहीं था। लग रहा था जैसे उसके पैरों में पंख लग गये हों। हुआ भी ऐसा ही था। अपनी लाड़ली बेटी नैना के नाम से गाड़ी बुक कराते हुए उसने अपनी ज़िन्दगी की सबसे बड़ी जीत पर हस्ताक्षर किये थे। मेहता अभी तक हक़ीक़त पर यक़ीन नहीं कर पा रहा था। उसे याद है, पढ़ाई के दौरान वह अक्सर ऐसे सपने देखा करता था कि कभी वह इतना पैसा कमायेगा कि अपनी पसन्द की जिस चीज़ पर हाथ रख देगा, वह उसकी हो जायेगी। कहीं-न-कहीं उसे विश्वास भी था कि वह दिन ज़रूर आयेगा, मगर इतनी जल्दी और इस तरह...? ये उसकी ख़ुशी को कई गुना बढ़ा रही थी। उसने ख़ूब देख-समझकर गाड़ी की डिलिवरी के लिए आने वाली दस तारीख़ लिख दी। गाड़ी का रंग, उसका ब्रेंड–सब नैना की पसन्द के थे। उसने पहले ही ये सब जानकारी नैना से ले ली थी।

"अच्छा बताइए, आप अपने अठारहवें जन्मदिन पर क्या तोहफा लेना चाहेंगी–फॉरन टूर? गोल्ड ज्यूलरी? या फिर ब्रैंड न्यू कार?"

"ऑफ़ कोर्स अ ब्रैंड न्यू कार, लेकिन..."

"लेकिन-वेकिन कुछ नहीं, कौन-सी कार, उसका कलर और दूसरी सभी विशेषताएँ भी बतायी जायें।" मेहता ने नाटकीयता से पूछा था।

"माइ स्वीट पापा...क्या इस बार मेरे जन्मदिन पर मुझे कार मिलने वाली है...?" नैना ने ख़ुशी से चहकते हुए अपनी पसन्द बतायी थी।

"ऐसा मैंने कब कहा?...बहरहाल, इस सर्वे में भाग लेने के लिए आपका हार्दिक धन्यवाद। मी लॉर्ड, मैं दावे से कह सकता हूँ कि आजकल की लड़कियों की पहली पसन्द नयी कार है।" मेहता ठहाका लगाकर हँस पड़ा था।

मेहता की बात पर नैना रूठ गयी, "पापा, आप मुझसे भी होशियारी करते हैं। देखिएगा, मैं आपसे भी बड़ी वकील बनूँगी और आपको हराऊँगी।"

इन बातों को दोहराते हुए वह ख़ुशी से फूला नहीं समा रहा था। वह ख़यालों में देख रहा था कि अपनी पसन्द की कार गैराज में खड़ी देख नैना कितनी ख़ुश होगी। हमारी ज़िन्दगी का और मकसद भी क्या होता है–परिवार के लिए ख़ुशियाँ जुटाना। मेहता जानता है, सुनन्दा उससे कभी सन्तुष्ट नहीं हो सकती, इसलिए वह नैना को ख़ुश देखकर ही सन्तुष्ट हो जाता है। कहीं एक कसक-सी उठती है, सुनन्दा का चेहरा ज़हन में घूम जाता है, एक आक्रोश हर समय उसके चेहरे पर छाया रहता है। अब मेहता का काम वकालत का है तो वह क्या करे? उसने कोई उससे झूठ बोलकर तो शादी की नहीं। ये बात तो वह विवाह से पहले ही जानती थी। मना कर देती शादी से। कोई प्रेम-व्रेम का चक्कर भी नहीं था कि दिल आ गया।

"लॉयर्स प्रॉफेशन इज़ अ लायर्स प्रॉफेशन," सुनन्दा कहती है, "झूठ के दम पर कमाया पैसा मुझ पर ख़र्च मत करना।"

मेहता का मन उदास हो गया। उसका काम उसके हिस्से आये केस को जिताना है और वह किसी को बेवक़ूफ़ बनाकर नहीं, बल्कि तर्कों के आधार पर अपना केस जीतता है। उसकी तर्क-शक्ति का लोहा सभी मानते हैं। यही कारण है कि आज वह एक ऐसे वकील के रूप में जाना जाता है जिसके केस का जीतना निश्चित है। मगर सुनन्दा उसकी जीत से कभी ख़ुश नहीं हुई। उसने कभी उसके केस में कोई दिलचस्पी नहीं ली। शुरू-शुरू के दिनों में उसे बड़ा अखरता। वह जीत की ख़ुशी किसी से बाँटना चाहता, मगर दूर-दूर तक कोई दिखाई न देता। सुनन्दा की इस बेरुखी से वह बड़ा अकेला हो जाता। ऐसे वक़्त में उसकी सहायक स्मिता उसे सहारा देती। उसकी उपस्थिति से ही वह अपने दायित्वों का निर्वाह कर पाने लायक हुआ था। सुनन्दा को इससे शिकायत तो क्या होगी, वह तो उनकी मित्रता में कोई दिलचस्पी ही नहीं लेती। कई बार वह चाहता कि सुनन्दा से कह दे कि उनके बीच पनप रहे इस रिश्ते के लिए वह ज़िम्मेदार है। मगर मेहता जानता है कि सुनन्दा सीधे कह देगी,

"जस्टिफिकेशन देना तो पेशा है तुम्हारा। सही को ग़लत और ग़लत को सही ठहराने के ही तो पैसे मिलते हैं तुम्हें।"

एक दिन नैना ने भी अपनी माँ की तरह पूछा था, "पापा क्या आपको मुजरिमों को क़ानून से बचाने के पैसे मिलते हैं?"

"बेटे, मैं उन कारणों की तरफ़ ध्यान दिलाता हूँ जिनका प्रावधान क़ानून में इसलिए किया गया है कि किसी के साथ अन्याय न होने पाये।" मेहता नैना के सवाल से तिलमिला गया था। हालाँकि मेहता जानता है कि मुजरिम की तरफ़ से केस लड़ने से मुँह माँगे पैसे मिलते हैं और इसलिए उसकी स्वाभाविक दिलचस्पी इन केसों के प्रति होती है।

"किसी को फ़ैसले से पहले ही मुजरिम मान लेना कितना सही है? क़ानून ने हर किसी को सुने जाने का अधिकार दिया है, ताकि नैचुरल जस्टिस का उल्लंघन न होने पाये।" वह अपने चुनाव को उचित ठहराने का प्रयास करता है।

सुनन्दा कोई सवाल उछाल कर छोड़ देती है, उसके जवाब में उसे कोई दिलचस्पी नहीं होती।

"तुम जैसे वकीलों ने क़ानून को दुकान बना कर रख दिया है...वकालत का मकसद न्याय दिलाना है। ज़िरह-बहस रास्ता है, मंज़िल नहीं।" वह कहती है, "असल ज़िन्दगी में ईमान अहम होता है। अपने ज़मीर से पूछो, क्या सही है!"

हालाँकि उसके पास सुनन्दा की हर आपत्ति का जवाब होता है, फिर भी सुनन्दा से बात करने के बाद वह एक तरह की ग्लानि महसूस करने लगता है। सुनन्दा बहस हार जाने के बाद भी उतनी ही अकड़ से खड़ी रहती है, जैसे कह रही हो कि वह बहस में हारी है, सिद्धान्त में नहीं।

"अच्छा स्मिता, तुम्हें क्या लगता है कि मुजरिम के पक्ष से केस लड़ना ग़लत है?"

वह ख़ुद को उचित ठहराने का भार अक्सर स्मिता पर छोड़ देता है। आख़िर स्मिता उसके अधीन काम करने वाली एक सहायक ही तो है, वह तो उसकी हाँ में हाँ मिलायेगी ही। वह ख़ुद ही स्वयं से बहस करता है और ख़ुद ही में हारता-जीतता रहता है। ख़ुद को तीसमार खाँ समझने वाला नामी वकील नरेश मेहता अपने केस का निपटारा नहीं कर पाता। वह दो मुख़्तलिफ़ हिस्सों में बँट जाता है और अपने पक्ष में दलील दे-देकर थकता रहता है। फिर किसी

बिन्दु पर पहुँचकर मुक़दमा अनिश्चित काल के लिए मुल्तवी रख ख़ुद को सोच की गिरफ़्त से बरी करता है।

वह समझ नहीं पा रहा कि आज मनपसन्द गाड़ी की बुकिंग के मौक़े पर वह यह भीतरी अदालत क्यों खोलकर बैठ गया है? वैसे यह आज कोई नयी बात नहीं। हर मुक़दमे को जीतने के बाद उसका अन्तर्मन उससे मुल्तवी पड़े इस केस की पैरवी करने लगता है। तब उसे लगता है जैसे वह ख़ुद अपना बैरी है, जीत की ख़ुशी भी ख़ुशी से मनाने नहीं देता। शो रूम से उठते हुए उसने एक बार फिर इस जिरह-बहस से ख़ुद को बरी किया और गुनगुनाता हुआ बाहर निकल आया। शनि, इतवार और सोमवार...उसने मन-ही-मन हिसाब लगाया –मंगलवार, दस फ़रवरी...ताज़ीरात-ए-हिन्द...माबदौलत अपनी चश्मेनूर बेटी नैना की ख़िदमत में, उसकी अठारहवीं सालगिरह पर उसकी बेहद पसन्दीदा कार का तोहफ़ा भेंट फरमाते हैं...

तीन दिन बिताना कितना मुश्किल होगा, यहाँ एक-एक मिनट बिताना भारी पड़ रहा है। भरपूर अँगड़ाई के साथ वह अपनी पुरानी कार में जा बैठा।

मेहता चाहता था कि नैना को जन्मदिन पर सरप्राइज़ दे, मगर वह चाहकर भी अपने उत्साह पर क़ाबू नहीं रख पा रहा था। उसने कलाई घुमाकर देखा, सात बज रहे थे। वह अपनी कोचिंग-क्लास से निकल चुकी होगी, उसने हिसाब लगाया यानी बात की जा सकती है। मगर गाड़ी के बारे में अभी कुछ हिंट न दे देना, उसने अपनी व्यग्रता को थोड़ी-सी छूट दी।

"नैना, कहाँ हो बेटे?" आवाज़ को भरसक सामान्य बनाते हुए उसने नैना को फ़ोन किया।

"पिछले दिनों जिस केस में आपने मोटा पैसा कमाया था और बलात्कारी को जुविनाइल कह कर बचा लिया था, आज ऐसा ही एक जुविनाइल मेरे हत्थे चढ़ गया, पापा..." वह बहुत उत्तेजित थी और हांफ रही थी।

"कहाँ हो तुम और क्या कह रही हो?" मेहता के सिर में हथौड़े-से बजने लगे। उसे लगा जैसे उसके दिमाग़ की नस फट जायेगी।

"आप बेशक उसका केस ले लीजियेगा, इसमें आपको मुँह-माँगी फ़ीस मिलेगी।" वह कह रही थी, "मुझे विश्वास है कि आप अपनी तर्क-शक्ति से कुछ-न-कुछ ऐसे कारण निकाल ही लायेंगे कि उसे बचाया जा सके...लेकिन

पापा, जो किसी का कौमार्य भंग करने का सामर्थ्य रखता है, वह किस प्रकार जुविनाइल होने की परिभाषा में आता है...? क्या आपको नहीं लगता कि बदलते हालात के मुताबिक क़ानून में सार्थक बदलाव लाने की कोशिश करना भी आप जैसे वकीलों का दायित्व है? कहीं ऐसा न हो कि क़ानून के पेशेवर अपना केस जीतने के मक़सद से पीड़ितों के बदले मुजरिमों के बचाव के लिए काम करने लगें और हमें अपनी रक्षा के लिए क़ानून को हाथ में लेना पड़े..."

"क्या हुआ है तुम्हारे साथ...? क्या किया है तुमने?" मेहता की आँखों के आगे अँधेरा छाने लगा।

"उसके हावी होने से पहले, मैंने ही उस पर हमला कर दिया और शरीर के जिस अंग से वह मेरी ज़िन्दगी तबाह करता, मैंने उसे ही काट डाला... अब वह किसी और का जीवन बर्बाद करने के लायक नहीं रहा...कम-से-कम एक वहशी दरिन्दे से तो सुरक्षित हो गयीं हम लड़कियाँ...क़ानून मुझे अपने हाथ में लेना पड़ा, क्योंकि हमारे संविधान में अंग-भंग करने की इज़ाज़त नहीं है, फिर भी, अपने बचाव का कोई प्रावधान तो हमारे लिए भी होगा इस क़ानून में...और अगर न भी हो, तो भी, किसी और के किये की सज़ा भोगने से बेहतर है कि मैं अपने किये की सज़ा भुगतूँ..." उसकी आवाज़ में चुनौती थी।

"वैसे फ़िलहाल मैं भी जुविनाइल की कैटेगरी में ही आती हूँ...कहीं ऐसा न हो कि मेरे जैसी और दूसरी जुविनाइल लड़कियाँ भी अपनी लड़ाई लड़ने सड़कों पर उतर आयें...इसलिए बेहतर होगा कि आप लोग केस जिताने के बदले, न्याय दिलाने के लिए केस लड़ें..."

मेहता अवाक सुन रहा था, नैना की आवाज़ बिल्कुल संयत थी और वह अपनी हर दलील पूरे आत्मविश्वास के साथ रख रही थी।

"...और हाँ पापा, आप अपने सर्वे का परिणाम बदल लीजियेगा," वह शान से कह रही थी, "आजकल की लड़कियाँ कार से अधिक हथियार पसन्द करने लगी हैं..."

वह सचमुच बड़ा हो गया

जन्मदिन की गहमा-गहमी के बीच भी वरुण का मन उदास था। हर बार की तरह घर बेहतरीन सजावट से जगमग कर रहा था। सुबह से ही उसे जन्मदिन की शुभकामनाएँ और ख़ूबसूरत तोहफ़े मिल रहे थे। आज उसे स्कूल यूनिफॉर्म पहनने से छूट मिली थी और वह अपनी नयी ड्रेस में स्कूल गया था। स्कूल असेम्बली में प्रिंसिपल मैम ने उसके नाम की स्पेशल प्रेयर की थी। उन्होंने जीसस से कामना की थी कि वरुण अपनी मंज़िल को पाये और एक समझदार व्यक्ति बने। वह बड़ा हो रहा है, मदर मैरी उसे अच्छी समझ दें। इस प्रेयर के बाद से ही वह किसी सोच में डूबा है। क्या बड़े होने का मतलब यही होता है कि वह मस्ती करना छोड़ दे और लगातार कुछ सोचता रहे? उसके पापा ने उसके जन्मदिन के अवसर पर स्कूल को एक ग़रीब बच्चे की साल भर की पढ़ाई और उसकी किताबों का ख़र्च भी डोनेट किया था। सब कुछ तो बढ़िया था। ऊपरी तौर पर तो वह भी ठीक ही दिख रहा था मगर भीतर कहीं कुछ ख़ाली था...

वह अपने पैरों की 'किक' से एक छोटा-सा पत्थर उछालता है। पत्थर लगभग उसकी ऊँचाई तक जाकर गिर जाता है। उसकी निगाह भी उस ऊँचाई को नाप कर नीचे लौट आती है। अपनी ही धुन में खोया वह घर लौट आता है।

शाम नजदीक आती जा रही है, उसके दोस्त और मम्मी-पापा के मेहमान आते ही होंगे। आज जमकर पार्टी होगी। हर उम्र के लिहाज़ से कोई न कोई गेम होगा, मेन्यू में अलग आइटम और अलग मेहमानों के लिए अलग तरह के रिटर्न गिफ्ट होंगे। हर किसी की ज़ुबान पर उसके पापा का ही नाम होगा।

"क्या ख़ूब पार्टी की है वढ़ेरा साहब!"

"पार्टी तो वढ़ेरा साहब की होती है!"

"यादगार, लाजवाब!"

शाम रात में बदलने लगी है। थोड़ी ही देर में घर राइस बल्ब की झिलमिलाहट से जगमगा उठेगा। सामने के लॉन में ठीक बीचोंबीच सजी मेज़ पर शानदार केक होगा। वह उन पर सजी मोमबत्तियाँ बुझायेगा और संगीत की धुन पर सभी एक स्वर में बर्थडे गीत गायेंगे। लगभग यही सबकुछ हर बार होता है मगर हर बार कुछ नये अन्दाज़ में। पापा कुछ न कुछ ऐसा करते हैं जो सब कुछ नया हो जाता है। यादगार और अनूठा! लाजवाब!

अचानक वह देखता है, दादा-दादी तैयार होकर कमरे से बाहर निकल रहे हैं। दादी के हाथ में वह साजी है, जिसमें पूजा का सामान रखकर वे मन्दिर जाती हैं।

वह जैसे नींद से जागा। इस बार भी वही सब होगा। वे मन्दिर चले जायेंगे और उस वक़्त वहाँ नहीं होंगे जब वह केक काट रहा होगा। जब उसके साथी उसके लिए बर्थडे सॉन्ग गा रहे होंगे, तब उसकी आँखें दूर-दूर तक अपने दादा-दादी को तलाश रही होंगी। उसे एक चुभन महसूस हुई, उसे एहसास हुआ कि यही वह फाँस थी जो उसे भीतर-ही-भीतर चुभ रही थी। हर रोज़ वह स्कूल से लौटकर दादा-दादी के साथ कितनी बातें करता है। उसे खाना खिलाते हुए दादी उससे दिनभर की कहानी सुनती है, प्यार से समझाती है कि उसने क्या सही किया और क्या ग़लत। दादाजी उसके साथ खेलते हैं, उसका होमवर्क कराते हैं। तभी तो उसकी रिपोर्ट इतनी अच्छी रहती है। जिनके साथ उसकी हर दोपहर बीतती है, ऐन उसके जन्मदिन पर वे उसके साथ क्यों नहीं होते? यह उसे अच्छा नहीं लगता। वह समझ गया, यही वह कमी है जो उसे लगातार बेचैन किये हुए है। वह अपनी ज़िन्दगी का यह ख़ास दिन उनकी अनुपस्थिति में नहीं बिताना चाहता है।

नहीं, इस बार वह ऐसा नहीं होने देगा।

"दादाजी, इस बार आप कहीं नहीं जायेंगे," वह दौड़कर दादाजी के पास पहुँच गया।

उसकी आवाज़ पर दादाजी ने चौंककर उसकी ओर देखा।

"आज मेरा जन्मदिन है और मैं चाहता हूँ, आज आप मेरे साथ रहें!"

"तुम्हारा जन्मदिन है, इसीलिए तो हम मन्दिर जा रहे हैं। ईश्वर से तुम्हारी दीर्घ आयु और यश-कीर्ति की प्रार्थना करने के लिए।" दादा जी अपनी छड़ी बढ़ाते हुए चलने लगे।

"आप ही तो कहते हैं न, भगवान सब जगह होते हैं। तो फिर आज यहीं कर लीजिए न अपनी पूजा।" वह लाड़ से दादाजी के सामने आकर खड़ा हो गया।

दादी ने वरुण के सिर पर हाथ फेरते हुए समझाया, "तुम बच्चे हो, अपने दोस्तों के बीच ख़ुशी मनाओ, मस्ती करो..."

"मैं बच्चा नहीं हूँ। समझ रहा हूँ कि आप लोग जान-बूझकर मेरी बर्थ-डे पार्टी पर मौजूद नहीं रहते। मन्दिर चले जाते हैं..." वह दादा-दादी का रास्ता रोककर खड़ा रहा, "मैं अपना बर्थ-डे आप दोनों के साथ मनाना चाहता हूँ!"

दादाजी ने मायूसी से समझाया, "बेटे तुम लोगों के ज़माने की पार्टी हमें समझ नहीं आती और हम भी तो वहाँ कितने अजीब लगेंगे...!" दादा जी ने अपने धोती-कुर्ते की ओर देखते हुए कहा।

"और मैं भी तो उलटे पल्ले की साड़ी, सिर पर आँचल..." दादी आँचल मुँह में दबाकर हँस पड़ी, "चल, अब जाने दे हमें...!"

"आप जैसे चाहते हैं, मैं वैसे ही अपना जन्मदिन मनाऊँगा...पर मनाऊँगा आपके साथ ही!" उसने ऐलान कर दिया।

"मुझे अपने जन्मदिन पर आपसे यही तोहफ़ा चाहिए, वरना मैं अपना जन्मदिन मनाऊँगा ही नहीं!"

दादा जी के दिल की धड़कन बढ़ गयी थी। वरुण की जिरह-बहस में पार्टी का समय हो चला था। मेहमानों का आना शुरू हो चुका था। वरुण के मम्मी-पापा आगे बढ़कर आगन्तुकों का स्वागत कर रहे थे। घर के सामने, लॉन में शामियाना लगा था जिसके अलग-अलग हिस्सों में तरह-तरह के खेलों की सजावट थी। हवा भरे मिक्की-माउस पर चढ़ते-उतरते हुए बच्चे बार-बार गिर पड़ते और बच्चों की किलकारी गूँज जाती। सरप्राइज़ के तौर पर इस बार पापा ने एक जादूगर को भी बुलाया था, जो कभी किसी के बालों से पैसे निकालता तो कभी उसकी जेब का बॉल पेन किसी और की जेब से

निकालता। बच्चे हँस-हँसकर दोहरे हो रहे थे। बायीं तरफ़ बने डांस-फ्लोर पर बड़ों का जमावड़ा था। पाश्चात्य धुनों पर सबके पैर ऐसे थिरक रहे थे मानो पहले से इसकी तैयारी कर रखी हो। हवा के पोर-पोर में ख़ुशियों की किलकारी गूँज रही थी।

दादा-दादी के लिए यह सब बिल्कुल अनूठा था। उन्होंने अपने गाँव के मेलों में जो कुछ देखा था, यह सब उसकी तुलना में दूर-दूर तक कहीं नहीं ठहरता था। वे दोनों एक पल को भूल ही गये कि वे इसी दुनिया का हिस्सा हैं। तभी सुनहरी ट्रॉली पर ख़ूबसूरती से सजाया दो मंज़िला केक मैदान के बीचोंबीच सरकने लगा। सभी का ध्यान कार्यक्रम के मुख्य आकर्षण को देखने को उत्सुक हो गया। सभी अतिथि केन्द्र में बने मण्डप की तरफ़ बढ़ने लगे।

"वरुण! वरुण!" मम्मी-पापा पुकार रहे थे।

"आप चलेंगे, तभी मैं भी चलूँगा," वह अपनी बात पर क़ायम था।

"बेटा, ज़िद नहीं करते। अब तुम बड़े हो रहे हो, समझदार हो रहे हो।"

"समझदार हो रहा हूँ, इसीलिए कह रहा हूँ कि मैं आप दोनों के बिना अपना बर्थ डे केक नहीं काटूँगा।"

"वरुण बेटे, हम लोग इस तरह की पार्टी के आदी नहीं हैं।"

"तो आप कैसी पार्टी चाहते हैं, हम वैसी ही पार्टी करेंगे। मगर आप दोनों के बिना नहीं..."

दादा-दादी वरुण की ज़िद के आगे कमज़ोर पड़ने लगे। दादी पुचकारते हुए कहने लगीं, "हम जन्मदिन पर दीपक जलाते हैं, यश-कीर्ति और आयुष्य बढ़ाने वाला मन्त्र पढ़ते हैं, ईश्वर का भजन करते हैं। यहाँ के अन्दाज़ हमसे नहीं निभ पायेंगे..."

"तो हम ऐसा ही करेंगे।" वह अपनी बात पर क़ायम था। "इस बार हम दीपक जलाकर, मन्त्र पढ़कर ईश्वर की प्रेयर करेंगे..."

"वरुण! वरुण!" मम्मी-पापा उसे पुकार रहे थे।

"भई, कहाँ है बर्थडे ब्वॉय?" हर तरफ़ से आवाज़ें आ रही थीं।

उधर वरुण था कि दादा-दादी का हाथ कसकर पकड़े हुए उन्हें देख रहा था।

"तुम नहीं मानोगे!" आख़िर उन्होंने हथियार डाल दिये और किसी मुजरिम की तरह वरुण का हाथ थामे बाहर की तरफ़ बढ़ने लगे।

महँगे-महँगे परिधानों में सजे आगन्तुकों की उस भीड़ में खादी की धोती में दादा जी ख़ुद को बहुत असहज अनुभव कर रहे थे। दूसरी ओर माथे पर आँचल रखे, सूती साड़ी में दादी भी संकोच से गड़ी जा रही थीं।

वरुण ने बीचोंबीच सजे मंच के पास आकर सभी का अभिवादन किया और मेहमानों से अपने दादा-दादी का परिचय कराया। उसने ऐलान किया कि इस बार का जन्मदिन वह अपने दादा-दादी की पसन्द और उनके तरीक़े से मनायेगा।

चारों ओर उत्सुकता बढ़ गयी।

मेहमान वरुण के मम्मी-पापा की ओर हैरानी से देख रहे थे, जबकि वे ख़ुद इस आकस्मिक परिवर्तन से अनभिज्ञ थे। वरुण और उसके दोस्तों के उत्साह का तो कहना ही क्या! उन्होंने दादाजी को घेर लिया था, 'दादा जी, दादी जी!' सभी सम्मिलित स्वर में दादाजी और दादीजी का स्वागत कर रहे थे।

दादा जी ने देखा, जब वरुण और उसके दोस्त यानी यह नयी पीढ़ी उनके तरीक़े से जन्मदिन मनाने को उत्सुक हैं तो वह पीछे क्यों रहें। उन्होंने दादी की ओर देखा। दादी ने अपने हाथ में टँगी, मन्दिर ले जाने वाली साजी से पीतल का दीपक निकाल कर जलाया और दादा जी ने चन्दन-रोली से वरुण के माथे पर तिलक कर दिया।

"शुभम् करोति कल्याणम्, आरोग्यम् धनसम्पदा।
शत्रु बुध्दि विनाशाय, दीपज्योति नमोस्तुते।।"

वे गदगद कण्ठ से अपने पौत्र पर शुभकामनाओं की बरसात कर रहे थे।

पाश्चात्य धुनें शान्त हो गयी थीं। उन धुनों पर थिरकते क़दम, अनूठे आकर्षण से दादा जी की ओर खिंचते चले आ रहे थे। सभी अवाक देख रहे थे, दादा जी के उल्लसित स्वर में वरुण के स्वस्थ और यशस्वी जीवन की मंगलकामना धरती से आकाश तक गूँज रही थी।

वरुण की ख़ुशी का ठिकाना नहीं था। उसे लग रहा था जैसे देवता आकाश से फूल बरसा रहे हैं। वह महसूस कर रहा था कि इस बरस वह सच में बड़ा हो गया था...

(चाणक्य वार्ता, बाल साहित्य विशेषांक)

सपनों के मेले में

ये अलग ही दुनिया थी। जगमगाती बत्तियों के बीच मखमली कालीन पर चलते हुए जनार्दन मित्रा की नज़र सजगता से हर बोर्ड को पढ़ रही थी। उनके लिए होटल मोती महल में लगने वाले 'एडुकेशन फेयर' की संकल्पना बिल्कुल ही नयी थी। गाँव-देहात के बाज़ार-हाट में वे गये थे और वहाँ के मेलों की अनुभूति उनके भीतर एक उल्लास का संचार करती थी। मेले के भीतर के खेल-तमाशे, तरह-तरह की मिठाइयों से सजी रेहड़ियाँ, कठपुतलियों का खेल, रंग-बिरंगे कपड़ों वाला जोकर, बन्दूक के निशाने से गुब्बारे फोड़कर इनाम जीतते साथी, लाउडस्पीकर पर ऊँची आवाज़ में आगन्तुकों को अपने स्टॉल पर आमन्त्रित करती सूचनाएँ और फिर कोई मस्त गीत...मगर यहाँ का परिदृश्य बिल्कुल अलग था। न कोई शोर-शराबा, न खेल-तमाशे और न ही लाउडस्पीकर की आवाज़। फिर भी, गहमा-गहमी तो थी। जनार्दन मित्रा हैरान थे, मेले का यह स्वरूप देखकर। आख़िर यह था भी तो एडुकेशन फेयर, यहाँ उन्हें शिक्षा सम्बन्धी स्टॉल ही तो दिखाई पड़ते। बड़े शहरों की बड़ी बातें। आजकल इस तरह के मेले आम हो गये हैं। वैसे देखा जाये तो बड़े उपयोगी हैं ये मेले। अलग-अलग शहरों में स्थित व्यावसायिक संस्थानों में जा-जाकर दाख़िले की जानकारी इकट्ठा करना कितना कठिन था, जबकि अधिकतर संस्थानों के प्रतिनिधि ख़ुद ही यहाँ उपस्थित थे। एक ही स्थान पर विभिन्न संस्थानों और पाठ्यक्रमों की जानकारी का हासिल हो जाना...जनार्दन मित्रा आधुनिकीकरण के बोध पर मोहित हो रहे थे।

अक्सर छात्र अपने लक्ष्य को लेकर बहुत निश्चित राय नहीं रखते, मित्रों की पसन्द-नापसन्द पर उनका लक्ष्य निर्धारित होता है। साथ ही अभिभावकों

को भी 'ताज़ा' विकल्पों की ठोस जानकारी नहीं होती है। ऐसे लोगों के लिए हॉल के बीचोंबीच एक परामर्श मण्डल स्थापित था जो न केवल ताज़ा विकल्पों की अद्यतन जानकारी दे रहा था, बल्कि किस छात्र का रुझान उसे किस क्षेत्र में सफल बना सकता है, इसका मनोवैज्ञानिक विश्लेषण भी प्रस्तुत कर रहा था। एक रोचक खेल जिसमें हर खिलाड़ी महत्त्वपूर्ण था। फ़िल्म निर्माण, होटल प्रबन्धन, वकालत, हर क्षेत्र में अनन्त सम्भावनाएँ हैं। आजकल बच्चों की रुचियाँ भी कितनी अलग-अलग तरह की होती हैं और माँ-बाप भी उनसे कितनी अजीबोग़रीब अपेक्षाएँ रखते हैं।

जनार्दन मित्रा ने एक बार गुंजन की ओर देखा। गुंजन की निगाहें चंचल हिरणी-सी इधर-उधर भाग रही थीं। वे आगे बढ़ गये। उनकी बेटी के मन में भले कोई करियर तय न हो, मगर उनके मन में तो बड़ा साफ़ तय था कि उन्हें अपनी बेटी को क्या बनाना है और अब इस प्रदर्शनी में पहुँचकर तो उनका सपना और भी स्पष्ट आकार लेने लगा था। वे तेज क़दमों से अपने मतलब का काउंटर तलाशने लगे कि सामने वाले काउंटर से गले में कैमरा लटकाये एक व्यक्ति गुंजन के पास आ खड़ा हुआ, "आइए मैडम, इधर आइए।" जब तक मित्रा साहब कोई प्रतिक्रिया देते, वह जादुई कैमरा गुंजन को अपने फ्रेम में फिट कर चुका था। श्रीमती मित्रा भी कैमरे के तिलस्म से अछूती नहीं रह पायीं। वे हैरानी से देखने लगीं, सामने एयर हॉस्टेस की यूनिफॉर्म में एक फुल साइज़ कट आउट बना था, जिसकी गरदन पर गुंजन ने अपनी ठोड़ी टिका दी। खचाक्... खचाक्...कैमरे ने तुरन्त दो तस्वीरें हाज़िर कर दीं, "देखिए मैडम, कितनी फिट पर्सनैलिटी है, टॉल, फेयर एंड स्मार्ट। आपकी बिटिया तो एयर हॉस्टेस के लिए बिल्कुल परफेक्ट है।" वह व्यक्ति श्रीमती मित्रा को तस्वीरें दिखाने लगा, "हमारी अकादमी लड़कियों को ये कोर्स कराती है और नौकरी भी दिलवाती है...सभी एयरलाइनों से हमारे कॉन्टैक्ट हैं। साल भर का कोर्स..."

"ये कहाँ अटक गयीं?" मित्रा साहब ने श्रीमती मित्रा को झकझोरा।

"अरे फ़ोटो खिंचाने में क्या हर्ज़ है, देखो न कितनी जँच रही है गुंजन!"

गुंजन भी आश्चर्य भरी ख़ुशी से अपनी तस्वीरें देखने लगी...उसका गोरा रंग, लम्बा क़द, छरहरा बदन। सचमुच वह इस रूप में कितनी परफेक्ट लग रही थी। वह ख़ुद पर ही मोहित हो रही थी। उसकी आँखें ऊँचे, नीले आसमान में

उड़ान भरने लगी थीं...उसके सपने बादलों के ऊपर से उसे पुकारने लगे... मगर मित्रा साहब को अपनी राह का पता था, वे इस तरह के प्रलोभनों से विचलित होने वाले नहीं थे। वे श्रीमती मित्रा और गुंजन पर नाराज़ होते हुए अपने मतलब के स्टॉल पर जा पहुँचे, "मुझे अपनी बेटी को इंजीनियरिंग कराना है।"

"ज़रूर कराइए।"

काउंटर पर कई प्रतिनिधि बैठे थे। हर प्रतिनिधि अभिभावकों को व्यक्तिगत रूप से समय दे रहा था। 'अभिषेक भार्गव' की नेम प्लेट वाला सूटेड-बूटेड वह लगभग तीस वर्षीय युवक, मित्रा साहब से मुखातिब हुआ, "बारहवीं में क्या परसेंटेज थी? पी.सी.एम. में कितने मार्क्स...ए.आई. ट्रिपल ई. में क्या रैंक...?"

मित्रा साहब ने गला साफ़ किया, टाई की नॉट नीचे खिसकाकर फिर ऊपर चढ़ाई, "पचपन परसेंट..." वे जानते थे कि इंजीनियरिंग का सपना देखने वाले की इतनी परसेंटेज से कैसे बात बन सकती है। मगर वे यह भी जानते थे कि आजकल तो पैंतालीस प्रतिशत वाले भी इंजीनियर बन जाते हैं। सब अस्सी प्रतिशत वाले ही हुए तो इन प्राइवेट संस्थानों को कौन पूछेगा? ख़ुद में आत्मविश्वास जगाकर वे अभिषेक भार्गव के सवालों के जवाब देने लगे। भार्गव इस बात पर ज़ोर दे रहा था कि उनके संस्थान की मार्केट में बहुत अच्छी गुडविल है। देश-विदेश की कम्पनियाँ कैम्पस सिलेक्शन के लिए वहाँ आती हैं और विद्यार्थियों को फाइनल सेमेस्टर की परीक्षा देने से भी पहले ही नौकरी का पत्र मिल जाता है।

मित्रा साहब का आकर्षण बढ़ता जा रहा था और वे जल्दी से मुद्दे की बात यानी दाख़िले पर आना चाहते थे।

"साहब, इसीलिए तो आपके पास आये हैं, आप ही बताइए हमें क्या करना है?"

"दरअसल मार्क्स कुछ कम हैं...इसलिए आप यह कर सकते हैं कि मैनेजमेंट सीट के लिए अप्लाई कर दें। इसमें आपकी फ़ीस लगभग डेढ़ गुना अधिक होगी और एडमिशन के वक़्त भी आपको थोड़ा अधिक देना हो सकता है..." भार्गव अब असल मुद्दे पर आया।

"मतलब कितना अधिक?"

"यूँ समझिए..." भार्गव ने पाँच उँगलियाँ दिखाईं।

"पाँच लाख?" मित्रा साहब की आवाज़ गले में फँसकर रह गयी।

भार्गव ने सिर हिलाकर हामी भरी।

मित्रा साहब सोच में पड़ गये। श्रीमती मित्रा चाहती थीं कि वे ख़ुद भार्गव से बात करें, लेकिन तब तक मित्रा साहब ने नज़रें घुमा लीं और वे हॉल में प्रदर्शित दूसरे बोर्ड पढ़ने लगे–जगदम्बा इंजीनियरिंग इंस्टीट्यूट, शारदा टेकनिकल इंस्टीट्यूट, विश्वेश्वरैया इंजीनियरिंग कॉलेज...कई सारे नाम, सभी तो इंजीनियरिंग ही कराते हैं। आजकल तो इंजीनियरिंग की डिग्री ऐसे हो गयी है जैसे बी.ए. की कोई साधारण डिग्री। मगर उनके समय में ऐसा नहीं था। उनके पिताजी अक्सर कहा करते थे कि डॉक्टर, इंजीनियर तो बड़े घरों के बच्चे ही बनते हैं। जनार्दन मित्रा ने पिता की बात में छिपी कामना पढ़ ली थी और तभी से पिता की आँखों का सपना सेंध लगाकर उनकी आँखों में आ बसा था। तब उन्हें अक्सर टोपी पहनते हुए हेलमेट पहनने का एहसास होता और वे ख़ुद को लोहे के सरियों की ताक़त जाँचते, सीमेंट में बालू की मिलावट आँकते देखा करते। उस ज़माने में इंजीनियर का मतलब भवनों का नक़्शा बनाना और उनका निर्माण करने से अधिक कुछ था भी नहीं। अब तो इंजीनियरिंग की इतनी शाखाएँ हो गयीं हैं कि सबको समझ पाना भी मुश्किल है। वे तो इतना जानते हैं कि गुंजन पूरे दिन कम्प्यूटर खोलकर बैठी रहती है, लिहाज़ा उसे कम्प्यूटर इंजीनियर बनाया जा सकता है।

उनके ज़माने में इंजीनियरिंग के इतने विकल्प नहीं थे, फिर आर्थिक सीमाएँ भी थीं। इंटर की पढ़ाई करने के बाद वे गाँव से शहर आ गये थे। पैसा कमाने की ज़रूरत भी थी और धुन भी। उन्होंने ख़ुद ही अपने सपनों से समझौता कर लिया। सपना मगर आँखों की ज़द से आज़ाद फिर भी नहीं हो सका। गुंजन के पैदा होने के बाद ये सपना फिर अंगड़ाइयाँ लेने लगा। इसीलिए उन्होंने लड़की होने के बावजूद दूसरे बच्चे के बारे में नहीं सोचा।

ये सपना गुंजन के साथ-साथ बढ़ता गया था और आज गुंजन के साथ कन्धे से कन्धा मिलाकर खड़ा था। उन्होंने गुंजन को अच्छे स्कूल में पढ़ाया था। नम्बर उसके भले ही बहुत टॉप के न आये हों, मगर जब वह अंग्रेज़ी बोलती तो बड़े-बड़े टॉपर्स भी हकला जाते। पढ़ाई का और मतलब भी क्या

होता है, नम्बर गले में टाँगकर थोड़े ही दिखाये जाते हैं, यह तो आपकी पर्सनैलिटी से झलकता है।

"कोई ज़रूरी है यहीं दाख़िला कराना, पूरा बाज़ार सजा है।" उन्होंने मन-ही-मन सोचा और किसी दूसरे काउंटर पर जाने के लिए मुड़ गये।

"अरे, आप इतना निराश क्यों होते हैं, मेरे पास एक और उपाय है, आप इधर आइए।" भार्गव की आवाज़ से वे थम गये। वह उन्हें अन्दर वाले केबिन में ले गया।

"आप बच्चे के इंजीनियरिंग के दाख़िले को लेकर काफ़ी सीरियस मालूम पड़ते हैं, इसलिए आपको बताता हूँ," भार्गव ने एक प्रॉस्पेक्टस मित्रा साहब को थमाते हुए आगे बताया, "यह हमारे ही संस्थान की गर्ल्स ब्रांच है, क्योंकि यह स्पेशली फॉर गर्ल्स है, इसलिए यहाँ सीट बन जायेगी..."

मित्रा साहब की आँखों में हल्की-सी हँसी तैर गयी। उन्होंने उचटती निगाहों से प्रॉस्पेक्टस की ओर देखा, "मगर यहाँ की फ़ीस?" इस बार उनकी आवाज़ में लापरवाही थी।

"चिन्ता न करें सर, यहाँ भी सरकारी नियम लागू हैं और अतिरिक्त कुछ नहीं देना है, बल्कि लड़कियों के लिए सरकारी तौर पर कुछ छूट भी है..."

मित्रा साहब के होंठों पर मुस्कान खेल गयी। अब आये न रास्ते पर, ये लोग इसी तरह पेरेंट्स को मजबूर करते हैं, ताकि उनसे अधिक-से-अधिक पैसा वसूल कर सकें। मगर अब उनकी स्थिति बदल चुकी थी। अब वे भार्गव से सवाल पर सवाल कर रहे थे और भार्गव उनकी शंकाओं का बड़े उत्साह के साथ जवाब दे रहा था, "यहाँ लड़कियों के रहने के लिए हॉस्टल की बड़ी शानदार व्यवस्था है।" भार्गव ने उन्हें सी.डी. चलाकर मॉनिटर पर दिखाया, "ये देखिए इस इंस्टीट्यूट की लोकेशन...ये क्लास रूम है, ये कैंटीन...और ये देखिए मैडम, एयरकंडीशन्ड हॉस्टल...कमरे के भीतर की व्यवस्था देखिए... सुन्दर परदे, स्टडी टेबल, स्टोर..."

मित्रा साहब काफ़ी सन्तुष्ट महसूस कर रहे थे।

"अच्छा है, गर्ल्स कॉलेज में रहेगी तो ज़्यादा चिन्ता भी करने की ज़रूरत नहीं होगी।" श्रीमती मित्रा का उत्साह भी देखते ही बनता था।

"सर, बुकिंग ज़रा जल्दी करा लेना, सीटें बड़ी तेज़ी से भर रही हैं।" भार्गव ने उन्हें आगाह किया।

श्रीमती मित्रा ने प्रश्नवाचक निगाहों से मित्रा साहब की ओर देखा, "क्या सोच रहे हो, ताड़ाताड़ी कोरो ना।"

"अरे, ज़रा देखने तो दो।" मित्रा साहब प्रॉस्पेक्टस देखने लगे।

"देखते-देखते ही सीट भर जायेगी।" श्रीमती मित्रा अधीर हो रही थीं।

"सर, फेयर के दौरान बुकिंग कराने से आपको दो हज़ार रुपये की अतिरिक्त छूट भी मिलेगी।" भार्गव ने मित्रा जी के धैर्य पर अगला प्रहार किया।

"दरअसल, मैं एक बार साइट पर जाकर तसल्ली करना चाहता था।" मित्रा साहब ने अपने मन की गाँठ खोली।

उनकी बात को भार्गव ने पूरी गम्भीरता से लिया और सहर्ष बताया कि कल ठीक नौ बजे यहीं से उनकी गाड़ी अन्य अभिभावकों को साइट पर ले जाने वाली है। उसने श्रीमती मित्रा एवं मित्रा साहब को भी आने का निमन्त्रण दिया।

रात आँखों में कट गयी। मित्रा साहब देखते रहे कि किस तरह पन्द्रह-सोलह साल की उम्र में वे इस शहर में आये थे, किस तरह उन्होंने नौकरी के साथ-साथ आगे की पढ़ाई की। वह रात भी उनकी ज़ेहन में बिल्कुल ताज़ा है, जिस रात गुंजन पैदा हुई थी। वे पूरी रात गुंजन के पालने के पास ही बैठे रहे थे। उन्होंने तभी जान लिया था कि यह बच्ची उनके भीतर का अधूरापन भरेगी और इंजीनियर बनकर दो पीढ़ियों का सपना पूरा करेगी। मित्रा साहब उत्साह से सोच रहे थे कि बेटियाँ कहीं भी बेटों से कम नहीं हैं। बल्कि लड़की इंजीनियर होना तो और भी बड़ी बात होगी। लोग गुंजन मित्रा का उदाहरण दिया करेंगे, जैसे किरण बेदी का देते हैं। मगर अब तक तो कई लड़कियाँ इंजीनियर बन चुकी हैं, कोई बड़ी बात नहीं रह गयी है किसी लड़की इंजीनियर का होना। मित्रा साहब ने करवट बदली। फिर भी, उनके अपने परिवार के लिए तो गुंजन ही पहली इंजीनियर बनने वाली थी, लड़की इंजीनियर...वे लगातार कल्पना करते रहे कि इंजीनियर बनने के बाद गुंजन कैसी दिखेगी...

अगली सुबह ठीक नौ बजे वे तीनों 'मोती महल' पहुँच चुके थे। वहाँ और भी तीन अभिभावक मौजूद थे। बढ़िया ए.सी. गाड़ी शहर की भीड़भाड़ पीछे छोड़ती आगे निकल आयी। ऊँचे-ऊँचे पेड़ों की छाँह, खेत-खलिहान... सब लाँघती-फलाँगती यह तवेरा गाड़ी शहर से दूर कोई दो घण्टे के सफ़र के बाद साइट पर पहुँची। मनोरम दृश्य...शहरी गहमागहमी से परे यहाँ इतना

सुन्दर स्थान होगा, कोई सोच भी नहीं सकता था। सुन्दर फूलों का बगीचा, हरी मखमली घास...भीतर मार्बल फ्लोरिंग वाले क्लास रूम...बिल्कुल सी.डी. वाला...कहीं कुछ ग़लत नहीं...सभी कुछ सामने था। फिर हॉस्टल दिखाया गया, 'रबर वुड' की स्टडी टेबल, कुर्सी। एक कमरे में दो लड़कियों के रहने की व्यवस्था...

मित्रा साहब हैरान हो रहे थे कि वे हिन्दुस्तान में ही हैं न। उनकी आँखें आह्लाद से भर जातीं, जब वे कल्पना करते कि गुंजन यहाँ पढ़ेगी और सुविधा सम्पन्न हॉस्टल में ठाठ से रहेगी। बहुत लाड़ से पाला था उन्होंने अपनी इकलौती बिटिया को।

संस्थान के कैंटीन में नाश्ते का भी प्रबन्ध था, सभी अभिभावकों का सपना उनकी आँखों में अंगड़ाइयाँ ले रहा था। शक-शूबे की कोई गुंजाइश नहीं थी, प्रत्यक्ष को प्रमाण की क्या आवश्यकता थी। आख़िर कितना पैसा ख़र्च किया होगा सारा इन्फ्रास्ट्रक्चर तैयार करने में। सबसे सन्तुष्टि की बात यह थी कि फ़ीस भी सरकारी, लड़कियों के लिए छूट सहित। अब तो स्थिति यह थी कि मित्रा साहब ख़ुद ही कोई किन्तु, परन्तु सोचना नहीं चाहते थे...गाड़ी वापस चल दी थी। लगभग सभी अभिभावकों की एक-सी मनःस्थिति थी। सभी अपनी दुनिया में गुम थे, शायद आत्मावलोकन का दौर चल रहा था। माँएँ तो बेटी से जुदाई की पीड़ा भी महसूस करने लगी थीं। सभी ख़ामोशी से बाहर भागते दृश्यों पर नज़र टिकाये थे। गाड़ी में कोई हरियाणवी गीत बज रहा था, जिसमें लड़का-लड़की को उलाहना दे रहा था कि ख़ाली मिस्ड कॉल क्यों मारती हो, बात क्यों नहीं करती? गाड़ी में बैठी भावी इंजीनियर लड़कियों के चेहरों पर मुस्कान थी।

गाड़ी 'मोती महल' पहुँचकर रुक गयी। फिर वही बत्तियों की जगमगाहट के बीच लाल मखमली कालीन ने स्वागत किया। मित्रा साहब सचमुच ही महसूस कर रहे थे कि इंजीनियर के पिता का रेड कार्पेट वेलकम किया जा रहा है। पूरे आत्मविश्वास और सन्तोष के साथ उन्होंने भीतर प्रवेश किया। वही गहमागहमी, बीचों-बीच करियर काउंसलरों का जमावड़ा, बायीं ओर एयर हॉस्टेस का फुल साइज़ कट आउट, बराबर में होटल इंडस्ट्री की ट्रेनिंग का डिस्प्ले...मगर ये सब दृश्य परोक्ष में चले गये थे और 'नेशनल कॉलेज ऑफ़

इंजीनियरिंग एंड टेक्नोलॉजी' का बोर्ड 'ज़ूम-इन' होता जा रहा था। अब उन्हें पैरों के नीचे ज़मीन और सर पर आसमान कहाँ दिखाई दे रहा था, वे अपने भीतर अपने गाँव की मस्त हवा को महसूस कर रहे थे, वे महसूस कर रहे थे कि वे चौदह-पन्द्रह वर्ष की उसी उम्र में जा पहुँचे हैं, जब वे खेतों की मेड़ों पर सधे क़दमों से दौड़ते हुए वहाँ पक्की सड़क बनाने का सपना देखा करते थे...आज उनका सपना उनके हक़ीक़त के रूबरू खड़ा था। उनकी आँखों में आशाओं का समुद्र लहरा रहा था...'नेशनल कॉलेज ऑफ़ इंजीनियरिंग एंड टेक्नोलॉजी' की गर्ल्स ब्रांच का फॉर्म उनके हाथ में था।

"गुंजन, एखोने आशुन।" उन्होंने वह फॉर्म गुंजन की ओर इस तरह बढ़ाया, जैसे वे अपने सपनों की जागीर, अपनी सारी विरासत उसके नाम कर रहे हों...वह विरासत जो उनके पिता ने उन्हें सौंपी, आज वे उसे गुंजन के हवाले करते हुए ख़ुद को कितना हल्का महसूस कर रहे थे।

उधर गुंजन के सपने बादलों की ऊँचाई नाप रहे थे। माँ-पापा की हाँ-ना से बाहर निकल, वह दोबारा एयर हॉस्टेस के कट-आउट पर खड़ी होकर तस्वीर खिंचवा रही थी।

मित्रा साहब अधीर होकर गुंजन को पुकार रहे थे। उन्हें फार्म पर गुंजन के हस्ताक्षर चाहिए थे।

"देखिए सर, कितनी फिट पर्सनैलिटी है, टॉल, फेयर एंड स्मार्ट। आपकी बिटिया तो एयर हॉस्टेस के लिए बिल्कुल परफेक्ट है..." बायीं ओर के काउंटर पर खड़ा सुदर्शन नौजवान जनार्दन मित्रा से मुखातिब था।

मित्रा साहब झटकती चाल से उसके नजदीक आये और गुंजन को खींचकर इंजीनियरिंग काउंटर की तरफ़ ले जाने लगे।

गुंजन ने हौले से पिता का हाथ छुड़ाया और एयर हॉस्टेस के कट आउट पर खिंचाई अपनी ताज़ा तस्वीर उन्हें दिखाते हुए बोल पड़ी, "पापा, ये मेरा सपना है। इसे मैं ही पूरा करूँगी..."

मित्रा दम्पति देख रहा था, वह अपने सपनों के फार्म पर हस्ताक्षर कर रही थी।

(साहित्य अमृत)

हर बार पुकारा तुम्हें

मेरा सर घूम रहा था। नींद से पलकें बोझिल हुई जाती थीं, मैंने अपनी आँखें मूँद लीं। देर तक विचार शून्य-सा बैठा रहा। ऐसा तो कभी नहीं हुआ था मेरे साथ। अपने आप में खोया रहना कितना अच्छा लगता था मुझे। कितनी यादें दिल-दिमाग़ पर डेरा डाले रहती थीं। स्मृतियों की इस आवाजाही से कभी तो कोई बाधा नहीं आयी मुझे...

"मुझे बाधा होती है", मिताली चिल्लाई थी, "एक ही बात को बार-बार पूछते हो, बार-बार पुकारते हो मुझे। मैं कुछ काम भी करूँ या तुम्हारे सवालों के जवाब देती रहूँ..."

हाँ, मिताली को मेरे ख़यालों से दिक़्क़त होती है। उसने इस बार ठान ही लिया कि वह मुझे डॉक्टर के पास ले जायेगी। भला इसमें कौन-सी बीमारी हो गयी। अपनी पत्नी, अपने बच्चों को पुकारना, किसी बात के बारे में पूछना... यह भी कोई बीमारी है क्या? मगर वह नहीं मानी।

"पापा, आप एक ही बात को कितनी बार पूछते हैं, हमें वॉट्सऐप पर लिखकर आंसर देना पड़ता है, ताकि बार-बार न बताना पड़े...कुछ दिक़्क़त तो है न।" इस बार बेटी भी उसकी वकालत करने लगी।

आख़िर, मैं कहाँ तक रोक पाता उन्हें और अब तो यूनियन भी बन गयी थी माँ-बेटी की। मुझे जाना पड़ा एक साइकेट्रिस्ट के पास...

"मैं क्या पागल हूँ जो साइकेट्रिस्ट के पास ले जा रही हो..." मैंने झल्लाकर कहा।

"मैंने ऐसा कब कहा? तुम बिल्कुल ठीक हो, बस थोड़ा ओवरथिंक करते हो। मैं चाहती हूँ कि तुम इतना न सोचो। रिलैक्स्ड लाइफ जियो।"

आख़िर मिताली की बात माननी ही पड़ी।

गोल्ड मेडलिस्ट महिला डॉक्टर का प्राइवेट क्लीनिक। बहुत ख़ूबसूरती से सजाया हुआ। कंसल्टेशन रूम के बाहर एक के साथ एक चेन से बँधी तीन तख्तियाँ झूल रही थीं। एक पर लिखा था–"बी पॉज़िटिव", दूसरे पर "बी कॉन्फिडेंट" और तीसरे पर "रिलैक्स।" इन्हें पढ़कर जाने क्यों मैं रिलैक्स होने के बदले उद्विग्न हो रहा था। मेरा आत्मविश्वास डगमगा रहा था और मुझे लग रहा था कि मेरे साथ कुछ अनहोनी होने जा रही है। ख़ुद को संयत रखना मुश्किल मालूम पड़ रहा था कि मेरा नाम पुकार लिया गया।

"बहुत सोचते हैं ये, हर नयी शुरुआत से डरते हैं, फेलियर को एक्सेप्ट नहीं करना चाहते..." मिताली मेरे बारे में बता रही थी। मैंने रोकने की कोशिश की तो डॉक्टर ने मुझे बोलने का स्पेस दिया, "आप ही बताइए, क्या आप फेलियर से नहीं डरते?"

"कौन नहीं डरता, डॉक्टर साहब?"

"कोई नया काम शुरू करने में आप रेज़िस्ट करते हैं?"

कुछ नया करने में हर किसी को धुकधुकी होती है। मैं समझ नहीं पा रहा था कि ख़ुद का बचाव कैसे करूँ। ऐसा तो हर किसी के साथ होता है। कोई हारना नहीं चाहता, कुछ नया शुरू करते समय हर किसी को घबराहट होती है।

"आपको लगता है, हर तरफ़ गन्दगी है और आपको इन्फेक्शन हो सकता है?" इस बार फिर भी कुछ अलग तरीक़े का सवाल पूछा था डॉक्टर ने। मैंने हामी भर दी।

"आप बार-बार हाथ धोते हैं?" अगला सवाल।

"बाहर से आने के बाद पैरों को रगड़-रगड़ कर धोते हैं..."

"क्या दरवाज़ा बन्द करते समय बार-बार चेक करते हैं?"

सवालों का फायर राउंड चल रहा था। मैं ख़ुद को कितना बचा सकता था। फिर, उसके हर सवाल का जवाब 'हाँ' में था। क्या कहता कि खाने से पहले और खाने के बाद हाथ नहीं धोना चाहिए? दिन में तीन बार तो खाना खाते ही हैं तो मैं छह बार तो निश्चित रूप से हाथ धोता हूँ, ज़रूरत पड़ी तो एकाध बार और भी।

"डॉक्टर साहब, ये इस तरह हाथ धोते हैं कि उँगलियाँ तक सफ़ेद हो जाती हैं," मिताली चीख़ी थी। मेरा आत्मविश्वास फिर डगमगाया। फिर भी, मैंने अपनी दलील जारी रखी, "कहीं बाहर जाने से पहले दरवाज़े का लॉक इंश्योर करना ग़लत है क्या?"

"नहीं, रात में सोते समय भी हर दरवाज़े की छिटकनी खींच-खींचकर देखते हैं..." मिताली फिर चिल्लाई थी।

"इसे ओ.सी.डी. कहते हैं।" डॉक्टर ने मेरी चिन्ता को बीमारी के दर्जे में डाल दिया।

"ऑब्सेसिव कम्पल्सिव डिसऑर्डर..." उसने बताया, "हर बार हाथ धोना, तौलिये से न पोंछकर हवा में सुखाना। पैरों को रगड़-रगड़कर धोना, बार-बार दरवाज़ा चेक करना...यह सब ज़रूरी लगता है और इसका इतना ऑब्सेशन हो जाता है कि मरीज़ एक ही काम को दोहरा-दोहराकर करता है।" डॉक्टर की दलील से मिताली सन्तुष्ट दिखाई दे रही थी।

"लेकिन इनका दिमाग़ बहुत शार्प है। ऑफ़िस के बड़े-बड़े प्रोजेक्ट्स इन्हें ही दिये जाते हैं।" इस बार मिताली ने बहुत रहमदिल होकर कहा था। जैसे उसे मेरी क़ाबिलियत पर पूरा भरोसा था। जैसे वह ओ.सी.डी. जैसी किसी बीमारी के नाम से बचना चाहती थी। वह तो बस इतना ही चाहती थी कि मैं बेपरवाह होकर ज़िन्दगी का मज़ा लूँ, न कि हर समय चौकस-चौकन्ना रहूँ...

"कहाँ काम करते हैं ये?" डॉक्टर का बिल बहुत हद तक इस सवाल के जवाब पर टिका था।

"एक अमेरिकन एम.एन.सी. में..."

"हम्म...इन्हें 'जी.ए.डी.' भी है।" मेरी नौकरी के सम्बन्ध में मिताली के जवाब को अनसुना कर दिया था डॉक्टर ने।

"जी.ए.डी.?" मिताली अबूझ-सी डॉक्टर का मुँह ताक रही थी।

"जनरलाइज़्ड एंग्ज़ाइटी डिसऑर्डर, मतलब सामान्य बातों को लेकर ओवरथिंकिंग करना।"

मिताली ने लगभग हाँ में सिर हिला दिया।

"कोई बात नहीं, हल्की डोज़ लिख रही हूँ", डॉक्टर ने पर्ची पर पेन घसीट दिया।

"काउंसलिंग के लिए भी आना पड़ेगा और मशीन से भी ब्रेन को रिलैक्स किया जायेगा।" डॉक्टर ने एक पर्ची पकड़ा दी, "बाहर काउंटर पर लड़का बैठा है न, वह समझा देगा।"

ओह, डॉक्टर के साथ जो समय बीता वह कितना भयावह था। बाहर निकलकर मैं बेहतर महसूस कर रहा था। काउंटर पर खड़े पतले से लड़के ने हमें बाहर जाने से पहले ही रोक दिया और मिताली के हाथ से पर्ची ले ली। वह हमें ऊपर की मंज़िल पर ले गया। वहाँ भीतर वाले कमरे में दो आरामदायक कुर्सियाँ रखी थीं। उसने मुझे एक पर बैठने या कहो, लेटने का निर्देश दिया। फिर मेरे सिर पर एक बैंड जैसा कुछ लगा दिया और उसे बिजली की तार से जोड़ दिया, जैसा ई.सी.जी. करते समय करते हैं।

"ये क्या, इलेक्ट्रिक शॉक...?"

शुक्र है कि इस बार मिताली को मेरी चिन्ता हुई थी। उसे शायद लगा था कि मेरी तबीयत इतनी भी ख़राब नहीं थी कि मुझे बिजली का झटका दिया जाता। वह उठकर मेरे पीछे की तरफ़ आ गयी और उस मशीन का मुआयना करने लगी जिसकी तार मेरे सिर के बैंड से जुड़ी थी।

"मैम, ये सर को रिलैक्स करेगा।"

"आप इलेक्ट्रिक शॉक दे रहे हैं क्या?" इस बार मिताली की आवाज़ में रेज़िस्टेंस था। मुझे अच्छा लगा, मन किया कि पूछूँ तुम्हें भी डॉक्टर से दिखा लें, नयी बात को लेकर तुम्हारे भीतर भी तो रेज़िस्टेंस साफ़ दिखाई दे रहा है।

"नहीं मैम, ये तो सिर पर हल्की-हल्की मसाज देगा, जिससे दिमाग़ की टेन्स नसों में आराम आ जायेगा।"

उसने लाइट बुझा दी और मुझे आँखें मूँदकर लेटे रहने का निर्देश देकर नीचे चला गया। सर में एक अजीब-सी झनझनाहट दस्तक दे रही थी। मगर मैं किसी तरह का अवरोध पैदा नहीं कर सकता था, सो चुपचाप पड़ा रहा। क़रीब आधे घण्टे बाद वही लड़का आया और तारों को खोलकर मुझे आज़ाद कर दिया।

"हफ़्ते में दो बार काउंसलिंग और दो बार मशीन थेरेपी लिखी है डॉक्टर ने।" उसने मिताली को बताया, "कुछ दवाएँ भी हैं। दे दूँ?"

मिताली ने हाँ में सिर हिला दिया।

“ये रात में आधी गोली, ये सुबह-दोपहर और शाम में एक-एक...”

हम घर लौट आये। मैंने मिताली को बहुतेरा समझाना चाहा कि मुझे कोई बीमारी नहीं है। यह घर-परिवार के प्रति मेरी सामान्य चिन्ता है। मगर अब तो मिताली अपने मन की कर चुकी थी। पता नहीं, वह अपने किये से कितना सन्तुष्ट थी, क्योंकि उसकी आवाज़ थोड़ी कमज़ोर तो पड़ी थी। इसे भाँपते हुए मैंने दवाई लेने से इनकार करने की कोशिश की।

“मीतू, हर कोई अपने परिवार की चिन्ता करता है। उसे कोई बीमारी थोड़े ही कहते हैं।”

“दवाई तो खानी पड़ेगी। वह झल्ला पड़ी। पता है, बीस हज़ार का ख़र्चा करके आयी हूँ।”

“बीस हज़ा...र...?”

“जी, हाँ। पाँच–डॉक्टर की फ़ीस, चार–मशीन मसाज और ग्यारह हज़ार की दवाइयाँ...”

मैं सिर पकड़कर बैठ गया। चुपचाप दवाएँ गटक लीं।

“रात नींद कैसी आयी?” अगले दिन मिताली मुझसे पहले जग गयी थी।

“नींद तो मुझे हमेशा ही अच्छी आती है। बल्कि रात में गर्मी लग रही थी।”

“हाँ, तो उमस भी तो कितनी है।” कहते हुए उसने एसी का बटन ऑन कर दिया। सुबह के नाश्ते के बाद वह फिर दवाइयाँ लेकर हाज़िर थी। मैंने फिर रोकने की कोशिश की।

“ये रेज़िस्टेंस ही तो मुसीबत की जड़ है तुम में।”

“रेज़िस्टेंस!” मिताली ने अब एक नया शब्द सीख लिया था। मैंने हथियार डाल दिये और दवा निगल ली।

“मैं चाहती हूँ कि तुम एक आरामदेह और बेफ़िक्र जीवन जियो।” विजयी मुस्कान से मुझे उसने गले से लगा लिया।

लेकिन इस बार की दवा की डोज़ थोड़ी भारी पड़ गयी। मुझे बहुत थकान महसूस हो रही थी। मैं चुपचाप बिस्तर पर लेट गया। इतवार होने के बावजूद आज न तो टी.वी. चलाया, न ही अख़बार पढ़ा। कुछ देर बाद मिताली आयी तो उसने मुझे जगाया, “क्या हुआ? टी.वी., समाचार नहीं देखना?”

"बहुत गर्मी लग रही है।" मैं उठकर बैठ गया।

"अच्छा! नहा लो, फ्रेश महसूस करोगे।"

"हाँ पापा, नहा लीजिए।" बेटी ने भी उसकी हाँ में हाँ मिलायी। इन दोनों का सही है। मेरा साथ देने को तो कोई है ही नहीं। मैं नहाने जाने को उठने लगा कि घबराकर वापस बिस्तर पर आ बैठा। लगा, सर चकरा रहा है। गिर जाऊँगा।

"क्या हुआ?" दोनों एक साथ पूछ बैठीं।

"चक्कर आ रहे हैं। पैर में भी बहुत दर्द हो रहा है।"

मेरे जवाब पर दोनों एक-दूसरे को देखकर मुस्करायीं, जैसे मेरा ड्रामा उनकी समझ में आ गया है। फिर वही, नहाने की दलील। नहा लो, नहाकर अच्छा लगेगा। किसी तरह पैर घसीटते हुए बाथरूम तक गया। मन में अजीब-सा महसूस हो रहा था। जैसे मेरे भीतर कोई आ बैठा है जो मुझसे ही बग़ावत कर रहा है। वह मुझे तहस-नहस कर देना चाहता है। मैं भरपूर कोशिश कर रहा था कि उसे पानी के साथ बहा दूँ। वह मेरे भीतर-ही-भीतर पिघल जाये और मैं फिर पहले की तरह सामान्य हो जाऊँ।

"कब तक नहाते रहोगे? आधा घण्टा होने वाला है", दरवाज़े पर ज़ोर से दस्तक हुई।

बस, अभी मैं अपने भीतर घुस आये शत्रु को खदेड़ने ही वाला था कि मिताली ने सब गड़बड़ कर दी। मैंने दोबारा कोशिश करनी चाही मगर इतनी मोहलत काफ़ी थी उसके लिए। वह फिर मेरे भीतर कुण्डली मारकर बैठ गया था। मैं चुपचाप बाथरूम से बाहर निकल आया।

"देखो, पूरा बदन भीगा है। तौलिया नहीं था क्या?" मिताली झल्ला रही थी, "बीमारी तो क्लियर है। अब इलाज़ करायें तब न। इन्हें तो चक्कर आ रहे हैं, वीकनेस लग रही है..." वह बड़बड़ाये जा रही थी।

दोपहर बाद वह मेडिकल सुपरिटेंडेंट बनी फिर हाजिर थी, दवाइयों के साथ। मना करने की कोई गुंजाइश नहीं थी। दवा खाकर बिस्तर पर पड़ गया। सर बुरी तरह चकरा रहा था। लगा, जैसे किसी सुरंग में घुसता जा रहा हूँ और धीरे-धीरे सुरंग सँकरी होती जा रही है। मैं सुरंग में दब जाता, इससे पहले मैंने पूरी ताक़त से अपने दोनों हाथ फैलाकर सुरंग को चौड़ा करने की कोशिश की।

धक्क...और मेरी आँख खुल गयी। बदन पसीने से तरबतर था। सामने दीवार की घड़ी आठ बजा रही थी। आठ दिन के या रात के? मैंने खिड़की की तरफ़ देखा, बाहर अँधेरा था। यानी रात हो गयी थी। तो क्या मैं सो गया था। दवाइयों के रास्ते कोई मेरे भीतर अपनी जड़ें गहरा रहा था और मैं आराम से सो रहा था। ऐसा कैसे सम्भव है। मैंने ख़ुद से ही ख़ुद का पुरज़ोर विरोध किया।

"मीतू..." मैं ज़ोर से चिल्लाया।

"क्या हुआ?" मिताली दौड़ती हुई आयी।

"मुझे कुछ ठीक नहीं लग रहा।"

"कैसा लग रहा है?"

"....", मैं कुछ ठीक-ठीक बता नहीं पाया।

वह प्रश्नवाचक नज़रों से मेरी तरफ़ देखती रही।

"मुझे घबराहट हो रही है..." मैं बिस्तर से उठकर बैठ गया।

"तो घबराहट की ही तो दवा चल रही है।" मिताली की आवाज़ में कोई रियायत नहीं थी।

"मुझे कितना पसीना आ रहा है, देखो।" मैंने अपने सिर की तरफ़ इशारा किया।

"मुझे तो पसीना नहीं दिखाई दे रहा", मिताली ध्यान से मेरी ओर देखने लगी। फिर कुछ देर बाद कमरे से बाहर निकल गयी। कैसी जालिम हो गयी है मिताली! देख रही है कि मेरी तबीयत बिगड़ रही है, मगर उसे कोई फ़र्क़ नहीं पड़ता। थोड़ी ही देर में मिताली वापस मेरे कमरे में आयी। अपना फ़ोन मेरे सामने रख दिया।

"लो, डॉक्टर साहब से बात करो।" फ़ोन स्पीकर पर था।

"हेलो...", एकबारगी मैं कुछ समझ ही नहीं पाया कि क्या बात करूँ।

"अब बताओ, क्या परेशानी है।" मिताली कमर पर हाथ धरे खड़ी थी। ऐसे में मैं क्या ही कहता।

"डॉक्टर साहब, ये कह रहे हैं कि इन्हें चक्कर आ रहे हैं...वीकनेस लग रही है..." आख़िर मिताली ने ही बात की।

"पर मैंने दवाई तो कोई नहीं दी है। सिर्फ़ मल्टीविटामिन्स हैं। कंटिन्यू रखिए। फिर भी दिक़्क़त हो तो कल सुबह दिखाइए।" डॉक्टर ने फ़ोन काट दिया।

बड़ी मुश्किल है, मेरे अपने ही मेरे ख़िलाफ़ हो गये हैं। किससे फरियाद करूँ। किसी तरह रात कटे तो सुबह डॉक्टर को समझाऊँ। क्या-क्या कहूँगा, मन-ही-मन खाका तैयार करने लगा। अभी तो सब इतनी जल्दी में हो गया कि मैं कुछ समझ ही न पाया।

"पसीना आ रहा है, दिल घबरा रहा है, नहीं...हार्ट सिंक कर रहा है..." मैं अपनी फ़ाइल तैयार करने लगा। अगले दिन मैं डॉक्टर का सामना करने के लिए पूरी तरह तैयार था।

"डॉक्टर, मुझे बहुत पसीना आ रहा है। सिर धक-धक कर रहा है...मुझे लगता है किसी दवाई का रिएक्शन हो गया है।"

डॉक्टर रोबोट की तरह मुझे निर्विकार देखती रही।

"मेरा हार्ट सिंक कर रहा है..."

इस बार उसके चेहरे पर हल्की-सी हलचल हुई, "आज सुबह दवाई खायी है?"

मैंने इनकार में सिर हिला दिया।

डॉक्टर ने घड़ी देखी, "...दवा खाये बारह घण्टे हो चुके हैं। रिएक्शन होना होता तो रात में ही हो जाता..." वह मुझे घूरने लगी।

अब इसका क्या जवाब है। मैं भी चुपचाप उसे देखता रहा।

"हार्ट क्यों सिंक कर रहा है? क्या आपको शुगर की परेशानी है? परिवार में किसी की हिस्ट्री है? कार्डियो प्रॉब्लम...?"

मैं इनकार में सिर हिलाता रहा और डॉक्टर पर्ची पर पेन घसीटती रही।

"ये कुछ टेस्ट करा लीजिए।" वह मिताली से मुखातिब थी, "ऐसे केसेज में पेशेंट अपना इलाज़ नहीं कराना चाहते। बचने का कोई न कोई बहाना खोजते हैं। पर दवाई चलनी चाहिए वरना 'एक्सपोज़र थेरेपी' देनी पड़ेगी।" यह बात कहते हुए डॉक्टर की आवाज़ थोड़ी धीमी हो गयी, जैसे वह कोई गुप्त भेद बता रही हो।

"एक्सपोज़र थेरेपी?" मिताली डॉक्टर का मुँह ताक रही थी। मैंने अनिच्छा से सर घुमा लिया।

"मतलब, इन्हें उन्हीं चीज़ों के बीच रखा जायेगा जिससे उन्हें दिक़्क़त है।" डॉक्टर ने थोड़ा और स्पष्ट किया, "जैसे किसी को डस्ट से परहेज़ है,

तो उसे जानबूझकर धूल-मिट्टी वाले स्थान पर रखा जायेगा, ताकि वह उसका आदी हो सके..." डॉक्टर ने मिताली के चेहरे पर आयी असमंजस की लकीरों को देखते हुए अपना सुझाव वापस ले लिया।

"आप चाहें तो टेस्ट की रिपोर्ट आने तक दवाई रोक दें, मगर उसके बाद इन्हें दवाई खिलानी होगी। आधे घण्टे की इलेक्ट्रिक मसाज दिलवा दीजिए, दिमाग़ को आराम आ जायेगा।" चलते-चलते डॉक्टर ने एक छोटी पर्ची अलग से थमा दी।

"मुझे इससे कोई फ़र्क़ नहीं पड़ता।" मैंने कहा ज़रूर पर डॉक्टर ने शायद सुना नहीं, उसने अगले पेशेंट को भेजने के लिए घण्टी बजा दी थी।

फिर वही सिर में बैंड और बिजली की घुर्र-घुर्र...इससे कहीं आराम आता है? मगर कुछ किया नहीं जा सकता था सो चुपचाप आँखें बन्दकर पड़ा रहा। जो टेस्ट लिखे हैं उनमें से कुछ ख़ाली पेट किये जाने हैं, लिहाज़ा आज तो हो नहीं सकते। मैं लेटा-लेटा सोच रहा था। यानी कल टेस्ट, परसों रिपोर्ट, फिर डॉक्टर से क्रॉस चेक...तीन दिन तो दवाई से छुट्टी।

"दवाओं के ज़रिये ही घुसते हो न तुम मेरे भीतर, तुम्हें ज़्यादा देर टिकने नहीं दूँगा मैं।" अपने भीतर पैठ बनाते जा रहे अनदेखे दुश्मन को ललकारा मैंने।

घर पहुँचकर सोफे पर ही लुढ़क गया।

"पापा, बेड पर लेट जाइए", बिटिया ने मायूसी से आवाज़ दी।

"अभी बेड पर कैसे लेटेंगे? डॉक्टर के क्लीनिक से आ रहे हैं, पहले रगड़-रगड़कर नहायेंगे। तब तो बेड पर बैठेंगे।" मिताली ने व्यंग्य बाण छोड़ा।

"तो इसमें ग़लत भी क्या है? पता नहीं, कैसे-कैसे मरीज़ आते हैं वहाँ, उसी कुर्सी पर बैठते हैं, जिस पर मैं बैठा था। तो नहाने में बुराई क्या है? अब इसे भी बीमारी बना दो..."

"ठीक है, जाओ नहाओ।"

"फ़िलहाल मुझे वीकनेस लग रही है, चला नहीं जा रहा..."

"बारह घण्टे से अधिक हो चुके हैं तुम्हें दवाई खाये। अगर अभी भी तुम्हारी तबीयत गड़बड़ लग रही है तो मतलब हुआ कि यह दवाई के कारण नहीं है। तुम्हें कोई और ही परेशानी है। टेस्ट में पता चल जायेगा।" उसने डॉक्टर का डायलॉग दोहरा दिया।

दवाई रोके हुए दो दिन बीत चुके हैं। टेस्ट की रिपोर्ट भी लगभग नॉर्मल है। मैं बेहतर महसूस कर रहा हूँ। मगर मिताली फिर से दवा शुरू करने के पीछे पड़ी है। मैं उसे बार-बार समझा रहा हूँ कि मैं बिल्कुल नॉर्मल हूँ, मुझे दवाइयों की कोई ज़रूरत नहीं है।

"अगर नहीं खाओगे तो क्या बीमारी पालते रहोगे?" मिताली बुरी तरह से झल्लाने लगी, "तुम्हें क्या परेशानी होगी, दिक़्क़त तो मुझे होती है जब एक ही बात को बार-बार पूछते रहते हो, एक काम को घण्टे भर करते रहते हो... ऐसे तो मैं पागल हो जाऊँगी।"

"सही है, दिक़्क़त तुम्हें है तो तुम अपना इलाज कराओ, तुम दवाई खाओ", मैं भी झल्ला पड़ा। "पता नहीं कैसे लोग हो तुम, जो हर बात को इतना बड़ा बना देते हो! डॉक्टर का तो बिज़नेस ही हम जैसे लोगों से चलता है। हल्की खाँसी के साथ भी जाओ तो टी.बी. का टेस्ट लिख देता है...पर तुम लोगों को क्या हो गया है? कोई बाहर से आयेगा तो इन्फेक्शन साथ लेकर कमरे में घुस जायेगा? और हाथ-पैर धोये तो वह मानसिक रोगी है?" उत्तेजना में मेरी साँस सच में फूलने लगी थी।

"इतना एक्साइटेड मत होओ।" मिताली दौड़कर मेरे नज़दीक आ गयी और मेरा सिर सहलाने लगी, "अच्छा बताओ कि तुम दिन भर में कितनी बार मुझे पुकारते हो? और किसलिए? समय क्या हो रहा है? ख़ुद घड़ी नहीं देख सकते। दिन में कितनी बार पूछते हो कि आज कितने बजे कहाँ जाना है? वॉट्सऐप पर किसी के जन्मदिन की बधाइयाँ पढ़कर भी मुझे दूसरे कमरे से बुलाकर पूछते हो कि आज फलाने का बर्थडे है क्या?" उसकी आवाज़ में मुलायमियत थी।

"अरे ये तो तुमसे बात करने का बहाना होता है, मीतू। मैं हैरान हूँ कि इससे भी किसी को परेशानी हो सकती है।"

"तुम्हें मुझसे बात करने के लिए बहाना चाहिए?" मिताली का स्वर फिर आरोह पर था।

पता नहीं, मिताली मेरी बात समझना नहीं चाहती थी या मैं अपनी बात समझा नहीं पा रहा था, मगर मैंने अपने घर में ऐसा ही देखा था। बाबूजी दिन भर में कितनी ही बार माँ से कुछ-कुछ पूछते रहते थे और माँ हँस-हँसकर

जवाब देती रहती थी। वह तो कभी नहीं झल्लाई। बल्कि बाबूजी के पुकारने पर रीझती रहती कि उनका एक मिनट भी काम नहीं चलता माँ के बग़ैर।

"माँ-बाबूजी दिन भर कितनी बातें करते रहते थे। कई बातों को दोहराते भी थे। बेमतलब हँसते थे, बेमतलब बोलते थे। इन बातों से अपनापन ज़ाहिर होता था। लोग पार्क में जाकर हँसने का व्यायाम करते हैं मगर हक़ीक़त में हँसने से परहेज करते हैं। यहाँ कोई हँसता ही नहीं, आपस में कुछ बोलता ही नहीं। बस, मोबाइल पर मैसेज टाइप करते रहो, मगर सामने जो बैठा है उससे बात करने में परेशानी होती है। मैंने जैसे घर पर देखा, उसी तरह मैं बहानों से हँसने, बात करने की कोशिश करता रहता हूँ। अगर मैं इतनी भी बात न करूँ तो घर में मुर्दनी छाई रहे...संवाद का क्रम ही समाप्त हो जाये..." मैंने समझाने की एक और कोशिश की।

"तुम मेरा इलाज कराना चाहती हो, मगर असल में तो दवाइयों की ज़रूरत मुझे नहीं, तुम लोगों को है जो आपस में बात करने, खुलकर हँसने से बचते हो। कोई किसी को प्रेम करता है तो सौ बहानों से, सौ बार इसे कहता है तो क्या उसे दवाइयाँ खिलाने लगोगे। उसे डॉक्टर के पास ले जाओगे। जो डॉक्टर आपसी प्रेम नहीं समझता, वह बीमारी क्या समझेगा..." मैं बहुत असहाय महसूस कर रहा था।

"तुम नॉर्मल लाइफ क्यों नहीं जीते!" वह मेरे पास आ गयी, "तुम्हारे भीतर डर का जो भूत है न, कि मैं बीमार हो जाऊँगा, मुझे इन्फेक्शन हो जायेगा...मैं चाहती हूँ, तुम इससे मुक़ाबला करो, न कि इन्हें पालो! अपनी इम्यूनिटी स्ट्रॉन्ग करो..." उसकी आवाज़ फिर खीज में बदलने लगी थी।

मैं कहना तो बहुत कुछ चाहता था और मेरे पास अपने पक्ष में तर्क भी थे मगर अन्दर सचमुच कमज़ोरी महसूस हो रही थी, सो फिर पैर सिकोड़कर बिस्तर पर लेट गया।

अचानक मोबाइल बज उठा। इस वक़्त किसी से बात करने की इच्छा नहीं थी। जाने किसका फ़ोन होगा। कुछ बेमने से मैंने साइड टेबल पर रखा फ़ोन उठाया तो देखा माँ का फ़ोन था। अरे, यह कैसे हो गया। टेलीपैथी का असर तो मानना पड़ेगा। मैंने ललक कर फ़ोन रिसीव किया, "माँ परनाम!"

“बेटा, तोहर बाबूजी ठीक नै हथुन!” माँ का स्वर घबराया हुआ था। उन्होंने बताया कि उन्हें दस्त लग गये हैं और साथ में उल्टियाँ भी हो रही हैं। शरीर में पानी की कमी हो गयी है...

बिना एक भी पल गँवाये मैंने गाँव की ट्रेन पकड़ी। पूरा रास्ता चिन्ता में बीता। बाबूजी को कितना ही कहता हूँ कि गाँव छोड़कर हमारे साथ रहें, मगर सुनते कहाँ हैं। यहाँ अब है ही कौन! लड़के-बच्चे तो सब पढ़ाई करने या फिर, नौकरी करने शहर जा चुके हैं। कोई हारी-बीमारी हो तो पूरे गाँव में देखने वाला कोई नहीं है। इस बार माँ-बाबूजी को साथ लेकर ही लौटूँगा, मैं मन-ही-मन संकल्प कर रहा था।

शाम होते तक गाँव पहुँचा तो पिताजी की हालत देखकर सिहर गया। चारपाई से सटी देह, बिना किसी हलचल भयावह लग रही थी।

“बाबूजी!” मैंने द्रवित स्वर में आवाज़ दी।

उन्हें शायद कुछ सुनाई न दिया, वे वैसे ही आँखें मूँदे, खटिया पकड़े रहे। मेरा मन चकरा गया। वे बहुत कमज़ोर और पीले दिखाई पड़ रहे थे। मैं उन्हें जल्दी से अपने साथ शहर ले जाना चाहता था मगर इतना समय रिस्की हो सकता था। आसपास कोई अस्पताल पता लगाया तो कुछ 10 किलोमीटर पर एक अस्पताल मिला। वहीं ले चलना युक्तिसंगत लगा। गाड़ी की भी समस्या थी। यह गाँव आज तक गाँव ही बना है। कुछ भी नहीं बदला। कुएँ से पानी लो, पैदल चलकर कहीं जाओ। बिजली भी नाम भर को। कभी लाइन रहे, तब तो। किसी तरह एक गाड़ीवान किया। लगभग दो घण्टे में अस्पताल पहुँचे। अस्पताल की ही दशा कौन-सी बहुत भरोसे के लायक थी। इसी बीमारी से ग्रस्त कई मरीज़ एक ही हॉल में पड़े हुए थे। ज़मीन पर ही बिछावन बिछा कर पिताजी को लिटा दिया। ओह, पिताजी के बिस्तर पर पीले निशान दिखाई दे रहे थे, जो निश्चय ही उनकी दस्त के रहे होंगे। उन्हें उसी बिस्तर पर एक तरफ़ लिटाकर मैं बाहर की तरफ़ भागा। रेहड़ी वाला पटरी पर अपना सामान बिछाये बैठा था। मैंने जल्दी से उससे एक चादर ख़रीदी और पैसे चुकाकर पिताजी की तरफ़ दौड़ा। चादर बदलकर मैंने उन्हें साफ़ चादर पर लिटा दिया। उन्हें कुछ होश नहीं था कि वे कपड़ों में दस्त कर चुके हैं। मैंने हॉल के बाहर

लगे नल से मग में थोड़ा पानी लिया और बाबूजी को गीले कपड़े से साफ़ कर उनके कपड़े बदल दिये।

शुक्र है कि ग्लूकोज़ का इंतज़ाम था वहाँ और शायद मेरे रंग-ढंग देखकर उन्होंने मेरे मरीज़ को प्राथमिकता पर देख लिया। बाबूजी को ड्रिप लगा दी गयी थी। वहाँ पड़े मरीज़ों की स्थिति तो और भी बदतर थी। सभी की कराहें वातावरण को भयावह बना रही थीं। आसपास के गाँवों में हैजा फैला था और नज़दीक में यही एकमात्र अस्पताल था। डॉक्टर ने मुझे बाहर वाले अहाते में इन्तज़ार करने के लिए कहा।

"भला बाबूजी को इस हाल में अकेला छोड़कर मैं बाहर कैसे जा सकता हूँ, मैं यहीं रुकूँगा..."

"यहाँ संक्रमण का ख़तरा है!"

"इनकी हालत देख रहे हैं आप? आपके पास तो इतने अटेंडेंट भी नहीं कि जो इनके पुकारने पर आ जायें!" मैं दहाड़ पड़ा।

आख़िर डॉक्टर ने मुझे वहाँ रुकने की इज़ाज़त दे दी। पिताजी की बग़ल में ही दीवार से पीठ टिकाकर मैं नीचे बैठ गया। माँ को फ़ोन कर तसल्ली दी कि पिताजी अस्पताल में भर्ती हो गये हैं और डॉक्टर की देख-रेख में हैं। शायद माँ कुछ देर आराम कर पायें। मैं भी ऊँघने लगा। मैंने देखा कि मैं रेगिस्तान में हूँ। चारों तरफ़ रेतीली आँधी चल रही है। मैं जल्दी-जल्दी दूसरी ओर भाग चलना चाहता हूँ, मगर पैर रेत में धँसे जाते हैं। भरपूर ताक़त से पैर बाहर निकालना चाहता हूँ, मगर पैर और गहरे धँसे जा रहे हैं। अचानक एक बवंडर मेरी तरफ़ आया और उसने मुझे अपनी गिरफ़्त में ले लिया। मैं उससे बाहर निकलने के लिए छटपटाने लगा कि जाने किस अज्ञात शक्ति ने मुझे रेत के भँवर से बाहर को धकेल दिया। झटके से आँख खुली तो देखा, बाबूजी उल्टी करने की कोशिश कर रहे थे। जब तक मैं उन्हें उठाता, पित्त का पीला पानी उनकी क़मीज़ तक आ गिरा था। मैं डॉक्टर की तरफ़ भागा।

"कुछ देर पानी चढ़ने दीजिए, अपने आप आराम आ जायेगा!" मेरी शिकायत पर डॉक्टर ने मुझे शान्त रहने की हिदायत दी। यह भी कह दिया कि अगर मैं इसी तरह हर छोटी-बड़ी बात पर उनके पास जाता रहा तो वे मुझे हॉल में रुकने नहीं देंगे। इस धमकी से मैं सहम गया। मैं किसी भी सूरत में बाबूजी

को अकेला नहीं छोड़ सकता था। मैं अपलक बाबूजी को देख रहा था। बचपन में मेरी छोटी-सी चाहत पूरी करने के लिए भी बाबूजी कैसे बेचैन हो जाया करते थे। आज भूमिकाएँ बदल गयी थीं। बाबूजी मेरी जगह थे और मैं उनकी।

पास वाला मरीज़ बहुत आहें भर रहा था। वह टॉयलेट जाना चाहता था और पास कोई था नहीं। आख़िर मैं उठा और उसे सहारा देकर चलाने लगा। वार्ड की दायीं तरफ़ एक कॉमन स्थान पर चार टॉयलेट बने थे। मैं उस मरीज़ को भीतर तक ले गया, किसी तरह उसे भीतर बिठाया। मैं बाहर निकलने लगा तो उसने मेरा हाथ कसकर धर लिया। हालाँकि, उसमें जान ही कितनी थी। एक झटके में मैं अपना हाथ छुड़ा सकता था, मगर मैं ऐसा कर नहीं पाया। हर किसी की वेदना में बाबूजी की गुम कराह सुन रहा था। मैं वहीं खड़ा रहा। फिर उसे वापस लाकर उसके बिछावन पर लिटा दिया।

बाबूजी के पास आया तो बाबूजी ने हल्के-से आँखें खोली थीं।

"तू कब आया?" शायद वे पूछना चाह रहे थे।

"बाबूजी, आपको छोड़कर कहीं नहीं जाऊँगा!" मैंने कसकर उनका हाथ पकड़ लिया। बाबूजी बहुत कुछ कहना चाहते थे, मगर इतनी हिम्मत उनमें न थी। मैंने उन्हें चुप रहकर सो जाने का इशारा किया। बिना कुछ कहे उन्होंने आँखें मूँद लीं। मैंने देखा, पानी की एक बूँद उनकी आँखों के कोर पर आकर ठहर गयी थी। मेरा कलेजा सहम गया। सोचने लगा, किसी तरह बाबूजी ठीक हो जायें तो उन्हें अपने साथ ले जाऊँगा। इस बार माँ-बाबूजी की एक नहीं सुनूँगा।

रात काटनी मुश्किल थी। हर मरीज़ को कोई न कोई तकलीफ़ थी और कुल एक अटेंडेंट था जो साथ वाले कमरे में ऊँघा रहा था। मैं रात भर किसी को करवट बदलवाता रहा तो किसी को पानी पिलाता रहा। दो दिन इसी तरह बीते। तीसरे दिन बाबूजी की तबीयत काफ़ी स्थिर हो चली थी, पर माँ की स्थिति बेहद अस्थिर रही होगी, ऐसा मैं समझ रहा था। पहले बाबूजी को गाँव ले जाना था, फिर माँ-बाबूजी को साथ लेकर दिल्ली जाना था। माँ तो मान ही जायेगी, बाबूजी को ही शहर ले चलने में मनाना कठिन होता है मगर अब शायद मान जायेंगे। मैं मन-ही-मन अनुमान लगा रहा था। वहाँ से टैक्सी का इंतज़ाम हो गया था। चलने से पहले मैं बाथरूम हो आया। हैरानी की बात थी कि टॉयलेट का पीलापन, पान की पीक के निशानों से बदरंग बाथरूम देखकर

भी मन में किसी तरह की जुगुप्सा का भाव न था। मैंने जंग खाये नल के पानी से हाथ धोया। ध्यान नहीं कि इन तीन दिनों में मैंने यहाँ कितनी बार हाथ या पैर धोये थे, कितने मरीज़ों को पकड़कर उठाया-बैठाया था, उन्हीं कपड़ों में फ़र्श पर लेटा-बैठा रहा था। जबकि यहाँ तो इन्फेक्शन का सबसे अधिक ख़तरा था। मगर बाबूजी को खो देने का डर इन सब पर भारी था और मैं इन सवालों की गिरफ़्त से बाहर निकलकर जी-जान से बाबूजी की सेवा कर सका था। शायद इसी का यह परिणाम था कि आज मैं उन्हें सही सलामत वापस ले जा रहा था।

मेरे भीतर इन्फेक्शन और बीमारी के प्रति अतिरिक्त सतर्कता, इन तीन दिनों में गौण हो चुकी थी। मैं सीना तानकर बीमारी के आगे खड़ा हो गया था। यह बात तर्कों से नहीं समझायी जा सकती थी, इसे अनुभव ही किया जा सकता था। मैं इसे अनुभव कर रहा था। मेरे भीतर की दृढ़ता इस डर से बड़ी हो गयी थी।

"सभी मरीज़ों की दुआएँ लगी हैं आपको जो आप अपने पिताजी को सही-सलामत ले जा रहे हैं वरना इस उम्र में ऐसी अवस्था बहुत रिस्की होती है!" बाबूजी को डिस्चार्ज करते समय डॉक्टर साहब कह रहे थे।

सभी के प्रति कृतज्ञता का भाव लिए मैं अस्पताल से बाहर निकल रहा था। कह सकता हूँ कि बाबूजी के साथ-साथ मैं ख़ुद को भी स्वस्थ महसूस कर रहा था।

चुप्पी

टी.वी. चल रहा था। विराट कोहली की बैटिंग हमेशा की तरह अपनी ओर ध्यान खींचने वाली थी। लेकिन मेरी निगाह भर ही उसके खेल पर थी, ध्यान तो कहीं और ही टँगा था। क्या करूँ, न करूँ–सोच ही रहा था कि इरा ने कमरे में प्रवेश किया। हमेशा की तरह उसने एक तनी निगाह से कमरे का मुआयना किया और तमककर बोल उठी, "क्रिकेट से घर नहीं चलता। सब्ज़ी-भाजी कुछ है नहीं। चले हैं क्रिकेट देखने!"

मन क्षुब्ध हो गया। टी.वी. ऑफ़ करने के लिए बढ़ा तो रिमोट कहीं दिखाई न दिया। जब तक उसे तलाशता, तब तक इरा ने टी.वी. ऑफ़ कर दिया था। रिमोट उसके हाथ में था। यों मैं भी टी.वी. ऑफ़ ही करने लगा था मगर इस तरह इरा का टी.वी. ऑफ़ करना मुझे अपमानजनक लगा। कितनी ही बार वह कोई कार्यक्रम देख रही होती है और खाना बनने या खाने में देर हो जाती है, तब मैं तो इस तरह उस पर ज़्यादती नहीं करता। दरअसल टी.वी. ऑफ़ कर देना बड़ी बात न थी। सुबह से ही उसने घर में तूफ़ान मचा रखा था। बच्चों के स्कूल की छुट्टियाँ शुरू हो गयी थीं और सभी घूमने के लिए कहीं बाहर जाना चाहते थे। बाहर मतलब दिल्ली से बाहर। दिल्ली से बाहर मतलब देश से बाहर। जी हाँ, वे लोग बैंकॉक, सिंगापुर जैसी किसी जगह जाना चाहते थे।

"बाहर के देश घूमना किसे अच्छा नहीं लगता मगर इसके लिए बहुत-सी तैयारियाँ करनी पड़ती हैं।" मैंने इरा को समझाना चाहा।

"तुम्हें तो नहाने जाने के लिए भी बहुत-सी तैयारियाँ करनी पड़ती हैं!" इरा की आवाज़ में झल्लाहट थी। "शादी हुई तो कहीं हनीमून पर भी नहीं ले

गये। बस, शादी करने की पड़ी थी। उसके लिए नहीं सोचा कि कुछ तैयारियाँ करनी होंगी। थोड़ा बैंक बैलेंस बना लेते तब करते शादी..." और फिर एक लम्बी फेहरिस्त। मैंने क्या-क्या नहीं किया। मैं एक निकम्मा पति निकला, पूरी तरह कंगाल...ऐसा पहली बार नहीं हुआ। अक्सर ही उसके उलाहनों का दौर चल पड़ता है जो कई दिनों तक जारी रहता है। कई बार सोचता हूँ कि क्या मैंने उसे ज़िन्दगी में कोई ख़ुशी नहीं दी। जब पिछले साल सरकार ने बढ़ी हुई डी.ए. की रकम एकमुश्त दी थी, तब मैं उसकी पसन्द के कंगन लाया था। कुछ दिन वह ख़ुश रही, फिर वही ढाक के तीन पात। क्या उसका स्वभाव ही ऐसा है? पर वह पास-पड़ोस या रिश्तेदारी में तो सभी से कितना मधुर बोलती है। फिर क्या बात है?

"तुम्हीं सोचो न, क्या बात है? औरों से तो ऐसे झल्लाकर बात नहीं करती। हो सकता है, तुम्हें ख़ुद में बदलाव की ज़रूरत हो।"

"कैसा बदलाव? मुझे बताओ, मैं कोशिश करूँगा।"

"अरे, तुम क्या कोशिश करोगे। कुछ भी कहो तो तुम्हारे सिद्धान्त आड़े आ जाते हैं।"

"देखो, तुम कहती हो कि विदेश से सामान लाकर यहाँ बेचूँ तो यह तो मैं नहीं कर सकता।" मैं भी उत्तेजित हो आया, "अब स्मगलर तो मैं बनने से रहा!"

"वही तो मुश्किल है।" वह दाँत पीस रही थी, "मैंने कब कहा कि तुम स्मगलिंग करो। स्मगलिंग बैन सामान को ख़रीदने और बेचने से होती है। ए.सी. या टी.वी. लाकर बेचने में क्या बुराई है। तीन दिन वहाँ रहने की मोहर होने पर जो सामान ख़रीदा जा सकता है, उसे ही ख़रीदो और बेचो।"

"नहीं, यह काम मुझसे नहीं हो सकता।" मैंने हथियार डाल दिये।

"तो फिर लोन लेकर मकान ख़रीदो और कुछ साल बाद उसे बेच दो।"

"यह काम आसान है क्या?"

"आसान तो कोई काम नहीं, सिवा शादी करने के..." वह फिर शादी के मुद्दे पर आ गयी थी।

मैं एक साधारण मिडिल क्लास इन्सान था। समय पर पढ़ाई की और नौकरी लगने पर लगा–एक स्टेज पार कर ली है। फिर सब शादी के पीछे

पड़ गये। झूठ बोलकर तो शादी नहीं की थी। सहायक के पद पर हूँ, साफ़-साफ़ बताया था। घर की हालत भी इसके पिताजी देख गये थे। अगर इतनी महत्त्वाकांक्षा थी तो यहाँ शादी न करते, कर लेते किसी दौलतमन्द से। हर साल विदेश घुमाने ले जाता। बढ़िया गाड़ी और मकान होता। हम तो साधारण लोग हैं और इतने में ही सन्तुष्ट भी हैं। मैं मन-ही-मन सब बातें दोहराता मगर इरा से कुछ नहीं कह पाता। उसके सपने बड़े थे। वह बहुत से अरमान लेकर इस घर में आयी थी मगर यहाँ कुछ भी पूरा न हो सका। वह पहले तो मायूस हुई, फिर खिन्न रहने लगी। हर बात में ताने देने लगी। इसी बीच दो बच्चे भी हो गये। उसका ख़ुद कुछ करने का सपना भी जाता रहा। बच्चों को सँभालने में ही उसका दिन ख़र्च हो जाता। दिल्ली जैसे शहर में एक आदमी की नौकरी तरक़्क़ी के लिए नाकाफ़ी है। इस बात को वह समझ नहीं पाती है। अपना ग़ुस्सा, अपनी खीज मुझ पर उतार देती है।

"हर काम में कुछ न कुछ रिस्क तो लेना ही पड़ता है। अभी विराट को ही देख लो। छक्का लगाने का रिस्क लेता है तभी तो लगा पाता है। हर कोई तो नहीं खेल सकता उसकी तरह।" उसने टी.वी. फिर से ऑन कर दिया था। शायद उसका काम ख़त्म हो गया था और वह भी विराट का खेल देखना चाह रही थी। वह चाहे और देखे तो वाजिब, मैं चाहूँ और देखूँ तो ग़ैर वाजिब।

विराट बहुत सँभलकर खेल रहा था। उसने हारी हुई बाज़ी में जान डाल दी थी। उससे पहले चार खिलाड़ी थोड़ी ही देर में आउट हो गये थे। वह देर से टिका था तो इसलिए कि वह डिफेंसिव खेल रहा था। हम भी डिफेंसिव खिलाड़ी हैं। बहुत आक्रामक नहीं हो सकते। बड़े रिस्क लेते तो आउट होने का ख़तरा था। मैं उसे समझाना चाहता था कि विराट चौके में ही सन्तुष्ट हो रहा है, वह इसलिए कि फ़िलहाल उसका खेल में बने रहना ज़रूरी था।

मौक़ा देखकर विराट ने छक्का जड़ दिया था। वह ख़ुशी से ताली बजाने लगी, "देखा न, ऐसे खेला जाता है।"

विराट ने धुआँधार बैटिंग शुरू कर दी थी और अब वह स्कोर बढ़ाने में लगा था। वह शतक बना चुका था और अब आउट होने की परवाह किये बिना छक्के-चौके पीटे जा रहा था। इरा बहुत तन्मय होकर उसका खेल देख रही थी। मैं खेल से अधिक इरा को देख रहा था।

आख़िर तय हुआ कि मैं भी छक्का मारूँगा। मैंने बैंकॉक से लाकर यहाँ बेचे जाने वाले सामान की लिस्ट बनायी। यह भी पता किया कि यह सामान बैंकॉक में कहाँ से ख़रीदना है और यहाँ आकर किसे थमाना है। बेचने का काम उसका रहेगा। ऐसा मेरे ऑफ़िस के बहुत लोग करते थे। लिहाज़ा, सारी जानकारी आसानी से मिल गयी। कॉस्मेटिक्स का कुछ सामान, एक ए.सी., एक टी.वी., दो मोबाइल फ़ोन और दो कैमरा...इतने सामान में मेरे टिकट का ख़र्च निकलने के बाद भी पैसा बचता था। कम समय में छक्का जड़कर जीतने वाला खेल था यह। आख़िर मैंने दिल पक्का किया और खेल के मैदान में उतर गया। इरा बेहद ख़ुश थी। उसने बड़े जतन से मेरा तीन दिन का सामान पैक किया और मुझे विदा दी। पहली बार मैदान में उतरा था इसलिए बहुत नर्वस महसूस कर रहा था। मगर यह डर जल्दी ही जाता रहा। एक बात तो है, बेईमानी के काम में सबसे ज़्यादा ईमानदारी है।

मैं जैसे ही बैंकॉक एयरपोर्ट पर उतरा, मुझे लेने एक लड़का खड़ा था। उसके हाथ में अपने नाम की तख्ती देखकर मैं एकबारगी तो घबरा ही गया था। मगर उसने जब आगे बढ़कर सिंघानिया साहब का नाम लिया, तब साँस में साँस आयी। उन्होंने ही सारे सामान की लिस्ट बनवायी थी और किसी भूपेश से सम्पर्क करने को कहा था। यह लड़का भूपेश के ऑफ़िस से आया था। वह सीधा मुझे अपने अड्डे पर ले गया। भूपेश ने मेरा भरपूर सहयोग किया। वहाँ रुकने से लेकर सामान ख़रीदने और पैक करने तक। मुझे कहीं नहीं जाना पड़ा। मैं तो बैंकॉक की जगमगाहट में आँखें मिचमिचाता रहा और सारा काम भूपेश के लड़कों ने कर दिया। सामान पैक करते समय भी हर आइटम के डिब्बे हटाकर उसे कम जगह में समेट दिया था। मैं डिब्बे छोड़ना नहीं चाहता था, इससे सामान नया नहीं लगता था मगर भूपेश ने तसल्ली दी कि सामान बेचने का ज़िम्मा मेरा नहीं, उसका है। लिस्ट का हर सामान उसने मिलाकर रख दिया और आगे का काम सिंघानिया को देखना था। मुझे तो बस यह सामान सिंघानिया तक सही-सलामत पहुँचाना था।

भूपेश ने मुझे अच्छी तरह समझा दिया था कि एयरपोर्ट पर उतरते ही उसका कोई आदमी मुझसे सामान ले लेगा और पैसे दे देगा। बस, उसके बाद का खेल उसका। भूपेश का दबदबा अच्छा था, एयरपोर्ट पर मैं ग्रीन चैनल

से निकल आया था। कहीं कोई दिक़्क़त नहीं हुई। अभी सोच ही रहा था कि टैक्सी बुलाऊँ कि एक अधेड़ उम्र का व्यक्ति सामने आकर खड़ा हो गया। मुझे पहचानने में भले ही समय लगा हो पर वह मुझे देखते ही पहचान गया था। उसने आगे बढ़कर मेरा सामान अपनी टैक्सी में रखवा लिया और मेरी मुट्ठी में पैसे थमाकर भीड़ में खो गया। मैंने महसूस किया कि मैं पसीने से तरबतर था। मगर अब सब ठीक था। मैं कस्टम वालों की पहुँच से निकल चुका था और मेरे पास बाहर से लाया हुआ सामान भी नहीं था। मैंने जल्दी से एक टैक्सी की और इत्मीनान से उसमें धँस गया। हालाँकि, दिमाग़ की बायीं तरफ़ की नस अभी भी फक-फक कर रही थी।

एक छोटा-सा केबिन बैग हाथ में उठाये मैं घर पहुँचा तो इरा मेरी राह देख रही थी। हाथ में कोई सामान न देखकर वह कुछ हैरान हुई। इशारे से उसने सामान के बारे में जानना चाहा।

"चला गया। एयरपोर्ट से सीधे।" जानकारी संक्षिप्त थी, मगर उसे समझने में इरा को कोई मेहनत नहीं करनी पड़ी। मैंने उस व्यक्ति से हासिल किये रुपयों का बण्डल बिना गिने इरा की हथेली पर रख दिया। इरा ने इत्मीनान की साँस भरी और उस बण्डल को किचन के किसी डिब्बे में ठूँस दिया। थोड़ी देर बाद चाय के साथ उसने मेरा स्वागत किया। मैंने महसूस किया, बहुत समय बाद आज वह गुनगुना रही थी। मैं उड़ान से उतर आया था मगर वह अभी भी अपने सपनों की उड़ान पर थी। मिस्टिक ब्लू रंग के सपने उसकी पलकों पर तैर रहे थे।

मैं महसूस कर रहा था कि यह खेल इतना भी कठिन नहीं था जितना मैंने समझ रखा था। अब मैं सेफ जोन में था और धुआँधार छक्के लगाने के मूड में था। अगले महीने भी एक शुक्रवार की छुट्टी अप्लाई कर दी थी। बार-बार जाने और सामान ख़रीदने के लिए कुछ अतिरिक्त पैसों की भी ज़रूरत थी। घर में जोड़ा जमाख़र्च पिछली बार लगा चुका था। सिंघानिया ने मेरी मुलाक़ात बनवारी से करवा दी। वह प्रतिदिन की दर पर पैसा देता था। जितनी बड़ी रकम, उतना बड़ा मुनाफ़ा। इतना तो मैं भी समझ चुका था। इस बार दुगना पैसा लगाया था। हफ़्ते भर में पैसे वापस करने थे। एयरपोर्ट पर उतरते ही पैसे मिल जाते थे इसलिए ब्याज दर अधिक होने पर भी खलता नहीं था। यहाँ

सब फिक्स था। कहाँ कौन मिलेगा। किससे क्या लेना है, किसको आगे देना है और फिर कहाँ से पैसा लेकर अपना कर्ज़ उतारना है। यह तन्त्र किसी भी सरकारी-ग़ैर-सरकारी तन्त्र से बेहतर काम करता था। दफ़्तर में लोन के लिए अप्लाई करने से मिलने तक काफ़ी समय लग जाता था, जबकि बनवारी से यह काम घण्टे भर में हो जाता था। धीरे-धीरे मैं इस काम में सहज होने लगा था। अब मैं उस तरह चौकन्ना नहीं रहता था जैसा कि शुरू-शुरू में रहा करता था। इन लोगों की कस्टम वालों में भी भीतर तक पैठ थी। मेरा सामान ग्रीन चैनल से निकल आता और किस अधिकारी तक कितना अंश पहुँचना है, इस सब से मुझे कोई मतलब नहीं था।

इरा बहुत हद तक ख़ुश रहने लगी थी। हमारे रहन-सहन का स्तर बढ़ गया था। अब एयरपोर्ट पर उतरते हुए मैं सहमी निगाह से इधर-उधर नहीं ताकता था, सूट की जेब में हाथ डाले, पूरे आत्मविश्वास के साथ एक-एक क़दम रखता था। उस रोज़ बैंकॉक से सामान लेकर दिल्ली एयरपोर्ट पर उतरा तो एक सूटेड-बूटेड आदमी ने आगे बढ़कर हाथ मिलाया। "मिस्टर अशोक", वह धीरे-से फुसफुसाया, "इस तरफ़ आइए।"

मैं यन्त्रवत उस तरफ़ चल पड़ा। यह कोई नयी बात नहीं थी। मगर उसका इस तरह फुसफुसाना थोड़ा अजीब लगा। उसने मुझे बाहर खड़ी काले रंग की गाड़ी में बैठने का इशारा किया। मैं उस तरफ़ जा ही रहा था कि एक व्यक्ति मुझसे टकराता हुआ निकल गया।

"मुँह मत खोलना", किसी ने कहा था मुझसे।

"कौन था?" शायद वह, जो मुझसे टकराया था।

एकबारगी मेरी चेतना अति सक्रिय होने लगी। क्या मैं कहीं फँस गया हूँ? मुझे भाग जाना चाहिए...

मैंने ठीक-ठीक तो सुना था? मुझसे ही कहा था न? यही तो कहा था न कि मैं अपना मुँह न खोलूँ?

मैं कुछ तय कर पाता, इसी बीच काली गाड़ी का दरवाज़ा खुल गया और किसी ने मुझे भीतर घसीट लिया। अब मेरी धड़कन बढ़ने लगी थी। क्या सिंघानिया को फ़ोन करूँ?

"किसी को फ़ोन करना चाहते हो तो कर सकते हो।" उसकी आवाज़ से जेब की तरफ़ बढ़ता हुआ मेरा हाथ लड़खड़ा गया। मैंने नकारात्मक मुद्रा में सिर हिला दिया।

"कौन हैं आप लोग? मुझसे क्या चाहते हैं?"

गाड़ी के अन्दर बैठे व्यक्ति ने अपना आई कार्ड आगे कर दिया।

मेरी आँखें कुछ पढ़ नहीं पा रही थीं। मैं भूल चुका था कि आई कार्ड में कहाँ क्या लिखा होता है। मगर कुछ ही पलों में कार्ड पर लिखे 'कस्टम' पर निगाहें ठहर गयीं...

कुछ देर बाद वह सूटेड-बूटेड व्यक्ति कार में दाख़िल हुआ और गाड़ी हवा से बातें करने लगी। कस्टम ऑफ़िस के बाहर गाड़ी रुकी तो मेरे कई सवालों के जवाब मिल चुके थे। उन्होंने मुझ पर दबाव डाला कि अगर मैं उनसे सहयोग करूँ तो वे भी मेरी सहायता करेंगे। वे जानते थे कि मैं यह सब मजबूरी में कर रहा हूँ, वरना मैं बिल्कुल बेकसूर हूँ। अगर मैं अपने सभी साथियों के नाम-पते उन्हें बता देता हूँ तो वे मेरे साथ बहुत नरमी से पेश आयेंगे और मेरी और मेरे परिवार की हर तरह से सुरक्षा भी करेंगे।

अब मुझे परिवार की चिन्ता होने लगी। बच्चे तो अभी छोटे हैं, पर पता नहीं, इरा कैसी होगी। काश, उसे थोड़ा अलर्ट कर पाता। कहीं उसे किसी तरह का टॉर्चर न सहना पड़े। हालाँकि, इस वक़्त मैं जिस तरह के टॉर्चर से गुज़र रहा था, उसका वर्णन करना कठिन था। पता नहीं, कल तक कहाँ-कहाँ ख़बर फैल जायेगी। पास-पड़ोस में मुँह दिखाना मुश्किल हो जायेगा। ऑफ़िस में सभी स्मगलर कहकर बुलायेंगे...पर यह सब तो तब होगा जब मैं यहाँ से निकलूँगा। फ़िलहाल तो लम्बी जेल...और अकल्पनीय यातना...ओह!

इन्हें कुछ बताऊँ या नहीं, सोच रहा था कि उस अनदेखे टकराने वाले शख़्स की चेतावनी कानों में गूँज गयी, "मुँह मत खोलना।"

मुझे इनसे अधिक अपनी टीम के लोगों पर भरोसा था। मैंने चुप्पी ओढ़ ली।

उन्होंने एक लिस्ट मेरे आगे रख दी, "इनमें से कितनों को जानते हो?" उसने पूछा।

मेरी निगाहें सिंघानिया और भूपेश के नामों से टकरा रही थीं। बनवारी का नाम कहीं दिखाई न दिया।

"हमें बन्दा सूँघकर समझ आ जाता है, होशियारी न करना।" उसने भूपेश के नाम पर उँगली रख दी, "यही है न तेरा कर्ता-धर्ता? तू तो इसके इशारे पर काम करता है? तेरा क्या कसूर है!"

मैं चुप।

"तू अब तक कितने चक्कर लगा चुका है? सामान कहाँ से ख़रीदता है और कहाँ बेचता है?"

मेरी चुप्पी उसके ग़ुस्से को बढ़ा रही थी। उसने मेरा फ़ोन माँगा।

मेरी घिग्घी बँध गयी थी। मैंने चुपचाप फ़ोन आगे बढ़ा दिया। मैं घबरा रहा था कि उसमें सिंघानिया और भूपेश दोनों के नम्बर थे। इतनी होशियारी ज़रूर की थी कि उनका सही नाम न लिखकर अलग नामों से सेव किया था। जब तक वह मेरा मोबाइल खोलता तब तक उसका मोबाइल बज उठा।

"येस सर...मैम।" वह बोल रहा था। "पर...ठीक है। बट मैम...ओके, सॉरी मैम।"

वह बहुत ग़ुस्से में था। जितना मैं समझ पा रहा था कि उसे ही ग़लत ठहराया गया था और वह मुझे छोड़ने के लिए विवश था।

एक लड़का मुझे गेट तक छोड़ गया था। मैं बिल्डिंग से बाहर निकल रहा था तो ऐसा लग रहा था मानो जेल काटकर लौट रहा हूँ। भीतर-ही-भीतर लज्जित महसूस करता मैं गाड़ी बुक करने लगा तो ध्यान आया कि अपना मोबाइल तो ऊपर ही छोड़ आया हूँ। क्या मोबाइल लेने दोबारा उसी बिल्डिंग में जाऊँ, मैं सोच में पड़ गया। पता नहीं, किसकी कृपा से बाहर निकला था। अब दोबारा ख़ुद ही वहाँ फँसने जाऊँ? मगर मेरे फ़ोन से कितने ही नम्बर ट्रेस हो सकते थे। जाना ज़रूरी था। भारी क़दमों से वापस उसी ओर मुड़ गया। जिस ईश्वर ने अब तक जान बचायी थी, वही आगे भी बचायेगा। ऐसा सोचते हुए मैं भारी क़दमों से बिल्डिंग के भीतर जा ही रहा था कि वही लड़का झटकता हुआ आता दिखाई दिया जो मुझे बाहर छोड़ने आया था। मुझे देखते ही उसने मेरा फ़ोन मुझे थमा दिया और एक सौ अस्सी डिग्री घूम गया। मुझसे ज़्यादा जल्दी तो उसे थी। मेरी साँस वापस लौटी। मैं जल्दी से पास खड़े ऑटो में सवार हो गया। अपने घर का पता बताने लगा तो अचानक किसी ने चेताया कि कहीं कोई मेरा पीछा न कर रहा हो। मैंने उसे नज़दीकी मेट्रो स्टेशन चलने

को कहा। क्या पता, ये ऑटो वाले इन्हीं के लिए काम करते हों और मुझे घर पर उतार कर इन्हें मेरे घर का पता बता दें। ख़ैर, मेरा पता मालूम करना क्या कठिन है इनके लिए...अपने भीतर-ही-भीतर बहस करता मैं जल्दी से ऑटो से उतर कर मेट्रो स्टेशन की तरफ़ मुड़ गया।

अगले दिन दफ़्तर गया तो सबकुछ सामान्य था। मैं चुपचाप अपनी फ़ाइलों में मुँह घुसाए बैठा रहा। इंटरकॉम पर सिंघानिया का फ़ोन आया था।

"कुछ कहा भी था?"

"नहीं। कुछ नहीं।"

"गुड। आज शाम एयरपोर्ट चले आना। मैं वहीं मिलूँगा।"

फ़ोन कट गया था। एक मन तो किया कि मना कर दूँ। अब और यह काम नहीं करूँगा। मगर फिर लगा, ऐसी बातें फ़ोन पर नहीं की जातीं। आख़िर, किसी तरह दिन बीता और शाम हुई। मैं एयरपोर्ट जा पहुँचा।

"मिसेज महाजन।" सिंघानिया ने किसी स्मार्ट-सी लड़की से मेरा परिचय कराया, "एयरपोर्ट का कस्टम इन्हीं के कंट्रोल में है।"

मेरी आँखें लज्जा और कृतज्ञता से झुक गयीं।

"नो वरीज़।" उसने कहा और सामने के काउंटर पर उँगली से तीन कॉफ़ी का इशारा किया। कॉफ़ी का कसैलापन मुझे पसन्द नहीं मगर मैं चुप रहा। वह सिंघानिया से बहुत घुलमिलकर बातें कर रही थी। कॉफ़ी की गन्ध ने पहली बार आकर्षित किया। लगा, इसकी महक में एडिक्शन जैसा कुछ तो है जो सुरूर की तरह दिमाग़ पर चढ़ रहा था।

"आओ अशोक, तुम्हें अपना ऑफ़िस दिखा दूँ, ताकि कभी परेशान न होना पड़े।" कहती हुई वह अन्दर किसी गलियारे में मुड़ गयी। जल्दबाज़ी में मैंने यह भी न देखा कि सिंघानिया जा चुका था। उसको फॉलो करते हुए मैं बायीं ओर दो लेन छोड़कर तीसरी लेन में मुड़ा तो पाया वहाँ संकरी-सी सीढ़ियाँ थीं। ऊपर एयरपोर्ट का ऐश्वर्य लगभग विलुप्त था। सरकारी दफ़्तर जैसा साधारण-सा कमरा। मैडम ने कमरा खोला और मुझे भीतर बुलाया। भीतर की स्थिति बुरी न थी। दरवाज़े के साथ वाली दीवार से सटा शानदार सोफा था जबकि मेज़ के सामने सोफे के साथ की दो कुर्सियाँ लगी थीं।

मैडम की कुर्सी भी लक्ज़री चेयर थी। मुझे इस तरह मुआयना करते देख वह हँस पड़ी, "यह सब सामान एयरपोर्ट मैनेजर की सद्भावना से है। वरना हम सरकारी नौकरी वालों को कहाँ ये सुविधाएँ।" उसने मुझे सोफे पर बैठने का इशारा किया और ख़ुद भी सोफे पर ही बैठ गयी।

"देखो, इस दुनिया में जितना चौड़े होकर रहोगे, उतना मज़े में रहोगे", कहते हुए उसने मेरे बायें कन्धे पर अपना सिर टिका दिया।

"अरे, तुम्हारी धड़कन गिन सकती हूँ मैं। कितनी ज़ोर से धड़क रहा है तुम्हारा कलेजा...!" वह मेरे सीने पर हाथ फेरने लगी। मुझे लगा, मैं बेहोश होकर गिर जाऊँगा।

"तुम बहुत भोले हो, आई लाइक योर इनोसेंस।" वह मेरी आँखों में झाँक रही थी।

"घबराओ नहीं, यहाँ कोई नहीं आता। और जहाँ आता है वहाँ की चिन्ता तुम मुझ पर छोड़ दो।" वह एक आँख दबाकर हँसने लगी।

"जानते हो, तुम्हारी इसी चुप्पी ने तुम्हें बचा लिया। अगर तुम अपना मुँह खोल देते तो मैं तुम्हारी कोई मदद नहीं कर सकती थी।"

मैंने चौंककर देखा।

"हाँ, मैंने ही उसे भेजा था तुम्हें आगाह करने।"

"अरे, जब आपको मेरे केस का पता एयरपोर्ट पर ही चल गया था तब आपने उस अफ़सर को वहीं क्यों न रोक लिया, जिसे बाद में फ़ोन कर मुझे छुड़वाया?" मेरा सिर चकरा रहा था।

"आपको अन्दाज़ा भी है मैं कितनी जलालत से गुज़रा?" मैं लगभग रो पड़ा था।

"तभी यह सब कर देती तो मेरी ताक़त का अन्दाज़ा कहाँ लगता तुम्हें?" उसके चेहरे पर रहस्यमयी मुस्कान थी।

मैं दंग रह गया। कैसी है यह औरत जात! एक इरा है जिसने ख़ुश होने के लिए मुझे गड्ढे में धकेला और दूसरी यह औरत है जो मुझे बचाने के बदले मेरे चरित्र पर क़ब्ज़ा करना चाहती है।

"और तुम्हें पहले ही छुड़वा देती तो तुम मेरे क़ब्ज़े में कैसे आते?" वह खिलखिलाकर हँस पड़ी। वह मेरे इतने क़रीब आ चुकी थी कि अब मैं उसकी धड़कनें गिन सकता था।

"तुम बस, मुँह बन्द रखो और अपना काम किये जाओ। कोई तुम्हें छू भी नहीं सकता!"

उसने मेरे गले में पड़ी टाई की नॉट खोलकर अलग कर दी, पर जाने क्यों मेरा दम घुटता जा रहा था...

(वातायन)

दिवास्वप्न

उत्तू को गोद में उठाये मन्दिरा ख़ुशी से झूम रही थी। वह बार-बार उसे चूम रही थी, उस पर बलिहारी जा रही थी। उसी के मोह में तो मम्मी जी और पापा जी आज उसके घर आने वाले थे। मन्दिरा विजय गर्व से फूली नहीं समा रही थी। लम्बे इन्तज़ार के बाद यह दिन आया था जब आर्यन के मम्मी-पापा उसके पास आ रहे थे वरना उन्होंने तो मन्दिरा से ही नहीं, अपने बेटे आर्यन से भी अपने सम्बन्ध तोड़ ही लिए थे। मन्दिरा को लगने लगा था कि उस घर में स्वीकारे जाने की आकांक्षा एक दिवास्वप्न की तरह है जो कभी हक़ीक़त नहीं बन पायेगी। यूँ तो आर्यन ने उसे इस स्थिति का आभास पहले ही करा दिया था। फिर भी, मन्दिरा को भरोसा था कि वह अपनी सेवा भावना से ज़रूर आर्यन के माता-पिता का दिल जीत लेगी और वे उसे अपना लेंगे। मगर मन्दिरा के भाग्य में यह सुख था ही नहीं शायद।

उत्तू को झूले में लिटाते हुए एक पल को उसके हाथ ठिठक गये, फिर उसने उसे कसकर कलेजे से लगा लिया। अपने बचपन की याद कर उसकी आँखें छलक आयीं...

उस रोज़ जब वह स्कूल से लौटी तो घर के बाहर भीड़ लगी थी। भीड़ होते हुए भी किसी तरह की चहल-पहल नहीं थी, उल्टा अजीब-सा सन्नाटा पसरा था। घर के भीतर घुसी तो माँ को ज़मीन पर लेटा पाया। माँ को दुल्हन-सा सजाया गया था। माथे पर सुनहरे गोटे की लाल चुन्नी उढ़ा रखी थी। माँ कितनी ख़ूबसूरत दिख रही थीं मगर क्या हुआ कि उन्होंने उसकी ओर नज़र उठाकर नहीं देखा, गले लगाकर नहीं पूछा कि आज स्कूल में क्या हुआ? स्कूल बैग

पटक कर वह माँ की तरफ़ बढ़ी ही थी कि पिता के कर्कश स्वर ने उसे रोक लिया, "इसे ले जाओ यहाँ से..." वन्दना मौसी उसे दूसरे कमरे में ले गयीं और वहीं कुछ देर उसे सीने से चिपटाए रोती रहीं। फिर उसे कमरे में अकेला छोड़, वह बाहर निकल गयीं। मन्दिरा तकिये में मुँह छुपाये रोती रही...

माँ के साथ बिताये प्यार भरे वे दिन उसकी ज़िन्दगी का बेहतरीन हिस्सा थे। वह स्कूल से लौटती तो माँ उसे बाँहों में भर लेतीं। प्यार से खाना खिलाते हुए उससे दिन भर की कहानी सुनतीं कि आज स्कूल में क्या हुआ। मन्दिरा की दुनिया में माँ के अलावा और था भी तो क्या! पर पता नहीं क्यों, पिता उसे ही माँ के असमय मौत का दोषी मानते रहे। शायद इसलिए कि उसके जन्म से ही माँ बीमार रहने लगी थीं। अन्त समय में वह माँ से लिपटकर रो भी नहीं पायी, इसकी अतृप्ति आज तक उसे महसूस होती है। पिता शुरू से ही कम बोलते थे, माँ के गुज़रने के बाद तो उन्होंने उससे बात करना तक बन्द कर दिया। वह कहीं-न-कहीं उनकी झल्लाहट और बेबसी का शिकार बनती रही। वह कभी उनसे लाड़ न ले पायी। बड़ी साध थी कि उसे भी माँ की ममता और पिता का प्यार मिलता। मन्दिरा की आँखें फिर सजल हो आयी थीं।

बीता समय आज भी मन्दिरा के ज़हन में चलचित्र-सा क़ैद है। गहरी उसाँस के साथ उसने कमरे के परदे पूरी तरह से खींच दिये कि धूप की रोशनी से उत्तू की मीठी नींद में खलल न पड़े और आहिस्ता से कमरे का दरवाज़ा भिड़का कर बाहर निकल आयी।

कपड़े की हल्की चोट के साथ वह लिविंग रूम की डस्टिंग करने लगी। कुर्सी पर चढ़कर दीवार पर टँगी अपनी शादी की तस्वीर पर पड़ी धूल पोंछने लगी तो यादों पर पड़ी धूल भी साफ़ होने लगी। कितनी सादगी भरी शादी थी उसकी। रिश्तेदारों के नाम पर वन्दना मौसी के अलावा बस सुमेधा ही तो थी वहाँ। सुमेधा, उसकी बचपन की सहेली। उसकी ज़िन्दगी के हर्फ़-हर्फ़ से वाक़िफ़। वह तब भी उसके साथ थी जब उसने माँ को खोया था और तब भी, जब उसने आर्यन को पाया था। तस्वीर को वापस दीवार पर टाँगकर वह नीचे तो उतर आयी पर यादों के मेले से बाहर नहीं निकल पायी। उसकी आँखों में ताज़ा होने लगे वे दिन जब आर्यन इंडस मॉल के बाहर वाले लॉन में उसका

इन्तज़ार करता रहता था। तब वह हॉस्टल में रह कर जानकी देवी इंजीनियरिंग कॉलेज में पढ़ाई करती थी। कितने कठोर नियम थे उसके हॉस्टल के। बाज़ार के नाम पर सप्ताह में एक दिन उन्हें बाहर जाने की छूट मिलती थी। कुछ न भी लेना हो, तो भी, लड़कियाँ इस अवसर को गँवाना नहीं चाहती थीं। इतवार को सजी-धजी लड़कियों की भीड़ जब हॉस्टल से बाहर निकलती तो लगता बारात निकल रही है। मन्दिरा का मन कहीं जाने का नहीं करता, मगर सुमेधा उसे खींचकर अपने साथ लिए चलती। फिर अपने साथ-साथ उसकी ज़रूरत का भी सामान ख़रीदती। मन्दिरा इन सबसे बेज़ार इधर-उधर देखती रहती। लड़कियों की खिलखिलाहट उसे आश्चर्य से भर देती कि वे कैसे बिना बात इतना हँस सकती हैं। बस, इसी भीड़ में तो टकराई थी वह आर्यन से।

मन्दिरा जैसे यादों की सुरंग में घुसती जा रही थी। वैसा ही एक इतवार था जब हमेशा की तरह पैरोल पर छूटी लड़कियाँ, बेमतलब की खिलखिलाहट के बीच मॉल के भीतर जा रही थीं। उसने सुमेधा का हाथ पकड़ लिया, "प्लीज़, मुझे यहीं छोड़ दो। मेरा मन बिल्कुल नहीं लगता वहाँ। तुम शॉपिंग करके आओ, मैं तुम्हें यहीं मिलूँगी।" वह मॉल के साथ बने बग़ीचे की तरफ़ मुड़ गयी।

दुर्गापूजा के दिनों की गुनगुनी धूप भली लग रही थी। वह लॉन में रखे बेंच पर इत्मीनान से बैठ गयी। वहाँ से मॉल का गेट साफ़ दिखाई पड़ता था। लोगों की भीड़ क़तारों में बाहर निकल रही थी। सामान से लदे-फदे, हर उम्र के लोग उस गेट से बाहर निकल रहे थे। हर किसी के पास इतना सामान था जैसे ज़िन्दगी भर की शॉपिंग आज ही कर ली हो। सभी अपनी ट्रॉलियाँ वहीं लॉन की तरफ़ छोड़, अपना सामान गाड़ी की डिक्की में भरते दिखाई दे रहे थे।

"भरोसा एक पल का नहीं, पर तैयारी ज़िन्दगी भर की..." मन्दिरा के चेहरे पर व्यंग्य भरी मुस्कान तैर गयी।

"अरे, तुम मुस्कराती भी हो!" एक युवक उसकी तरफ़ हैरानी से देख रहा था।

मन्दिरा ने अजीब निगाहों से उसे देखा, फिर मुँह फेर लिया। युवक उसकी बेंच के पास चला आया।

"मैं आर्यन।" उसने उसकी ओर अपना हाथ बढ़ाया।

वह असमंजस से देखती रही।

"आई होप, आई हैव नॉट डिस्टर्ब्ड यू?" आर्यन ने हँसते हुए अपना हाथ वापस मोड़ लिया।

मन्दिरा निर्विकार भाव से उसकी ओर देखती रही।

"तुम्हारी आँखें कितनी ख़ूबसूरत हैं," मन्दिरा को अपनी ओर देखते हुए उसने कहा था। वह अपना सामान समेट चुका था। वह आगे निकल गया था मगर फिर पलटकर उसने अपना वाक्य पूरा किया, "बट लाइफलेस, बेजान!" और वह भीड़ में खो गया।

सभी सहेलियों के साथ मन्दिरा हॉस्टल लौट आयी, मगर कुछ था जो उसके भीतर बेचैनी पैदा कर रहा था। अगली सुबह नहाने के बाद जब वह शीशे के सामने खड़ी अपने बाल बना रही थी तो लगा जैसे कोई उसके कानों में फुसफुसा गया हो, "तुम्हारी आँखें कितनी ख़ूबसूरत हैं..." उसने अपनी आँखों को ध्यान से देखा। बड़ी-बड़ी पंखुड़ियों-सी आँखें। उस रोज़ दिन भर उसके ज़हन में अपनी ही आँखें छायी रहीं।

रात को सुमेधा के सो जाने के बाद वह उठकर शीशे के सामने आ खड़ी हुई। मोबाइल की रोशनी में उसने ख़ुद को देखा। ख़ूबसूरत, बड़ी-बड़ी आँखों को देखा। माँ की आँखें भी बिल्कुल ऐसी ही थीं। माँ कितनी ख़ूबसूरत लगती थीं। उसे लगा, उसका चेहरा माँ से कितना मिलता है।

"तो क्या मैं भी वैसी ही ख़ूबसूरत दिखती हूँ?" वह सोचने लगी। सुन्दरता के मापदण्ड गढ़ने लगी।

"तुम्हारी आँखें कितनी ख़ूबसूरत हैं!" जैसे उसके कानों में कोई फुसफुसा गया हो। उसके ज़हन में माँ का अन्तिम दर्शन सजीव हो उठा था–सुनहरे गोटे की लाल चुनरी में लिपटा माँ का पथरीला शरीर। ख़ूबसूरत मगर बेजान...

"ख़ूबसूरत मगर बेजान!" कोई उसके कानों में ज़ोर-ज़ोर से चिल्ला रहा था और उसके साथ वह भी चिल्लाने लगी थी।

"क्या हुआ, क्या हुआ?" सुमेधा नींद से जाग गयी थी और उसे बुरी तरह से झिंझोड़ रही थी।

बीते वक़्त का एक-एक हर्फ़ आज भी ताज़ा है। हॉस्टल की यादों से बाहर निकल मन्दिरा अपने वर्तमान में लौटी। समय तेज़ी से भागा जा रहा था और अभी बहुत काम बाक़ी था। गहरी साँस भरते हुए वह रसोई की तरफ़ मुड़ गयी।

आलू छीलते हुए वह महसूस करती रही कि एक अजीब-सा ख़ालीपन हमेशा ही उसकी ज़िन्दगी में हावी रहा। माँ को तो वह वापस नहीं ला सकती थी मगर पिता होकर भी नहीं थे। उन्होंने उसे अपनाया ही नहीं कभी और हॉस्टल भेजने के बाद तो बिल्कुल ही नाता तोड़ लिया। सेमेस्टर ख़त्म होने के बाद जब वह घर आती तब पापा किसी-न-किसी सरकारी दौरे पर बाहर गये होते और मन्दिरा के लौट जाने के बाद ही वापस आते। उसका मन एक वीरान बियाबान की तरह भायं-भायं करता रहता और वह छुट्टियाँ ख़त्म हो जाने का इन्तज़ार करती। उसे याद है, इंजीनियरिंग पूरी होने से एक सेमेस्टर पहले ही कैंपस सिलेक्शन के लिए कम्पनियाँ कॉलेज में आने लगी थीं। दो कम्पनियों में उसका सिलेक्शन हुआ था। वह पापा से सलाह लेना चाहती थी कि कौन-सी कम्पनी में ज्वाइन करना बेहतर रहेगा। मगर पापा की तरफ़ से कोई जवाब नहीं आया। आख़िर, सुमेधा के साथ के लालच में उसने उसी कम्पनी का चुनाव कर लिया, जिसमें सुमेधा का भी सिलेक्शन हुआ था।

किचन की खिड़की से ठण्डी-ठण्डी हवा बालों के साथ अठखेलियाँ कर रही थी। मुँह पर आये बालों को पीछे की ओर झटकते हुए वह फिर अपने अतीत से बाहर निकल आयी। बीती बातें एक तरफ़, आज का सच तो यह था कि आर्यन के मम्मी-पापा अपने पोते से मिलने उसके घर आने वाले थे। पोते की ख़ातिर ही सही, पर आर्यन के माता-पिता ने उसके घर आने का मन तो बनाया न। एक बार आयें तो सही, उसके बाद तो मन्दिरा अपनी सेवा-भावना से उनका मन जीत ही लेगी। प्याज को ज़ोर से कद्दूकस करते हुए उसकी उँगली भी थोड़ी-सी छिल गई थी। पल भर रुकने का समय कहाँ था, उँगली झटककर वह फ्रिज से टमाटर निकालने लगी।

वह मन-ही-मन दिवास्वप्न देख रही थी कि जैसे ही वे लोग आयेंगे, वह मम्मी जी के पैर पकड़ लेगी। कहेगी, कितनी मुश्किल होती है छोटे बच्चे को

क्रेच में छोड़कर ऑफ़िस जाने में। वे दोनों अगर यहीं रहने लगें तो बच्चे को जो ममता मिलेगी, वह कोई और दे सकता है क्या? मन्दिरा की आँखें बार-बार छलछला उठतीं। भीतर के आवेग को मुश्किल से क़ाबू करती हुई वह खाने की तैयारियों में जुटी रही। मम्मी जी के आने का समय हो चला था और अभी कितना काम बाक़ी था। ओह, खीर के लिए चावल भिगोना तो भूल ही गयी थी वह।

वह कभी इधर तो कभी उधर, फिरकी-सी नाच रही थी। मगर निश्चित समय बीत जाने के काफ़ी देर बाद तक भी जब वे लोग नहीं आये तो उसका मन बुझने लगा।

"भई, खाने में देरी है तो मैं कुछ हेल्प करूँ?" आर्यन खाने की टेबल पर आ बैठा था। वह जानती थी कि मम्मी-पापा का नाम लेने से वह भड़क उठेगा।

उसने चुपचाप टेबल पर वह खाना रख दिया जो उसने बड़े चाव से बनाया था। आर्यन हर व्यंजन बहुत स्वाद लेकर खा रहा था, जबकि मन्दिरा की भूख बिल्कुल मर चुकी थी। वह हैरान थी कि आर्यन कैसे इतना सन्तुलित रह लेता है।

रोज़मर्रा की तर्ज़ पर खाना खाकर आर्यन कुछ देर वॉक पर जाने लगा कि उत्तू के रोने की आवाज़ सुनकर लौट आया। वह भी किचन से दौड़ती हुई कमरे में आयी, मगर तब तक आर्यन ने उत्तू को सँभाल लिया था।

कमरे में नाइट बल्ब जलाकर मन्दिरा किचन समेटने चली गयी। बने हुए व्यंजनों को ढक्कन बन्द डोंगों में पैक कर फ्रिज में ठूँस दिया। उसे याद आ रहा था कि शादी के पहले वन्दना मौसी ने उसे कुछ ख़ास पकवान बनाने सिखाये थे और कहा था कि सास का दिल जीतना है तो हाथ में खाना बनाने का हुनर ज़रूरी है। मौसी का सबक दोहराते हुए बहुत शौक से उसने आज यह सब तैयार किया था, मगर...ख़ैर! मन्दिरा ने लम्बी साँस भरी। उसे लगा, इतनी जल्दी हिम्मत नहीं हारनी चाहिए। हाथ पोंछकर वह सोने चली गयी।

ऑफ़िस की व्यस्तताओं के बीच भी कल की घटना दिमाग़ पर छायी रही। आर्यन के मम्मी-पापा के न आने का दुख तो उसे ज़रूर था पर इस बात की

ख़ुशी भी थी कि आख़िर एकबार को तो उनके आने का विचार बना ही था। इस बार यह विचार हक़ीक़त की शक्ल नहीं ले पाया, मगर अगली बार ऐसा नहीं होगा। मन्दिरा को लगता है कि पापा जी तो आना चाहते होंगे, ज़रूर मम्मी जी ने रोक लिया होगा। मम्मी जी इतनी कठोर कैसे हो सकती हैं? क्या उन्हें अपने पोते से मिलने का मन नहीं करता होगा? फिर हमारे किये की सज़ा वे इस बच्चे को क्यों दे रही हैं? मन-ही-मन अनेक तरह के सवालों से जूझते हुए उसके सिर में दर्द होने लगा था।

सुमेधा के साथ लंच करते हुए उसने कल की सारी घटना बयान की। यह सब बताते हुए वह कभी आहत हुई, तो कभी आशान्वित। मगर इन सबके बावजूद मन्दिरा को भरोसा था कि इस बार न सही, पर जल्दी ही वे लोग उसके घर आयेंगे और तब मन्दिरा उन्हें मना ही लेगी।

सुमेधा मन्दिरा के प्रेम और विवाह से लेकर उत्तू के होने तक की हर घटना की चश्मदीद ग़वाह थी। एक घर बनाने की कोशिश में दूसरा घर टूटते हुए भी उसने देखा था। साथ ही देखा था पश्चात्ताप में तड़पती मन्दिरा को, जो ख़ुद को इसका ज़िम्मेदार मानती रही थी। आज वह मन्दिरा के भीतर एक अटूट विश्वास देख रही थी जो उसमें मम्मी जी के वापस लौट आने को लेकर था। इसीलिए तो इतना सब होने के बाद भी वह बार-बार यही दोहरा रही थी, "देखना सुमेधा, मम्मी जी हमें ज़रूर अपना लेंगी।"

सुमेधा अच्छी तरह जानती थी कि मन्दिरा के मन में माँ के प्यार के लिए कैसी तड़प थी। अपनी माँ को वह पहले ही खो चुकी है, अगर इस बार मम्मी जी ने उसे नहीं अपनाया तो वह टूट ही जायेगी। इसीलिए मन्दिरा के लगाव से सुमेधा डरती थी।

सुमेधा तो आर्यन के प्रति भी मन्दिरा के लगाव से कितना डर गयी थी। उसने अपनी तरफ़ से हमेशा यही कोशिश की थी कि मन्दिरा आर्यन से न मिले मगर ऐसा हो न सका। आर्यन के प्रति मन्दिरा का लगाव उसकी ज़रूरत बनता गया और सुमेधा ने देखा कि ज़िन्दगी में पहली बार मन्दिरा ने ख़ुद अपना फ़ैसला लिया। आर्यन को लेकर वह अपने निर्णय पर अडिग थी।

...उस इतवार जब वे दोनों सामान लेकर मॉल से बाहर निकल रही थीं तो ठीक उसी समय लॉन के साथ वाले गेट पर आर्यन दिखाई दे गया, जहाँ उससे पिछली बार मुलाक़ात हुई थी। सुमेधा से कुछ सलाह किये बिना, मन्दिरा झटके से उसके नज़दीक जा पहुँची, "बेजान आँखें ख़ूबसूरत कैसे हो सकती हैं?"

मन्दिरा उस पर इस तरह से झपटी जैसे वह इस मौक़े की तलाश में ही यहाँ आयी थी।

"अरे, मूर्तियाँ भी बोलती हैं कहीं?" अचानक हुए हमले के बावजूद आर्यन हल्के व्यंग्य से मुस्करा रहा था, जैसे वह इस स्थिति के लिए तैयार था।

"इन्हें देख रही हैं, आप?" उसने मॉल की लॉन में लगी छोटी-बड़ी मूर्तियों की तरफ़ इशारा किया, "थोड़ा समय दें तो कुछ बताऊँ..." वह मन्दिरा को उन मूर्तियों की ओर ले जाना चाहता था, मगर सुमेधा ने रोक दिया।

"हम थोड़ी जल्दी में हैं," कहते हुए सुमेधा ने मन्दिरा को लगभग खींचते हुए हॉस्टल की गाड़ी में चढ़ा दिया। सुमेधा को आज भी अच्छी तरह याद है कि उसने बस की खिड़की से बाहर देखा था कि आर्यन उनकी ओर हाथ हिला रहा था। दिमाग़ तो उसका तब ठनका जब उसने मन्दिरा को भी खिड़की से उसकी तरफ़ देखता हुआ पाया।

"किस चक्कर में है तू?" उसने मन्दिरा से पूछा था।

"मुझे अपने सवाल का जवाब चाहिए था।" मन्दिरा कह रही थी। इससे पहले उसने उसे कभी इतना दृढ़ या बेख़ौफ़ नहीं पाया था। सुमेधा को मन्दिरा की ज़िद के आगे झुकना पड़ा। उसने वादा किया कि अगले इतवार वे लोग जितनी देर मॉल में होंगे, उतनी देर में मन्दिरा उससे अपने सवालों के जवाब ले सकती है।

अगले इतवार, हॉस्टल की लड़कियों के साथ सुमेधा तो मॉल में शॉपिंग करने चली गयी, जबकि मन्दिरा लॉन में उसी बेंच पर बैठकर आर्यन का इन्तज़ार करने लगी। जाने क्यों, सुमेधा ने चार क़दम बाद ही पलटकर देखा तो आर्यन को मन्दिरा के नज़दीक खड़ा पाया। फ़ोन पर तो दोनों की बात हुई नहीं, पिछले इतवार भी ऐसा कुछ तय नहीं हुआ था कि वे इस वक़्त और यहाँ मिलेंगे मगर क्या कमाल की टेलिपैथी थी। क्या पता आर्यन वहाँ पहले से उनके इन्तज़ार

में रहा हो और कहीं दूर से उन्हें आता देख रहा हो। फिर सुमेधा के पलटते ही वहाँ आ पहुँचा हो। ख़ैर, सुमेधा मुस्कराती हुई मॉल में गुम हो गयी। जब तक वह शॉपिंग करके लौटी तब तक आर्यन मन्दिरा से बातें करता रहा, फिर सुमेधा को अपनी टोली के साथ आता हुआ देखकर चल दिया।

"मिल गये सवालों के जवाब?" पूछते हुए उसने मन्दिरा को चलने का इशारा किया।

"उन सवालों के जवाब तो ठीक-ठीक मिल गये, मगर..."

"मगर क्या?" मन्दिरा की इस जवाब-तलबी पर सुमेधा हैरान थी।

"कुछ नये सवाल पैदा हो गये हैं..."

मन्दिरा के जवाब पर सुमेधा ख़ूब हँसी थी।

न सवाल ख़त्म हुए, न मुलाक़ातें। हर इतवार आर्यन मॉल के लॉन में मन्दिरा के इन्तज़ार में मिलता। सुमेधा लड़कियों के साथ शॉपिंग करने मॉल में चली जाती, जबकि मन्दिरा और आर्यन वहीं लॉन में टहलते। मन्दिरा के पास अन्तहीन सवाल थे और इसलिए मुलाक़ातों का सिलसिला भी अन्तहीन था। हफ़्ते में दो घण्टे की मीटिंग में बातें पूरी न हो पातीं। हॉस्टल जाने के बाद भी मन्दिरा मोबाइल से चिपकी रहती। सुमेधा ने मन्दिरा को इस लगाव के प्रति सचेत करना चाहा, मगर वह महसूस कर रही थी कि वे बेहद क़रीब आ चुके थे। आर्यन से मिलने के बाद मन्दिरा में बहुत सकारात्मक परिवर्तन दिखाई देने लगा था। अब उसके भीतर अपने फ़ैसले ख़ुद लेने का साहस आने लगा था, उसके भीतर आत्मविश्वास भरने लगा था।

बीते दिनों को याद कर सुमेधा का मन एक अनूठी ख़ुशी से भर गया। आर्यन मन्दिरा के जीवन में प्यार लेकर आया है, क्या पता, उसी के माध्यम से मन्दिरा को माँ की ममता भी हासिल हो जाये। उसका मन मन्दिरा के लिए ढेरों दुआएँ करने लगा।

मन्दिरा जानती है कि आर्यन की मम्मी कितनी सख़्त हैं। फिर भी, उसका भरोसा था कि कुछ समय की नाराज़गी के बाद आर्यन के मम्मी-पापा उसे ज़रूर अपना लेंगे। उसे यह भी विश्वास था कि अगर आप सच्चे मन से कोई

कामना करते हैं तो वह ज़रूर पूरी होती है। आर्यन के साथ ज़िन्दगी बिताने की बात ही ले लो। तब भी तो उसने ऐसी ही शिद्दत से कामना की थी। उसे आज भी याद है, कैसे जादुई ढंग से सब कुछ हुआ था। आर्यन कोर्ट में शादी के लिए अर्जी लगाने गया था जहाँ उसे अपने स्कूल के ज़माने का दोस्त मिल गया जो यही काम कराता था। उसने सारी व्यवस्था करा दी थी। ग़वाहों का इन्तज़ाम और दूसरी फॉर्मेल्टीज़ भी उसी दोस्त ने करा दी थी।

मोहक यादों में खोई मन्दिरा दफ़्तर की ड्यूटी निपटाती रही। फिर शाम होने पर अपनी उम्मीदों का पिटारा समेटे घर की ओर चल दी। उसका दिल कह रहा था कि जल्दी ही सब ठीक हो जायेगा। ख़यालों की दुनिया में डूबी वह कब अपनी सोसाइटी में दाख़िल हुई, उसे कुछ याद नहीं। उसके पैर यन्त्रवत क्रेच की तरफ़ मुड़ गये। एक हाथ में उत्तू को उठाये और दूसरे में उसका थैला और अपना पर्स टाँगे, वह अपने ब्लॉक की लिफ्ट में घुस गयी। सामान से लदी-फदी, वह लिफ्ट से बाहर निकल अपने घर का ताला खोलने लगी तो लगा जैसे कोई उसके पीछे खड़ा है।

कौन हो सकता है?

एकबारगी हाथ लड़खड़ा गये।

एक हाथ में बच्चे को थामे और दूसरे में सामान टाँगे वह पूरी तरह हिल गयी थी। समझ नहीं पायी, क्या करे। घबराहट में भर वह पीछे को पलटी तो देखती है–मम्मी जी खड़ी हैं।

"मैं नहीं रोक पायी, ख़ुद को..." थोड़ी झिझक के साथ मम्मी जी ने कहा तो सारा असमंजस पानी की तरह बह निकला।

"रोकना ही क्यों है, मम्मी जी?" छलछलाई आँखों से वह मम्मी जी के पैर की तरफ़ झुकी तो मम्मी जी ने उसके हाथ का सामान अपने हाथ में ले लिया। मन्दिरा को लगा जैसे मम्मी जी ने उसके हाथ से थैला नहीं उठाया, बल्कि उसकी ज़िम्मेदारियाँ उठा ली हैं।

"बैठिए मम्मी जी, मैं चाय बनाती हूँ," मन्दिरा ने आज्ञा लेनी चाही तो मम्मी जी ने मना कर दिया।

"तू हाथ-मुँह धोकर आ जा, चाय मैं बनाती हूँ।" मम्मी जी ने साधिकार उत्तू को अपनी गोद में ले लिया। मन्दिरा को लगा जैसे भीतर कोई समुद्र उमड़ आया है जो बाढ़ की तरह बह निकलेगा। वह जल्दी से बाथरूम की तरफ़ मुड़ गयी। माँ के प्यार को कितना तरसती रही वह। ऐसा होता है माँ का प्यार! माँ की ममता!

चाय के घूँट भरतीं वे दोनों सहेलियाँ बन गयी थीं।

"आर्यन हमेशा अपने मन की करता रहा। मैंने जो लड़की उसके लिए पसन्द की, वह उसे देखने भी नहीं गया। तो मैं भी उसकी पसन्द को हामी क्यों भरती?" मम्मी जी अपना पक्ष रख रही थीं, "पर अब लगता है, जब उसने पहले से ही किसी को पसन्द कर रखा था तो किसी दूसरी लड़की को देखने का लॉजिक भी क्या था?" मम्मी जी ने चुन्नी से अपनी आँखें पोंछ लीं।

मन्दिरा का मन द्रवित हो आया। माँ-बाप कितने अरमान रखते हैं बाल-बच्चों से और बच्चे अपनी दुनिया अपनी ही तरह से बसा लेते हैं, सोचते ही नहीं कि इस बात से किसी को कितनी चोट पहुँच सकती है।

"मम्मी जी, मैं आपकी पसन्द बनने की पूरी कोशिश करूँगी।" मन्दिरा ने कहा तो मम्मी जी ने उसे गले से लगा लिया।

"अरे, तू भी यही तेल लगाती है?" मम्मी जी ने खिड़की पर रखी बनफूल तेल की शीशी की ओर इशारा किया।

"इससे सर दर्द में आराम आता है।" मन्दिरा ने हामी भरी।

"सिर्फ़ सिरदर्द ही नहीं, थकान भी दूर हो जाती है," कहते हुए मम्मी जी ने हथेली में तेल उड़ेला और जब तक मन्दिरा कुछ समझती उसके सिर में ठोक दिया। वह हड़बड़ा गयी, पर प्यार का ये हमला मन को बहुत सुकून दे रहा था। थोड़ी बनफूल की झाँस और थोड़ा प्यार का एहसास था कि उसकी आँखों से पानी निकल आया।

"देखना, अब आराम आ जायेगा।" मम्मी जी ने बहते आँसुओं की ओर इशारा किया।

मम्मी जी नारियल की तरह हैं, मन्दिरा ने सोचा, ऊपर से सख़्त मगर भीतर मक्खन और मीठा पानी। पता नहीं, आर्यन उन्हें अब तक समझ क्यों नहीं पाया।

"सुन, मेरे आने के बारे में आर्यन से कुछ न कहना।" आवाज़ में थोड़ा आदेश, थोड़ी मिन्नत। मन्दिरा अब उनकी राजदार बन गयी थी। इतनी क़रीब आ गयी थी कि जितना आर्यन भी न आ पाया था।

"पता है, मम्मी जी ने मुझे अपना लिया।" अपनी चहक को भरसक दबाते हुए मन्दिरा ने अगले दिन सुमेधा को सारी बात बतायी थी।

उसकी बातें सुन सुमेधा का भी मन भर आया। लगा, भगवान ने उसकी सुन ली। उसे राहत महसूस हुई कि अब मन्दिरा को भी वह ख़ुशी हासिल हो सकेगी जिसके लिए वह उम्र भर तरसती रही।

मन्दिरा घर पहुँचती तो अक्सर ही मम्मी जी इन्तज़ार करती मिलतीं। मन्दिरा ने एक डुप्लीकेट चाबी मम्मी जी को सौंप दी थी, ताकि उन्हें उसके इन्तज़ार में बाहर न खड़ा रहना पड़े।

"मम्मी जी मुझे बहुत प्यार करती हैं...हर रोज़ चाय पर मेरा इन्तज़ार करती हैं..." मन्दिरा ने सुमेधा को बताया था।

"तो क्या वे तुम्हारे साथ रहने लगी हैं?"

"नहीं, सुमेधा। वह तो आर्यन के आने से पहले लौट भी जाती हैं।"

"अपने ही बेटे से परदा? बात कुछ समझ नहीं आयी।"

"आर्यन से उनकी ईगो टकराती है," मन्दिरा ने समझाना चाहा मगर सुमेधा से यह बात हजम नहीं हो पायी।

सुमेधा मन्दिरा की ख़ुशी पर शक की लकीर नहीं खींचना चाहती थी मगर भीतर-ही-भीतर वह सशंकित हो बैठी, "मन्दिरा, बड़ी मुश्किल से तुझे ख़ुशी मिली है, ज़रा आँखें खुली रखना।"

"ज़िन्दगी में पहली बार आँखें मूँद लेने को मन करता है, सुमेधा।" कहते हुए मन्दिरा ने इत्मीनान से अपनी आँखें मूँद लीं।

मन्दिरा की ख़ुशी देखते ही बनती थी। माँ का प्यार पाकर वह फूल-सी खिल उठी थी। काम का बोझ भी उसे अब अच्छा लगने लगा था। दफ़्तर से निपट कर वह घर की तरफ़ भागती। अगले दिन फिर शुरू हो जाता उसका सास

पुराण। कई बार जब आर्यन टूर पर बाहर जाता, मन्दिरा छुट्टी ले लेती और पूरा दिन मम्मी जी और उत्तू के साथ बिताती। मम्मी जी जब उत्तू को लाल तेल की मालिश करतीं और नहला कर सुला देतीं तो वह देर तक गहरी नींद सोता। आख़िर, अपनों की जगह क्रेच और आया थोड़े ही ले सकते हैं।

कई बार मम्मी जी उत्तू को दूध में केला मिलाकर खिला देतीं जिससे वह दूध नहीं पी पाता और मन्दिरा की छाती कुलबुलाती रह जाती। संकोच के मारे वह मम्मी जी से कुछ कह भी नहीं पाती। उस रोज़ भी ऐसा ही हुआ...

"मैं उत्तू को कुछ खिला देती हूँ, तब तक तू अपने काम पूरे कर ले," कहते हुए मम्मी जी उत्तू को दूध केला खिलाने लगीं।

मन्दिरा बेमनी-सी उत्तू को मम्मी जी के पास सौंपकर रसोई में चली गयी। जब तक वह खाना बना कर लौटी उसने पाया, मम्मी जी उसे बोलना सिखा रही थीं, "मैं अपने दादा का बेटा हूँ, चौधरी राधेश्याम का पोता..." मन्दिरा के चेहरे पर हँसी आ गयी, मगर उसे आता देख मम्मी जी एक दम से फक्क पड़ गयीं जैसे उनकी चोरी पकड़ी गयी हो। जैसे वे कोई बड़ा जुर्म करने जा रही थीं कि ऐन वक़्त रंगे हाथों पकड़ी गयी हों...

मन्दिरा का मन सशंकित हो उठा। मम्मी जी का चेहरा उसे बहुत अजीब-सा दिख रहा था जैसे वे कोई साज़िश रच रही हों। मन्दिरा थोड़ा सहम गयी। उस रोज़ मम्मी जी ने मन्दिरा से कोई बात भी न की। चाय पीते हुए भी दोनों के बीच एक चुप्पी तैरती रही। मन्दिरा का मन बुझ गया। वह सोचती रही कि वह तो कितने निःस्वार्थ भाव से इस बात का इन्तज़ार कर रही थी कि मम्मी जी उसे अपना लेंगी, मगर आज की घटना से उसका भ्रम टूट गया। वह समझ गयी कि मम्मी जी का प्यार एक छलावा था। वह तो अपने वारिस को हासिल करने के लिए यहाँ आया करती हैं। मन्दिरा की निष्ठा से उन्हें कोई मतलब नहीं था। मन्दिरा को बहुत ठेस लगी। वह तो ख़ुद ही सब कुछ न्योछावर करने को तैयार थी, फिर मम्मी जी ने ऐसा क्यों किया?

दफ़्तर में भी मन्दिरा खोयी-खोयी रही। सुमेधा से भी यह सब बताने की इच्छा नहीं हुई। जिस मम्मी जी पर वह अपनी ज़िन्दगी लुटा रही थी उन्हीं

से मिले विश्वासघात की कहानी वह उसे किस मुँह से बताती। किसी तरह ऑफ़िस के काम में डूबकर सब भूलने की कोशिश करने लगी। मन को समझाया कि इसी बहाने सही, पर मम्मी जी का वहाँ आना तो बन्द हुआ। वरना दिन भर काम से लौटकर वह बच्चे के लिए छटपटाती आती और मम्मी जी उसके हाथ से बच्चा ले लेतीं। वह इतना भी नहीं समझतीं कि मन्दिरा के भीतर भी ममता कुलबुलाती होगी। वह यह नहीं मान पा रही थी कि मम्मी जी एक माँ के हृदय से अनजान हो सकती हैं। जिस माँ के प्यार के लिए वह इतना तड़पती रही, उस माँ ने ही उसे माँ के सुख से बेदख़ल कर दिया था। वह चाह कर भी इन बातों को सुमेधा से कह नहीं पा रही थी। आख़िर सुमेधा ने तो उसे पहले ही सचेत किया था कि आँखें खुली रखना।

अभी तीन दिन भी न बीते थे कि देखा मम्मी जी घर आयी बैठी थीं। वह समझ नहीं पायी कि उनसे किस तरह पेश आये। क्या मम्मी जी को अपनी ग़लती का एहसास हुआ था और वे भूल सुधारने के ख़याल से आयी थीं? मम्मी जी चाय बना चुकी थीं। दोनों ने साथ बैठकर चाय पी मगर आपस में कोई बात न की। मन्दिरा सोचने लगी, आख़िर बड़ी हैं, कोई हाथ जोड़कर माफ़ी थोड़े ही माँगेंगी। ज़रूर इन्हें अपनी भूल का एहसास हो गया होगा। उसने संयत होने की कोशिश की।

"देखो मन्दिरा, उत्तू तुम्हारा अंश है मगर वंश तो मेरा है। मैं उसे नहीं छोड़ सकती। इस बात को जितना जल्दी समझ लो, उतना अच्छा!" मम्मी जी ने चलते-चलते कहा तो मन्दिरा स्तब्ध रह गयी।

अगले दिन भी मम्मी जी मन्दिरा के आने से पहले ही आयी बैठी थीं। उत्तू की तेल मालिश, उसे नहलाना-धुलाना और खाना खिलाना सब पहले की तरह कर रही थीं। मन्दिरा यह सब देखकर बहुत परेशान हो गयी। वह किस तरह उन्हें आने से रोके, कुछ तय न कर पा रही थी। वह मन-ही-मन अंश और वंश का फ़र्क़ तौलती रही और महसूस करती रही कि वंश का पलड़ा भारी है।

"मम्मी जी रोज़ ज़बरदस्ती चली आती हैं..." आख़िर उसने सुमेधा से बात की। "उनके पास डुप्लीकेट चाबी है। मैंने ही दी थी।" मन्दिरा अपने बचपने पर पछता रही थी।

"तू ताला बदल दे।" सुमेधा की यह राय उसे बहुत अच्छी लगी।

इतना सरल-सा उपाय था मगर उसके दिमाग़ में नहीं आया। मन हल्का हो गया। शाम को जाकर उसने पहला काम यही किया। घर का ताला बदल दिया। अब देखूँ, कैसे आती हैं मम्मी जी!

उसे थोड़ी राहत महसूस हुई।

सप्ताह भर भी न बीता होगा कि एक रोज़ दफ़्तर से लौटी तो मम्मी जी को घर के अन्दर पाकर वह आश्चर्य से भर गयी। इस ताले की चाबी तो उनके पास नहीं थी?

"मैंने आर्यन से ले ली।" मम्मी जी मुस्कराते हुए अपनी उँगली में चाबी घुमा रही थीं।

मन्दिरा स्तब्ध रह गयी।

"आर्यन मेरा बेटा है। अपने ही बेटे से कैसा परदा?" मम्मी जी के चेहरे पर विजय का गर्व छलक रहा था।

"वह तो ख़ुद हैरान है कि मेरे आने की बात तूने उससे छुपाई क्यों?" मम्मी जी मुस्करा रही थीं।

"अब आर्यन का तुझ पर कोई भरोसा नहीं रहा। वह समझ गया है कि तू मुझे मेरे पोते से मिलने नहीं देती।"

मन्दिरा की आँखें हैरत से फैल गयीं।

"उसे एहसास हो गया है कि जो बहू दादी को पोते से मिलने न दे, वह कितनी सही होगी।"

मम्मी जी की बातें सुन मन्दिरा की आँखों के आगे अँधेरा छाने लगा।

मन्दिरा ने ऑफ़िस जाना बन्द कर दिया। वह आर्यन के साथ ही तैयार होती मगर आर्यन के चले जाने के बाद घर की कुण्डी लगाकर अन्दर बन्द हो जाती। कोई भी दरवाज़ा खटखटाता, वह नहीं खोलती।

एक रोज़ वह घर में बैठी थी कि उसका फ़ोन बजा। सुमेधा का फ़ोन था, "ऑफ़िस क्यों नहीं आ रही आजकल? दरवाज़ा खोल, तेरे घर के बाहर खड़ी हूँ।"

वह लपककर दरवाज़े की तरफ़ बढ़ी।

सुमेधा को भीतर लाने से पहले उसने दरवाज़े के आसपास अच्छी तरह झाँककर पूरी तसल्ली कर ली कि उसके साथ कोई और तो नहीं है।

"क्या करूँ, किसी पर विश्वास ही नहीं रहा।" सुमेधा के गले लगकर वह फफक पड़ी। उसने सुमेधा को मम्मी जी की सारी हरकत बतायी।

"इतने दिनों से इसीलिए छुट्टी लेकर बैठी हूँ कि वो घर में न आने पायें," मन्दिरा ने खुलासा किया, "आर्यन के जाते ही मैं भीतर से लॉक कर लेती हूँ..." मन्दिरा अभी भी दरवाज़े की ही तरफ़ देख रही थी।

"तू आर्यन को सारी बात बता क्यों नहीं देती?" सुमेधा ने पूछा तो मन्दिरा सुबक पड़ी।

"आर्यन का मुझ पर भरोसा नहीं रहा," मंदिरा ने उसे मम्मी जी की उस साज़िश के बारे में बताया, जिसकी साझेदार बनकर उसने आर्यन को मम्मी जी के आने के बारे में कुछ नहीं बताया था।

"मम्मी जी हिसाब बराबर कर रही हैं," मन्दिरा ने बताया कि वो कहती हैं कि मैंने उनसे उनका बेटा छीना है तो वो भी मुझसे मेरा बेटा छीन कर रहेंगी, वो मुझसे बदला ले रही हैं..." मन्दिरा बुरी तरह टूट चुकी थी और फूट-फूट कर रोने लगी।

दोनों को बातें करते समय कैसे बीत गया, कुछ पता ही नहीं चला। ध्यान तब टूटा जब आर्यन दरवाज़े की घण्टी बजा रहा था।

सुमेधा को घर पर देख, आर्यन को थोड़ी हैरानी हुई।

"क्या हुआ, आज ऑफ़िस में बातें पूरी नहीं हुईं क्या?" आर्यन ने हँसते हुए अपने हाथ का सामान टेबल पर रखा और सोफे पर पसर गया।

मन्दिरा उठकर चाय बनाने किचन में चली गयी।

"मन्दिरा एक हफ्ते से ऑफ़िस नहीं आ रही।" सुमेधा ने आवाज़ दबाते हुए आर्यन को बताया।

"ऑफ़िस नहीं जा रही? मगर रोज़ मेरे साथ ही तैयार होती है..." आर्यन की आवाज़ में हैरानी भरी अनभिज्ञता थी।

सुमेधा ने उसे आवाज़ धीमी रखने का इशारा करते हुए बताया कि उसकी मम्मी उत्तू से मिलने अक्सर उसके घर चली आती हैं।

सुमेधा की बात पर वह ठहाका मार कर हँस पड़ा, "अपनी मम्मी को ख़ूब अच्छी तरह जानता हूँ। वो यहाँ कभी नहीं आयेंगी।"

यानी मम्मी जी ने मन्दिरा से झूठ कहा कि वे आर्यन से बात कर चुकी हैं। सुमेधा यक़ीन नहीं कर पा रही थी कि आर्यन की मम्मी झूठ भी बोल सकती हैं।

"मेरी मम्मी झूठ नहीं बोलतीं।" आर्यन बौखला गया, "अच्छा, कब से चल रहा है ये सिलसिला?" अचानक कुछ सोचते हुए आर्यन ने पूछा।

"लगभग एक महीने से।"

"मगर मम्मी-पापा तो पिछले तीन महीने से मेरी छोटी बहन शिल्पी के पास लन्दन गये हुए हैं। पिछले हफ़्ते भी शिल्पी से मेरी बात हुई है, मम्मी-पापा वहीं हैं, उसके पास..." आर्यन ने अपनी बात सिद्ध कर दी।

मगर अगले ही पल वह किसी अनजानी आशंका से सिहर उठा।

"तो फिर वह औरत कौन है जिसके पास हमारे घर की चाबियाँ हैं? उत्तू किसके साथ रहता है?" आर्यन अपने पर क़ाबू नहीं रख पा रहा था।

"इतने दिनों से कोई अनजान औरत हमारे घर आ रही थी और मन्दिरा ने उसे घर की चाबी भी सौंप दी..." आर्यन समझ गया कि वे लोग किसी गहरी साज़िश का शिकार हुए हैं।

अचानक सुमेधा की स्मृतियों में कुछ कौंधा।

"मन्दिरा पहले भी ऐसा करती रही है, आर्यन!"

सुमेधा ने उसे बताया कि अपनी मम्मी की डेथ के बाद एक लम्बे समय तक मन्दिरा अपनी गुज़र चुकी माँ से ख़यालों में बातें किया करती थी।

"वह अक्सर कहा करती थी कि आज का लंच उसकी मम्मी ने बनाया है। या फिर, देर रात उसकी मम्मी आयी थीं और उसे होमवर्क कराया था..."

सुमेधा को बात समझ आ रही थी मगर आर्यन कुछ भी समझ नहीं पा रहा था।

"आर्यन! वह स्किज़ोफ्रेनिया की पेशेंट रही है, उसका साइकेट्रिस्ट से इलाज भी चला है..."

"स्किज़ोफ्रेनिया?" आर्यन हैरान था।

"इसमें इन्सान अपनी ही बनायी दुनिया में जीने लगता है। उसे लगता है, कोई उसके ख़िलाफ़ प्लानिंग कर रहा है, यहाँ तक कि वह उसे मार डालना चाहता है..." सुमेधा ने मोबाइल पर गूगल किया, "स्किज़ोफ्रेनिया, हेल्युसिनेशन या मतिभ्रम के दौर में व्यक्ति अपनी ही गढ़ी हुई दुनिया में जीने लगता है। ऐसे में रोगी को कई प्रकार की आवाज़ें सुनाई देती हैं जो दूसरों को नहीं सुनाई देतीं, विभ्रम की स्थिति में वह बहुत कुछ ऐसा देखता है जो औरों को नहीं दिखाई देता। वह ख़याल और हक़ीक़त में फ़र्क़ नहीं कर पाता है और धीरे-धीरे वास्तविकता से उसका सम्पर्क टूटने लगता है।"

आर्यन समझकर भी कुछ समझ नहीं पा रहा था।

"पढ़ो इसे," सुमेधा ने अपना फ़ोन आर्यन के हाथ में दे दिया।

"लोग प्राय: ऐसे मरीज़ों को गम्भीरता से नहीं लेते मगर जब बीमारी बढ़ जाती है तब उसे पागल मान लेते हैं।" आर्यन अविश्वास के साथ एक-एक अक्षर पढ़ रहा था, "धीरे-धीरे मरीज़ का अपनों से विश्वास उठने लगता है... कई बार तो वह मरने और मारने की हद तक भी चला जाता है।"

"मन्दिरा हेल्युसिनेशन के दौर से गुज़र रही है आर्यन, उसे सँभालो! उसे इस नींद की दुनिया से बाहर निकालो...जल्दी किसी साइकेट्रिस्ट से मिलो!" सुमेधा एक साँस में बोले जा रही थी।

जब तक मन्दिरा चाय लेकर आती, आर्यन जल्दी से शहर के बेस्ट साइकेट्रिस्ट के पते खँगालने लगा।

(साहित्य अमृत, कथा विशेषांक)

टेक योर टाइम

उसके भीतर कुछ दरक गया था। वह यक़ीन नहीं कर पा रही थी कि माधव ने उसे यह रास्ता सुझाया है। वही माधव जिसके साथ होते हुए उसे सिवा उसके और कुछ भी दिखाई नहीं देता था। उसने कभी ध्यान नहीं दिया कि वह कहाँ जा रही है, उसे तो बस माधव ही दिखाई देता।

"तुम्हारा घर आ गया है, प्रीति!" वह हौले से उसे एहसास कराता।

कितनी निश्चिन्त रहती थी वह उसके साथ। अपनी हर समस्या वह माधव को बता देती और हल्की हो जाती। उसे पता था कि वह दुनिया के किसी भी कोने से उसका हल निकाल लायेगा। तभी तो इस बार भी परेशानी आने पर उसे माधव की बेतरह याद आयी थी। ऊपरी तौर पर वह उसे क़तई याद नहीं कर रही थी, मगर उसका अन्तर्मन माधव का ही नाम पुकार रहा था। वरना ऐसा कैसे सम्भव था कि जब उनके बीच संवाद का कोई सिलसिला न रह गया हो, किसी का फ़ोन नम्बर नहीं, पता-ठिकाना नहीं, ऐसे में अचानक 'पीपल यू मे नो' कहते हुए फ़ेसबुक पर माधव की फ़ोटो दिखाई दे जाये...

प्रीति ने माधव की फ़ोटो पर क्लिक किया।

'टाइम इन्वेस्टर' उसके नाम के साथ लिखा था। और भी बहुत कुछ लिखा था मगर सभी अक्षर गड्डमड्ड हो गये थे। माधव के सिवा उसे कुछ भी दिखाई नहीं दे रहा था। उसके भीतर कॉलेज की एलबम खुलती जा रही थी...

आज भी वह भूल नहीं पायी है करोलबाग की वह सड़क और माधव का साथ। भीड़ से उसे हमेशा ही दहशत होती रही है। लोगों की टकराहट से बचाने की कोशिश में माधव ने अपनी बाँहों से उसके इर्द-गिर्द ऐसा सुरक्षा चक्र बना दिया था कि मजाल है, किसी का कन्धा उसे छू जाये। उस सुरक्षा चक्र के

भीतर महफ़ूज़ वह माधव से लगभग सटी हुई आगे बढ़ रही थी। वह क्या कह रहा था उसे कुछ याद नहीं, उसके कान सुन्न हो रखे थे और अजब-सा नशा उस पर तारी था। ठीक उसी बीच उसने कहा था, "पूरी ज़िन्दगी तुम्हारी ऐसी ही हिफ़ाजत करना चाहता हूँ, है इज़ाज़त?" और वह पूरी तरह सुन्न हो गयी थी। रास्ते की भीड़ एकाएक फ्रीज हो गयी थी...उस वक़्त का वह एहसास आज भी दिल की किताब में हूबहू वैसा ही क़ैद है। आज भी वह सब याद करना उसे वैसे ही उल्लसित करता है। वह ख़ुश थी, पर झल्लाई भी थी, यह भी कोई ढंग हुआ प्रपोज़ करने का? और यह भी कोई जगह हुई प्रपोज़ करने की? भीड़ भरी सड़क पर धक्के मारते लोग...पर माधव ने उसे ही ख़ुशनुमा बना दिया था और वह ज़िन्दगी भर वैसा ही करना चाहता था। कैसी भी बोझिल परिस्थिति हो, वह उसे अपनी मौजूदगी से बेहतर करना जानता था। उसे कैसी भी परेशानी हो, माधव उसका हल निकाल ही लाता। वह आज तक भी ठीक से समझ नहीं पायी है कि उसे माधव की ज़रूरत थी इसलिए उससे प्रेम करती थी या वह उससे प्रेम करती थी इसलिए माधव उसकी ज़रूरत बन गया था...

यह क्या महज़ संयोग था कि उससे अलग होने के लगभग तीन साल बाद भी जब वह बिल्कुल असहाय महसूस कर रही थी, ठीक उसी समय फ़ेसबुक के ज़रिये माधव की फ़ोटो उसके सामने खुल गयी थी!

'हलो...' प्रीति ने मैसेंजर बॉक्स में लिखा था। उसे लगा था कि आँधी-तूफ़ान की गति से उसे इस मैसेज का जवाब मिलेगा मगर ऐसा हुआ नहीं। उसका उल्लास ठण्डा पड़ गया। शायद उसने ज़रूरत के कारण ही माधव से प्रेम किया था और इस बात को माधव भी समझ गया था। तभी तो, उस बार उसके रूठने पर वह मनाने नहीं आया।

पर आता भी कैसे? अपना अता-पता, कोई सम्पर्क सूत्र छोड़ा ही कहाँ था उसने। यहाँ तक कि कॉलेज के पूरा होने के बाद भी वह माधव से नहीं बोली थी और पता ठिकाना दिये बिना ही उसने अपना घर बदल लिया था। कॉन्वोकेशन वाले दिन भी माधव अपने दोस्तों की मण्डली में घिरा रहा, वह भी अपनी सहेलियों के बीच मस्त रही। हालाँकि, उसका सारा ध्यान माधव की तरफ़ था कि आज तो वह उससे बात करने ज़रूर ही आयेगा। मगर भरोसा

रेत की दीवार पर टिका होता है, जब तक न ढहे... उसे आघात पहुँचा था। वह नहीं जानती थी कि जिसके साथ को उसने इतने हल्के ढंग से लिया था वह उसकी ज़िन्दगी में अपनी जड़ें गहरा चुका है। वह काफ़ी देर तक इन्तज़ार करती रही थी। धीरे-धीरे सभी साथी घर को लौट गये तो वह भी रंजना के साथ वापस लौट आयी। रास्ते भर लगता रहा जैसे कोई पीछा कर रहा है, एकान्त मिलते ही सामने आकर खड़ा हो जायेगा। रंजना अपने घर को मुड़ गयी और वह अपने घर को...पर दूर-दूर तक किसी के क़दमों की आहट सुनाई न दी...

'ट्रिंग...ग...' कुछ कर्कश-सी धुन में फ़ोन बजा। हड़बड़ाकर वह सोच के दायरे से बाहर निकली और फ़ोन उठाया।

"कैसी हो, प्रीति?"

ओह, यह माधव की मैसेंजर कॉल थी।

"मन में भी तुम्हें याद करूँ तो लगता है, तुम्हें ख़बर हो जाती है!" वह धीरे-से हँस पड़ी।

"याद करती हो मुझे?" आवाज़ में ठहराव था, "कहो, कैसे याद किया?"

ओह, सीधे-सीधे मतलब की बात कर दी, पहले उसका हाल-चाल तो पूछा होता! वह मन-ही-मन ग्लानि से भर उठी।

"कुछ बताओगी या वो भी मुझे ख़ुद से ही जानना है?" हल्की-सी हँसी के साथ ताना पड़ा तो अधिकार भाव जागते देर न लगी, "मधु, मुझे नौकरी चाहिए!" एक साँस में ही बोल गयी वह। आत्मीय क्षणों में वह माधव को 'मधु' ही कह कर पुकारती थी। मधु ने दोबारा फ़ोन करने की बात कहकर फ़ोन काट दिया। प्रीति ने मैसेंजर पर उसे अपना नम्बर भेज दिया।

यों उसे माधव से कभी शिकायत नहीं रही, पर जब हुई तो हर बात से होने लगी। एक एंग्लो इंडियन लड़की कॉलेज में ही नहीं, उनके बीच भी आ गयी थी। माधव ने प्रीति को बहुत बार समझाया कि वह सिर्फ़ उसकी मदद करता है और यह उसका स्वभाव है। मगर प्रीति रूठ गयी। बहुत मनाने पर भी नहीं मानी। आज सोचती है तो लगता है, क्या माधव उसे मना नहीं सकता था? वह तो कितने ही रास्ते जानता था उसे मनाने के। प्रीति हर दूसरे दिन रूठी होती पर क्या मजाल कि माधव ने कभी हार मान ली। हर बार वह किसी नये अन्दाज़

में हाज़िर होता और प्रीति का ग़ुस्सा उड़न-छू हो जाता। फिर उस बार क्या हो गया कि वह उसे मनाने नहीं आया?

प्यार में ईगो कैसी, उसने ही क्यों नहीं मना लिया आगे बढ़कर?

"सुनो, तुम तो कैसे भी करके मुझे मना ही लेते हो, पर अगर कभी मुझे तुम्हें मनाना पड़ा तो तुम कैसे मानोगे?" एक बार प्रीति ने माधव से पूछा था।

"बहुत आसान है," माधव ने उसे राज़ की बात बताते हुए कहा था, "बस, एक बार मुझे छू भर देना, सारा ग़ुस्सा, सारी नाराज़गी पिघलकर पानी की तरह बह जायेगी!"

वह देर तक माधव की फ़ोटो को हथेलियों से सहलाती रही...

"एक बुज़ुर्ग हैं, उन्हें कम्पनी चाहिए," शाम को माधव का फ़ोन आया था।

"मतलब?" वह कुछ समझ नहीं पायी कि माधव किसी और की समस्या उसे बता रहा है या उसकी समस्या के लिए कोई रास्ता सुझा रहा है।

"कम्पनी मतलब, उन्हें किसी का साथ चाहिए," माधव ने थोड़ा समझाते हुए बताया कि वे चाहते हैं कि कोई उनके साथ अपना कुछ समय बिताये और इसके लिए वे उसे प्रति घण्टे के हिसाब से पेमेंट करेंगे।

"ये कैसी शर्त हुई? दफ़्तर का काम नहीं?" प्रीति की आँखें झिलमिला आयी थीं, क्या माधव उसे किसी से बाँटने का प्रस्ताव लेकर आया है?

"नहीं, घर-दफ़्तर का कोई काम नहीं! बस, उनके साथ समय बिताना है। पैसे अच्छे मिल सकते हैं, बशर्ते उन्हें आपकी कम्पनी पसन्द आ जाये।"

"...और उनके पसन्द आने के लिए मुझे क्या-क्या करना होगा?" वह पूछते-पूछते रह गयी। उसका गला भर आया।

"टेक योर टाइम।" उसे ख़ामोश देखकर माधव ने उसे आश्वस्त किया था, "तुम्हें पैसा चाहिए और उन्हें कम्पनी...दोनों का मक़सद पूरा होता है," माधव ने आश्वस्त किया था, "मैं पता भेज दूँगा, एकबार जाकर देख लो।"

प्रीति के मन में बहुत कुछ घुमड़ रहा था, मगर उसने ख़ामोशी से फ़ोन काट दिया। सोचती रही कि माधव इस बीच कितना बदल गया है। या फिर, पता नहीं, माधव उसके बारे में क्या सोचता है। वह टटोलती रही कि कॉलेज के

तीन सालों में कभी एक भी तो घटना ऐसी नज़र नहीं आती जिसके कारण उसे इस तरह की लड़की समझा जाता। वह तुनकमिज़ाज ज़रूर थी, मगर पूरा कॉलेज जानता था कि वह माधव को लेकर कितनी पजेसिव है। उसका नाम कभी किसी दूसरे के साथ नहीं जोड़ा गया। माधव के साथ उसके झुकाव को सभी जानते थे और उसने भी ज़िन्दादिली से इसे स्वीकार किया था।

तो क्या इस कारण उसे चरित्रहीन समझ लिया जाये?

किसी बुज़ुर्ग के साथ समय बिताने का प्रस्ताव और किस ओर इशारा करता है?

प्रीति का मन रह-रहकर ख़ुद को कोस रहा था कि उसने माधव से अपनी समस्या क्यों कही। और कैसे उसने माधव के मुँह से इतना सब सुन लिया? उसने उसे कोई करारा-सा जवाब क्यों नहीं दिया? क्या नौकरी की समस्या किसी को इतना लाचार बना देती है?

हम भी तो कितना बदल गये हैं। आज कितना सहज हो गया है यह कह देना कि किसी व्यक्ति को आपकी कम्पनी चाहिए। आप उसका साथ दो, उसकी पसन्द बनो और मुँह माँगी क़ीमत वसूलो। हमारी सभ्यता, हमारी संस्कृति कितनी बदल चुकी है। हम पूरी तरह पश्चिमी संस्कृति के रंग में रंग चुके हैं। खिन्न मन से प्रीति ने फ्रिज से पानी की बोतल निकाली और गटागट पी गयी। पानी ज़्यादा ही ठण्डा था, गले में काँटे-सा चुभा। पर शायद पानी नहीं था, माधव की बात थी जो काँटे-सी चुभ रही थी। पानी तो वह हमेशा ऐसे ही पीती है, सीधा फ्रिज से...

वे एक-दूसरे के बेहद निकट थे और एक-दूसरे की योग्यता से अच्छी तरह परिचित थे। इसीलिए इतने अन्तराल के बाद भी प्रीति ने बेहिचक उससे अपनी नौकरी के लिए बात कर ली थी।

"बेरोज़गार देखते ही सब ऐसे टूट पड़ते हैं जैसे उसके साथ कुछ भी किया जा सकता है, वह गुनाह नहीं माना जायेगा!" उसने अपने खुले हुए बालों को लपेटकर जूड़े की तरह खोंस लिया। काश, उसने माधव को बताया होता कि उसकी पिछली नौकरी इसीलिए छूट गयी कि कम्पनी का मालिक दफ़्तर के काम से ज़्यादा उसके साथ समय बिताने में इच्छुक था। आये दिन शाम को देर तक ऑफ़िस में रोक लेना, फिर घर तक छोड़ने के बहाने साथ-

साथ चले आना। वह तो प्रीति ने उसे मकान मालिक की सख़्ती का सहारा लेकर कभी ऊपर आने नहीं दिया वरना वह तो तैयार ही बैठा था।

काश, उसने माधव को यह सब बताया होता।

माधव अच्छी तरह जानता था कि प्रीति की अंग्रेज़ी कितनी धारदार है। प्रीति ने सोचा था कि माधव उसे किसी ऑफ़िस में नोटिंग-ड्राफ्टिंग के लिए रखवा सकता है। मगर शायद यहाँ भाषा ज्ञान से किसी का बहुत लेना-देना नहीं है। उन्हें न्यूज़ रिपोर्टिंग या साहित्य रचना थोड़े ही करानी है। अंग्रेज़ी थोड़ी ग़लत-सही भी चलेगी, आशय समझ आना चाहिए। ...और हाँ, उनका व्यक्तिगत मक़सद पूरा होना चाहिए, इतना तो माधव भी जानता ही होगा। तभी उसने उसे वह रास्ता दिखाया जिससे नौकरी भी पक्की रहेगी और तरक़्क़ी भी!

वह भीतर तक जली-भुनी बैठी थी, फिर भी, उसने माधव से कुछ न कहा। कॉलेज की बेस्ट डिबेटर के तर्कों पर एक चुप्पी ताला जड़ कर बैठ गयी थी।

"टिंगटाँग!"

डोर बेल बजी तो वह दुबककर बैठ गयी, मकान मालिक के अलावा और कौन हो सकता था। पिछले दो महीने से मकान का किराया नहीं भरा है, वही घण्टी बजा रहा होगा। वो तो बड़ा अच्छा है कि मकान मालिक ने इंटरलॉक इस तरह से लगाया है कि बाहर से देखने पर यह पता ही नहीं चलता कि दरवाज़ा खुला है या बन्द।

वह दम साधे बैठी रही कि इस बार फ़ोन वाइब्रेट कर उठा। शुक्र है, फ़ोन साइलेंट मोड पर था। मकान मालिक का ही फ़ोन था।

तीन बार डोर बेल और दो बार फ़ोन बजाकर मकान मालिक चला गया था। उसने राहत की साँस ली।

भला अपने ही घर के भीतर कोई इस तरह छुपकर रहता है, उसने सोचा। हर जगह ख़ूँख़ार नज़रों की दहशत पीछा करती है।

"इससे अच्छा, क्यों न इस बुड्ढे से ही निपट लूँ। एक रिटायर्ड बुड्ढा उसका क्या ही बिगाड़ लेगा।" उसने मैसेज बॉक्स खोलकर देखा, पता आ चुका था।

अगले दिन मोबाइल में आयी लोकेशन के सहारे वह ओखला एक्स्टेन्शन जा पहुँची। मगर हाथ डोर बेल तक जा कर ठिठक गये।

"समझौता करने से पहले एकबार फिर सोच ले..." उसने ख़ुद को ही आगाह किया था।

"ज़िन्दगी समझौता ही तो है। जब तक और जहाँ तक ठीक लगेगा, वहाँ तक साथ दूँगी। वरना चल बेटा अपने घर।" उसने ख़ुद को ही तर्क दिया और तैश के साथ घण्टी दबा दी।

पलक झपकते ही दरवाज़ा खुल गया। गदराए बदन का वह व्यक्ति उस दरवाज़े पर खड़ा था, जिस पर मदनमोहन के नाम का बोर्ड लगा था।

गोरा रंग, मँझोला क़द और कुछ भारी बदन। प्रीति की तेज़ निगाहों ने पल भर में ही उसका मुआयना कर लिया था।

"प्रीति अहलूवालिया?" मदनमोहन ने उसे भीतर बुलाते हुए कमरा बन्द कर लिया।

"समय की पाबन्दी मेरी ख़ास कमज़ोरी है।" मदनमोहन ने दीवार घड़ी की ओर देखते हुए कहा।

घड़ी में छह बजकर सात मिनट हो रहे थे। वह ठीक से समझ नहीं पायी कि यह उसके समय पर होने की तारीफ़ थी या फिर, सात मिनट की देरी का तकादा?

उसे कुर्सी पर बैठने का इशारा कर मदनमोहन भीतर चले गये। केन की दो कुर्सियाँ, एक काउच और बीच में केन के फ्रेम वाली मेज़। सादगी में सजा साफ़-सुथरा कमरा।

"दरअसल, मैं ठीक छह बजे शाम की चाय पीता हूँ। सोचा था, आज तुम्हारे साथ पीयूँगा इसलिए अब तक पी नहीं..." प्रीति ने देखा, मदनमोहन जी हाथ में चाय की ट्रे उठाये चले आ रहे थे।

"मुझे तो इस समय हल्की भूख लग आती है," कहते हुए उन्होंने चाय के साथ सेंके हुए टोस्ट की प्लेट भी बीच की मेज़ पर रख दी।

कहीं चाय में कुछ मिला न रखा हो। प्रीति सशंकित हो आयी।

जब तक मदनमोहन अपनी तरफ़ का कप उठाते, उसने लपककर उन्हीं का कप उठा लिया। हड़बड़ाहट में उसका हाथ मदनमोहन के हाथ से टकराने से बस ज़रा ही बचा।

"आई अम सो सॉरी!" कहते हुए प्रीति ने कप होंठों से लगा लिया।

"इसमें कौन-सा म्यूज़िकल चेयर वाली बात है?" कहते हुए मदनमोहन ने दूसरा कप उठा लिया।

"दिल्ली में कब से हो? कितनी पढ़ाई की है?" बातों का सिलसिला चल पड़ा।

प्रीति ने हर बात का इत्मीनान से जवाब दिया। बस, नौकरी की बात पर थोड़ा लड़खड़ा गयी।

"जितना ज़्यादा समय दे सको, अच्छा है। द मोर यू इन्वेस्ट, द मोर यू गेट।" मदनमोहन जी की नज़र बड़ी पारखी थी।

सहज होने की कोशिश में प्रीति ने चाय के ख़ाली कप उठा लिए और किचन की तरफ़ मुड़ गयी। मदनमोहन जी ने उसे रोका नहीं। कमरे से सटी बायीं तरफ़ किचन थी। छोटी मगर सुविधासम्पन्न। किचन के साथ लगा मँझोले-से आकार का बरामदा और उसकी दूसरी तरफ़ एक और कमरा। नज़र तो प्रीति की भी कम पारखी न थी। मिनटों में सारा मुआयना कर वह वापस लिविंग रूम में दाख़िल हुई। मदनमोहन जी ने कुर्सी के साथ रखा ग्रामोफ़ोन चला दिया था जिस पर हल्की आवाज़ में कोई वाद्य संगीत बज रहा था।

"यह तो ग्रामोफ़ोन है न?" प्रीति कुछ अचरज से बोल उठी, "फ़िल्मों में ही देखा था अब तक!"

"इलेक्ट्रिक ग्रामोफ़ोन," मदनमोहन जी ने सही करते हुए बताया,"जब अपना काम शुरू किया था तब पसन्द की पहली चीज़ यही ख़रीदी थी। लगभग पचास साल पुरानी है।" कुछ हिसाब लगाते हुए वे बोल पड़े, "नाइनटीन सेवन...टी...टू की बात है..." वे खिलखिलाकर हँस पड़े। उन्हें कुछ याद आ गया था मगर फिर उन्होंने ख़ुद को रोक लिया। शायद बताना ज़रूरी नहीं समझा।

"इतना पुराना!" प्रीति ने चहककर पूछा, "और अब तक चलता है?"

"उस ज़माने में चीज़ें ठीक मिल जाया करती थीं..." प्रीति का उल्लास देखकर वे ख़ुद को रोक नहीं पाये और बताने लगे, "गीता–मेरा मतलब है, वाइफ को बहुत पसन्द था। उन्हीं दिनों पाकीजा फ़िल्म रिलीज़ हुई थी। उसका

मानना था कि इस फ़िल्म के गानों को ग्रामोफ़ोन पर सुनने का अलग ही मज़ा है।" उनकी आँखें जैसे कहीं रखकर भूल गयी याद को तलाश रही थीं...वे अपने समय को दोहराते हुए बता रहे थे कि उस वक़्त कौन-सी चीज़ कितनी सस्ती मिला करती थी, जीवन कितना सहज होता था, वग़ैरह, वग़ैरह। ऐसे विषयों में प्रीति की बहुत दिलचस्पी नहीं थी। फिर भी, वह उनकी तरफ़ देखती रही और हाँ-हूँ करती रही। मदनमोहन जी जीवन की उस सहजता को याद कर रहे थे, जब सर्दी की धूप सेंकने के लिए वे सामने के पार्क में मंजी यानी चारपाई बिछाकर बैठ जाया करते थे।

"आज कोई बैठेगा ऐसे?" उनके जोरदार ठहाके से प्रीति ख़यालों की दुनिया से वापस लौटी।

"मौसम है आशिकाना, ऐ दिल कहीं से उनको ऐसे में ढूँढ़ लाना..." वे दबी ज़बान में गुनगुना रहे थे। उनकी आँखें जुगनू-सी चमक रही थीं।

प्रीति असमंजस में पड़ गयी, आख़िर आ ही गये न अपनी औकात पर।

नहीं, नहीं। ऐसा नहीं है। मन के भीतर से आवाज़ आयी, अपनी पत्नी को याद कर रहे हैं...

फिर भी, एक संशय...एक सतर्कता उसकी चेतना पर हावी हो रही थी।

टन्न! टन्न!! की गूँज ने उसे बेतरह हिला दिया। हड़बड़ाकर उसने दीवार घड़ी की तरफ़ देखा। आठ बजे का घण्टा बज रहा था।

"पैरोल की अवधि समाप्त..." मदनमोहन जी हँसने लगे।

प्रीति ने राहत की साँस ली और खड़ी हो गयी।

"आज की ड्यूटी पक्की!" कहते हुए मदनमोहन जी ने मेज़ पर पड़े टेबल कैलेंडर में आज की तारीख़ पर सही का निशान बना दिया और हँसते हुए दरवाज़ा खोल दिया, "अच्छा लगा तुमसे गप्पें लड़ाना।"

सीढ़ियों से नीचे उतरते हुए प्रीति ने लम्बी साँस भरी, जैसे गहरी सुरंग से बाहर निकली हो। अभी भी कानों में मदनमोहन जी की गुनगुनाहट सुनाई दे रही थी और ज़हन में उनकी आँखें झिलमिला रही थीं। उस झिलमिलाहट में शातिर बिल्ली की तेज़ी का एहसास था। जैसे अभी झपट्टा मारती, मगर ऐन वक़्त दीवार घड़ी ने 'रेड अलर्ट' घोषित कर दिया और उन्हें अपना मन बाँधना पड़ा। सोच रहे होंगे, अब तो रोज़ ही आना है, कल सही।

मगर वह कल से नहीं आयेगी, उसने सोचा। इस तरह डर-डर कर कितने दिन निकाल लेगी? और दो-दो घण्टे की पेमेंट से क्या गुज़ारा हो जायेगा उसका?

अपने भीतर उठ रहे कई तरह के भावों को तौलते हुए कब वह घर आ पहुँची, उसे कुछ एहसास नहीं। मगर जब वह बिस्तर पर गिरी तो मन में हल्का-सा सुकून तो था, 'आज की दिहाड़ी पक्की।'

वैसे मुलाक़ात ऐसी बेजा भी नहीं थी, प्रीति ने करवट बदली। देखो, कब तक चल पाता है। फिलहाल तो मकान मालिक का किराया भर भी इस मुलाक़ात से निकल आये तो बड़ी राहत है। प्रीति का मन थोड़ा स्थिर होने लगा था। ज़रूरत क्या-क्या नहीं करा लेती है आदमी से। अगले दिन फिर प्रीति उसी घर की डोर बेल बजा रही थी, कल जहाँ से बाहर निकलकर उसने राहत की साँस ली थी। शाम के ठीक छह बजे वह घर में दाख़िल हुई। मदनमोहन जी ने मुस्कराकर स्वागत किया, "समय की पाबन्दी..."

"...मुझे बहुत पसन्द है," प्रीति ने आगे जोड़ दिया और दोनों मुस्कराने लगे।

"चाय तुम बनाओगी या मैं बना लाऊँ?" मदनमोहन ने पूछा तो वह उठकर किचन की तरफ़ मुड़ गयी।

"तो क्या उसे यहाँ हाउस हेल्प के लिए रखा है?" मन में उठे संशय के साथ उसने किचन में रखे बरतनों पर निगाह डाली। चाय का बरतन गैस के साथ ही रखा था। शायद उन्होंने पहले ही निकालकर वहाँ रख छोड़ा था। ऊपर की शेल्फ से कप निकालकर उसने पानी चढ़ाया।

दूध-शक्कर की तलाश में नीचे के कबर्ड टटोल ही रही थी कि अचानक उस पर जैसे हमला हुआ। मदनमोहन ने पीछे से उसे कसकर अपनी बाँहों में जकड़ लिया। ओह, वह रेत पर पड़ी मछली-सी छटपटा उठी। उसके दोनों हाथ उनकी गिरफ़्त में थे। उसने चिल्लाना चाहा पर उन्होंने उसके होठों पर अपने होठ इतनी कस के जड़ दिये कि उसका दम घुटने लगा।

धक्क से उसकी आँख खुली। ओह, सपना था। उसने चैन की साँस ली। मगर कब तक की चैन?

नौकरी कोई मिल नहीं रही, ज़रूरी ख़र्चे निपटाने हैं। सोचा था, माधव कुछ मदद कर देगा, मगर...

नींद उचट चुकी थी। नौकरी छूटने के बाद से अक्सर ऐसा हो रहा है कि उसे रात भर नींद नहीं आती, जबकि पहले कितना सोचती थी कि कभी छुट्टी लेकर दिन भर सोयेगी।

'अब जब छुट्टियाँ हैं तो जी भर सोती क्यों नहीं?'

'क्या सोऊँ जब ऐसे-ऐसे सपने आयें तो?'

वह ख़ुद से ही सवाल-जवाब किये जा रही थी। नींद तो आ नहीं रही, कितनी मिन्नत करूँ उसकी, सोचती हुई वह बिस्तर से उठ खड़ी हुई। बाहर जाकर बालकनी में रेलिंग के सहारे टिक कर खड़ी हो गयी।

...सुनसान कोलाहल, कुछ भयावह-सा...मगर हल्की-हल्की हवा का झोंका भला लगा। जैसे किसी ने सहला दिया हो धीरे-से। पलकें बोझिल हो उठीं। नींद तो भरी पड़ी है आँखों में मगर सोने का सुकून भी तो हो। मन तो दहशत से भरा है। एक हल्की-सी झपकी ने थरथरा दिया। वह बालकनी से पार लुढ़क ही जाती कि उसने जल्दी से रेलिंग थाम ली वरना आज काम तमाम हो जाना था। वह जल्दी से बालकनी का दरवाज़ा बन्द कर भीतर आ गयी।

'एक काम कर सकती हूँ,' बिस्तर पर पड़े-पड़े वह सोचने लगी, 'इस मकान को सबलेट कर देती हूँ। किराया दोनों बाँट लेंगे...हाँ, यह ठीक रहेगा। साथ भी हो जायेगा और किराये का भार भी बँट जायेगा।' मन को थोड़ी राहत मिली।

'मगर मकान मालिक से क्या कहेगी?' करवट बदलते हुए, मन ने सवाल किया। 'कह दूँगी, बहन है कुछ दिनों के लिए आयी है...' हालाँकि वह भी जानती है कि यह दलील चल नहीं पायेगी।

करवट छोड़कर, वह फिर चित्त पड़ गयी।

पता नहीं, कब नींद आयी। पर नींद खुली, तो दिन चढ़ आया था। कोई दरवाज़े पर लगातार घण्टी बजा रहा था। उसने लपककर दरवाज़ा खोला तो सामने मकान मालिक को खड़ा पाया।

"परसों भी देर तक घण्टी बजाकर लौट गया था, देर से लौटती हो क्या आजकल?" मकान मालिक की पैनी नज़रें सीटी स्कैन करती मालूम पड़ीं।

"ऑफ़िस नहीं गयी आज?" इस बार आवाज़ में थोड़ी नरमी थी।

"अरे, बहुत लेट हो गयी आज तो..." कहते हुए प्रीति ने हड़बड़ी जताई, "शर्मा जी, इस बार पे नहीं मिली है अब तक, थोड़ा समय दें..."

"समय तो चाहे सारा ही लो, तुम्हारा ही है..." शर्मा जी बेशर्मी से कह रहे थे, "मगर बात पर क़ायम रहना चाहिए न? क्या तय हुआ था...दस तारीख़ तक...आज तो दो महीने से ऊपर हो गये..."

"शाम को बात करती हूँ, शर्मा जी। आज तो ऑफ़िस...बहुत लेट..." कहते हुए उसने लगभग मुँह पर ही दरवाज़ा दे मारा।

हड़बड़ी की रफ़्तार बरकरार रखते हुए वह बाथरूम में जा घुसी। यहाँ बैठकर कुछ सोचना उसे बहुत पसन्द आता है। यही एकमात्र ऐसी जगह है जहाँ वह ख़ुद से बात करती है। वैसे तो वह कभी भी, कहीं भी, कुछ भी सोचे, उसे टोकने वाला है कौन यहाँ? मगर जाने क्यों, यहाँ उसे अजीब-सा सुकून मिलता है।

हड़बड़ी में तैयार तो हो गयी मगर जाये कहाँ? नाश्ता करके फिर बिस्तर पर पलट गयी। रात तो नींद नहीं आ रही थी पर दिन में बिना मशक्कत सो गयी। नींद में फिर जा पहुँची मदनमोहन जी के घर। इस बार देखा कि चाय पीते हुए वे उससे उसके घर-परिवार के बारे में पूछ रहे हैं। बातचीत में वे दोनों हँस भी रहे हैं। चलते हुए उन्होंने उसके हाथ पर कुछ पैसे रख दिये, "एडवांस है, और चाहिए तो बताना।" सुकून भरी साँस के साथ उसकी नींद खुल गयी।

घड़ी देखी, चार बज चुके थे। अगर उसे वहाँ जाना है तो तैयार हो जाना चाहिए।

न जाये तो क्या करे? वह उठकर खड़ी हो गयी। तैयार तो वह थी ही। चाय का पानी चढ़ाने लगी तो मन ने होशियारी जताई, 'मदनमोहन जी के यहाँ तो मिलेगी न चाय...और टोस्ट भी...' चेहरे पर हल्की मुस्कान उभर आयी।

"दरवाज़ा खुला ही है, चली आओ।" घण्टी की आवाज़ पर मदनमोहन जी की आवाज़ सुनाई दी।

वह भीतर चली आयी। मदनमोहन शायद किचन से सटे बरामदे में बैठे थे। कमरे में दाख़िल होते हुए उन्होंने दीवार घड़ी की तरफ़ देखा। प्रीति की निगाह भी उसी ओर मुड़ गयी।

ठीक छह बज रहे थे। समय की पाबन्दी ने उन्हें आश्वस्त किया। एकदम से बातों का कोई सिरा न मिला। वह कुछ पल दीवार पर टँगी घड़ी को देखती रही। उसने महसूस किया, घड़ी भी जैसे कोई ऐन्टीक पीस थी।

"यह भी गीता की पसन्द है।" उसे घड़ी की तरफ़ देखते हुए पाकर मदनमोहन जी ने कहा था। "उसकी पसन्द बहुत मुख़्तलिफ़ थी, पुराने अन्दाज़ की चीज़ें उसे ख़ास भाती थीं..." उन्होंने उसे कुर्सी पर बैठने का इशारा किया।

"आज तुम्हें उसकी एक पसन्द सुनाता हूँ," कहते हुए वे ग्रामोफ़ोन की तरफ़ बढ़े मगर फिर रुक गये, "पहले चाय ले आता हूँ...चाय की चुस्कियों के साथ और भी मज़ा आयेगा..."

"मैं बनाऊँ?" न चाहते हुए भी वह बोल पड़ी।

"तुम महिलाएँ किचन को अपनी ज़ाती ज़मीन क्यों समझती हो?" उन्होंने एकदम टोक दिया, "कोई इस काम के लिए थोड़े ही बुलाया है तुम्हें मैंने।" कहते हुए वे किचन की तरफ़ मुड़ गये।

प्रीति ने शुक्र मनाया। वरना वह पछता रही थी कि उसने यह प्रस्ताव रखा ही क्यों? रात का सपना आँखों में ताज़ा हो गया था। वह सहमकर वहीं कुर्सी में धँस गयी। आलीशान बंगलों की भीड़ में सादगी से सजा यह घर उसे अच्छा लगा। सामने बालकनी की तरफ़ सरकंडे में गुंथी चिक लगी हुई थी जिससे बाहर का धुँधला-सा दृश्य दिखाई पड़ता था मगर ज़ाहिर है, धूप से बचाव हो रहा था। काउच के साथ एक ख़ूबसूरत गुलदान रखा था। फूल तो नक़ली ही थे, मगर दिखते असली थे। अपनी कुर्सी से उठकर वह उन फूलों के पास जा पहुँची। धीरे से हाथ लगाया तो चौंक गयी...

"असली हैं।" मदनमोहन जी चाय के साथ कमरे में हाज़िर हुए।

"इतने ताज़ा...और कमरे के भीतर...?" प्रीति अपनी उत्सुकता दबा नहीं पायी। फूलों का शौक उसे भी बहुत रहा है मगर किराये के मकान में क्या शौक़ पूरे करे। मदनमोहन जी चाय की ट्रे मेज़ पर छोड़कर उसके नज़दीक आ गये। सामने की चिक को हल्का-सा उठाया तो कमरा रोशनी से चुँधिया उठा।

"यहाँ इतनी तेज़ धूप आती है कि कोई भी पौधा लगा सकती हो।" उन्होंने चिक की रस्सी छोड़ दी। छनकर आती धूप काफ़ी पोयटिक मालूम पड़ रही थी। प्रीति वापस अपनी कुर्सी पर आकर बैठ गयी।

"आज चाय न बनाकर कहवा बनाया है, तुम्हें पसन्द है?" मदनमोहन जी ने पूछा तो प्रीति को ख़याल आया कि बेध्यानी में उसने वही कप उठा लिया था जो उसकी तरफ़ रखा था। कहीं उसमें कुछ मिला न रखा हो...

"कैसा है?" मदनमोहन जी ने पूछा तो उसने जबरन आँखें चमका दीं। वैसे स्वाद वाकई अच्छा था, अगले सिप में उसने महसूस किया।

"क्या-क्या डाला है?" उसने सहज होते हुए पूछा तो मदनमोहन जी विजयी भाव से मुस्करा दिये, "कुछ भी डालो मगर मेरे बनाये कहवे का स्वाद सबसे अलहदा होता है...वजह? मैं इसे भरपूर शौक से बनाता हूँ..."

"येस सर।" प्रीति ने मुस्कराकर कहा।

"देखो, सर-वर ना कहा करो। इससे बड़ा दफ़्तराना महसूस होने लगता है...तुम मुझे मोहन कह सकती हो।"

प्रीति ने उनकी बात पर हामी तो भर दी मगर वह ऐसा कर पायेगी, इसका बहुत विश्वास नहीं था उसे। कहवा ख़त्म करने से पहले मोहन जी ने ट्रे से चम्मच उठाकर पकड़ा दी, "नीचे बादाम के टुकड़े पड़े होंगे, छोड़ नहीं देना।" दूसरी चम्मच से वे ख़ुद भी अपने मग से बादाम निकालकर खाने लगे। स्वाद बेशक अच्छा था। हल्की मिठास और फूले हुए बादाम।

"आपने केसर भी डाला है इसमें?" प्रीति ने पूछा तो वे चौंक गये, "तुम्हें नहीं पसन्द?" उनके चेहरे पर थोड़ी मायूसी थी।

"विद्या को भी नहीं पसन्द था...विद्या मोहन, मेरा बेटा..." वे बताने लगे, "वह मुँह से निकाल-निकालकर थूकता रहता था..."

"कहाँ हैं वे?" प्रीति ने जानना चाहा।

"न्यूयॉर्क में..." उन्होंने बताया कि सिर्फ़ कुछ दिन घूमने की बात करके गया था, "गीता तो मना कर रही थी, मैंने ही जाने दिया उसे। गया, तो फिर लौटकर नहीं आया, माँ के मरने पर भी नहीं।"

"ओह!" प्रीति के मुँह से सिसकारी निकल आयी।

"नहीं, अफ़सोस की कोई बात नहीं", उन्होंने रोक दिया। "हमने भी ऐसा ही किया था अपने माँ-बाप के साथ..." शायद कहीं पश्चात्ताप था या फिर, किसी तरह की सफ़ाई, पता नहीं।

उन्होंने बताया कि गाँव से शहर ऐसे ही तो आये थे वे दोनों। गीता को शहर में बड़े डॉक्टर से दिखाना था तो पिताजी राजी हो गये और अपनी भी जमा-पूँजी उनके हवाले कर दी। हालाँकि, वे ऐसा सोचकर नहीं आये थे कि उन्हें यहाँ बस जाना है मगर दिल्ली की चकाचौंध न्यूयॉर्क से कौन-सा कम थी। डॉक्टर ने गीता को पेट में कोई गाँठ बतायी थी और वह भी तब, जब विद्या गर्भ में था। ऐसी अवस्था में कड़ी दवा नहीं दी जा सकती थी, न ही ऑपरेशन किया जा सकता था। डॉक्टर का मानना था कि कुछ समय हल्की दवाओं से काम चलाया जा सके तो बेहतर रहेगा। फिर डिलीवरी के समय वह इसका भी ऑपरेशन कर के सही कर देंगे।

मोहन जी ने बताया कि घर से लाये पैसे ख़त्म हो रहे थे। ऐसे में क्या करें, समझ नहीं पा रहे थे। एक दिन अस्पताल जाते हुए, बस में एक पेन बेचने वाले से मुलाक़ात हुई। उसने बताया कि हर पेन पर उसे लगभग दुगना फ़ायदा मिल जाता है। उसी की मदद से मोहन जी ने भी कुछ पैसे लगाकर पेन, चाकू, नेलकटर वग़ैरह ख़रीदा और उसे बसों में बेचने चल दिये। शाम तक वो लगभग सारा माल बेच चुके थे। यह काम उन्हें भा गया। थोक में सामान काफ़ी सस्ता मिल जाता और शाम तक मुनाफ़ा भी हाथ में होता। गुजारा होने लगा। डिलीवरी की तारीख़ नज़दीक आ रही थी और उसके लिए अधिक पैसों की ज़रूरत थी। उन्होंने हिम्मत की और नज़दीक के प्राइवेट स्कूल में जा पहुँचे। वहाँ के शॉपकीपर से उन्होंने 'बल्क-परचेज' का ऑफ़र रखा। उसकी दिलचस्पी उसमें बन गयी और इस तरह वे अपने काम के दूसरे चरण में जा पहुँचे। अब उन्हें बसों में चढ़कर एक-एक पेन बेचने की ज़रूरत नहीं थी। वे सीधे पाँच-पाँच सौ पेन, एक-एक स्कूल में पहुँचाते और जमकर फ़ायदा कमाते। तीन-चार स्कूल पक्के हो चुके थे। इसी बीच विद्या का जन्म हुआ। गीता के दोनों ऑपरेशन कामयाब रहे और वह जल्दी ही स्वस्थ होकर घर आ गयी। मोहन जी ने अपनी आमदनी के हिसाब से किराये पर एक घर ले लिया था। बच्चे के आ जाने से ख़र्च बढ़ने लगा था, ऐसे में घर जाने की सोचते या घर बसाने की? बीच में एकाध बार घर गये भी तो वह बात न रही।

"पापा जी हमारे साथ मेहमानों जैसा बर्ताव करने लगे थे...अपनी गाँठ से ऊपर ख़र्च कर देते..." मोहन जी अपनी दोनों हथेलियाँ रगड़ रहे थे। जैसे भीतर-ही-भीतर कोई मलाल हो उन्हें।

"पर मैंने भी रास्ता निकाल लिया," उनकी आँखों में चमक उतर आयी थी, "घर के पिछवाड़े जो घनश्याम जी का लड़का था न, मैं अक्सर उसके हाथ कुछ-न-कुछ भेजता रहता और उससे माँ-पिता की ख़बर लेता रहता।" उन्होंने एक तसल्ली भरी साँस ली।

"हालाँकि, मुझे अब पैसों की कोई ज़रूरत नहीं है, फिर भी, विद्या पैसे भेजता है तो मैं उसे रख लेता हूँ। जानती हो क्यों?" उन्होंने पूछा था और जवाब का इन्तज़ार किये बग़ैर जोड़ा था, "...ताकि उसके भीतर किसी तरह का मलाल न रहे। मैं जानता हूँ कि वह इतना भर ही कर सकता है..."

मोहन जी की समझदारी प्रीति को हैरान कर रही थी।

मोहन जी की सक्सेस स्टोरी भी कुछ कम हैरान करने वाली नहीं थी। उन्होंने बताया कि एक दिन जब वे पेन लेने फैक्ट्री गये हुए थे तो पता चला कि फैक्ट्री मालिक को कुछ रोज़ के लिए अचानक गाँव जाना पड़ रहा है। फैक्ट्री बन्द रहेगी। वे बड़े असमंजस में पड़ गये। उनके पास बड़े-बड़े स्कूलों के ऑर्डर थे, ऐसे में किस तरह चलता, बाज़ार में अब तक उनकी एक साख बन चुकी थी।

"ऐसा ही होता है वक़्त का इम्तिहान। हौसले से टिके रहे तो वक़्त भी तुम्हारे साथ हो लेता है" वे प्रीति की तरफ़ ऐसे देख रहे थे, जैसे वे प्रीति को समझा रहे हों।

अभी वे अपनी फैक्ट्री लगाने के बारे में कुछ और बताते मगर घड़ी ने आवाज़ दी और उन्होंने टेबल पर रखे कैलेंडर पर तारीख़ देखकर सही का निशान लगा दिया। प्रीति उन्हें नमस्कार कर नीचे उतर आयी। मोहन जी से हुई आज की बात में वह जीवन का सार तलाश रही थी। ऐन वक़्त दीवार घड़ी ने छुट्टी का ऐलान कर दिया और उसे निकलना पड़ा वरना वह चाहती थी कि मोहन जी अपनी बात पूरी कर लेते। मगर मोहन जी भी तो एकदम आर्मी ऑफ़िसर की तरह घण्टी बजते ही कैलेंडर में निशान लगा देते हैं और बाहर का रास्ता दिखा देते हैं।

मोहन जी की बातों में उनका तजुर्बा बोलता है। ऐसी बातें किसी किताब से नहीं सीखी जा सकती हैं। प्रीति धीरे-धीरे रिलैक्स होने लगी थी। मोहन जी की बातों में उसे अपने लायक भी बहुत कुछ मिलने लगा था। अगले दिन वह

उनके घर से निकलने लगी तो मोहन जी ने साइड टेबल पर रखे लिफ़ाफ़े की तरफ़ इशारा किया, "वीकली पेमेंट ठीक रहेगा न..." कहते हुए वे भीतर की तरफ़ मुड़ गये। प्रीति ने लपककर लिफ़ाफ़ा उठा लिया।

"सैटर्डे, संडे ऑफ़ रहेगा..." घर के बाहर तक मोहन जी की आवाज़ ने पीछा किया था।

ऑटो में बैठकर प्रीति ने पैसे टटोले। कम नहीं थे। सप्ताह भर में मकान का किराया निकल आया था। वह अपने घर न जाकर सीधे शर्मा जी के घर की तरफ़ मुड़ गयी।

आज उसे अच्छी नींद आयी। सपने में मोहन जी का जीवन-संघर्ष दिखाई देता रहा। उन्होंने बसों में धक्के खाकर अपने काम की शुरुआत की थी। वह क्यों निराश बैठी है? अब तो धक्के खाने की भी ज़रूरत नहीं, सब कम्प्यूटर पर ऑनलाइन सम्भव है। वह भी बहुत कुछ कर सकती है। अगले दिन वह लैपटॉप खोलकर बैठ गयी। ऑनलाइन किये जाने वाले काम, उसके जोखिम और फ़ायदे...दो दिन की छुट्टी में उसे कुछ-न-कुछ बन्दोबस्त कर लेना था।

उसके भीतर एक तरह का आत्मविश्वास भर आया था।

"ऐसा ही होता है वक़्त का इम्तिहान। हौसले से टिके रहो तो वक़्त भी तुम्हारे साथ हो लेता है" मोहन जी की आवाज़ उसे हौसला देती रही और वह वक़्त के आगे डटकर खड़ी हो गयी।

कम्प्यूटर पर ऐसे बहुत-से काम थे जिसे घर बैठे किया जा सकता था। कुछ सर्वे फॉर्म थे, जिसे भरना था। बमुश्किल दस मिनट में एक फार्म भरा जा सकता था। 'बमुश्किल...' उसके होंठों पर मुस्कराहट फैल गयी। इस तरह की भाषा तो मोहन जी बोलते हैं।

उसने वहीं से शुरुआत करनी चाही मगर इस काम का पैसा, क्योंकि सीधे उसके अकाउंट में जमा होना था इसलिए प्रीति को अपनी अकाउंट डीटेल शेयर करनी थी। उसने एक नया अकाउंट खोलना ज़रूरी समझा। ऐसा अकाउंट जिसमें बस ऑनलाइन काम के ही पैसे आयें। वैसे तो उसके दूसरे अकाउंट में भी कितने ही पैसे थे कि कोई डाका डालता, मगर ऐसा कई लोगों से सुना था कि ऑनलाइन काम वाले पहले तो ठीक-ठाक पैसा भेजते रहते

हैं, फिर कुछ पैसा जमा हो जाये तो एकदम से अकाउंट हैक हो जाता है। वह समझती है कि ऐसे काम में इस तरह की पॉकेटमारी का ख़तरा रहता है।

"नया अकाउंट खोल लेती हूँ..." प्रीति ने सोचा, "जैसे ही कुछ पैसे जमा होंगे, उसे पुराने अकाउंट में ट्रांसफर कर लूँगी।"

अचानक फ़ोन का वाइब्रेटर बजने लगा। देखा, माधव का फ़ोन था।

"हलो, प्रीति...कैसा चल रहा है?"

प्रीति को महसूस हुआ कि यह फ़ोन तो उसे करना चाहिए था।

"आज तो छुट्टी है। तुम फ्री हो तो कहीं मिलें?" उत्साह में भर कर प्रीति ने मिलने का प्रोग्राम बना लिया।

माधव से मिलना बहुत अच्छा रहा। कॉलेज के दिन ताज़ा हो गये। जन्तर-मन्तर की भूल-भुलैया पर इधर-उधर डोलते रहे, फिर कनॉट प्लेस के सेंट्रल पार्क में जा बैठे। प्रीति ने माधव को बताया कि मोहन जी बहुत बड़ी पेन फैक्ट्री के मालिक हैं। उसने यह भी बताया कि उनका बेटा उन्हें छोड़ कर विदेश जा बसा। चाहते तो ये भी विदेश जा सकते थे, मगर उन्होंने ऐसा नहीं किया।

"जानती हो, ज़िन्दगी की सबसे बड़ी ट्रैजडी क्या है? सबकुछ होते हुए भी उससे उचाट हो जाना...अकेलापन..." माधव ने कहानी का क्लाइमेक्स बताया, "मोहन जी के एक दोस्त ने अपने अकेलेपन से निराश होकर आत्महत्या कर ली थी।"

प्रीति को जैसे झटका लगा, वह तो अभी तक मोहन जी से उनकी कामयाबी की ही कहानी सुनती आयी थी। तस्वीर के इस रुख का तो उन्होंने ज़िक्र तक नहीं किया।

"संवादहीनता, आज के समय की सबसे बड़ी समस्या है," माधव ने अपनी बात जारी रखी, "आज की जेनरेशन करियर बनाने की होड़ में घर-बार सब पीछे छोड़ चुकी है। उनके पास अपने रिटायर्ड पैरेंट्स से बात करने के लिए समय नहीं है।" माधव बता रहा था कि मोहन जी के वे दोस्त जब भी अपने बच्चों को फ़ोन करते, बच्चे अपने काम में व्यस्त होते। इस उपेक्षा से वे बहुत निराश हो गये थे।

मोहन जी उसकी इस तकलीफ़ को जानते थे और समय-समय पर अपने दोस्त से मिलने चले जाते या फ़ोन पर बात करके उनका मनोबल बढ़ाते रहते थे।

"...मगर एक बार जब मोहन जी का फ़ोन ख़राब था और ठीक होने गया हुआ था, उस दौरान, लगभग तीन दिन तक मोहन जी की उस दोस्त से बात न हो सकी। और जब तक फ़ोन ठीक होकर उन्हें वापस मिला तब तक तो टी.वी. पर उस दोस्त की आत्महत्या की ख़बर आ चुकी थी..."

माधव ने कहा कि मोहन जी आज तक ख़ुद को माफ़ नहीं कर पाये हैं। "उन्हें आज भी लगता है कि लगातार तीन दिनों तक वे अपने दोस्त से बात नहीं कर पाये और वह डिप्रेशन में चला गया। अगर इस दौरान वह उससे बात कर रहे होते तो वह आत्महत्या करने से बच जाता।"

माधव कह रहा था, "उनका मानना है कि आत्महत्या समय के उफान का नतीजा है और कुछ नहीं। अगर उस घड़ी पर आप क़ाबू पा लेते हैं तो ज़िन्दगी फिर रफ़्तार पकड़ लेती है।"

"यह तो सही है।" प्रीति ने हामी भरी।

"उन्होंने एक सोसाइटी बनायी है," माधव ने इस घटना का ज़िक्र किसी ख़ास मक़सद से किया था, "टेक योर टाइम, नाम की इस सोसाइटी में केवल वे लोग ही शामिल हो सकते हैं जिन्हें किसी तरह की हड़बड़ी नहीं है और वे एक फ़ोन कॉल पर हाज़िर हो जायेंगे।"

"पर कभी-कभार तो किसी के भी साथ..." प्रीति ने टोकना चाहा मगर माधव ने रोक दिया, "यह ज़िम्मेदारी के साथ निभाने वाला काम है। इसके लिए उन्हें बाकायदा पेमेंट की जाती है...किसी नौकरी की तरह..." माधव ने समझाया, "इसीलिए नौकरी पेशा लोगों को इस सोसाइटी में नहीं रखा जाता। इनकी प्राथमिकताएँ अलग होती हैं। नौकरी लगी तो प्रमोशन, प्रमोशन हो गयी तो ट्रांसफर...इन के लिए ये कॉन्सेप्ट मायने नहीं रखता। इसमें ऐसे डेडिकेटेड और कमिटेड लोग चाहिए जो जोड़ने के लिए नहीं, जीने के लिए पैसा कमाना चाहते हैं।...और सच कहूँ प्रीति, जीने के लिए बहुत पैसा नहीं चाहिए।" माधव की निगाहें प्रीति के चेहरे पर जा टिकी थीं।

माधव ने बताया कि इस सोसाइटी के मेम्बर्स के पास पैसों की कोई कमी नहीं है, मगर उनके बच्चे विदेशों में जा बसे हैं और उनके पास बात करने के लिए कोई नहीं है। वे अकेले पड़ गये हैं।

"इसलिए वे ऐसे पढ़े-लिखे बेरोज़गार लोगों को रख रहे हैं जो इस कॉन्सेप्ट को समझकर उन्हें अपना समय दे सकें। क्वॉलिटी पीपल-क्वॉलिटी टाइम, यू नो..."

प्रीति ऐसी सोच के प्रति हैरान भी थी और नतमस्तक भी। माधव ने उसे मोहन जी के कॉन्सेप्ट के बारे में और बताया। उसने कहा, "देश में ऐसे कितने ही लोग हैं जो पहले तो अपने बच्चों को बाहर पढ़ाते हैं, विदेश में बसने का सपना दिखाते हैं और जब वे वहाँ जाकर बस जाते हैं तब उन्हें कोसते हैं। मोहन जी वक़्त से बग़ावत करने के बदले उसकी नब्ज़ पकड़ने वाले आदमी हैं। उनका मानना है कि जो बाहर जाना चाहते हैं, जायें। हम तो ऐसे पढ़े-लिखे, बेरोज़गार लोगों का एक डेटाबेस तैयार करें, जो इन उद्योगपतियों और एकाकी जीवन जी रहे लोगों को क्वालिटी टाइम दे सकते हैं। फ़िलहाल एक तरह का डेटाबेस तैयार किया जा रहा है जिसमें स्वभाव और पसन्द के आधार पर सभी को कैटेगराइज़ किया जा रहा है, ताकि उसी अनुसार व्यक्ति को किसी के साथ तय किया जा सके। इससे एक ओर इन बुज़ुर्गों को अनुपयोगी होने के एहसास से बाहर निकाला जा सकेगा तो दूसरी ओर, नौजवानों के लिए रोज़गार भी पैदा किया जा सकेगा।"

प्रीति की आँखों में एक अलग तरह की दुनिया का नक़्शा आकार ले रहा था।

"देश में ऐसे लोगों की कमी नहीं जो पैसा देकर अपनापन ख़रीद सकते हैं, बस, इस कॉन्सेप्ट को ठीक ढंग से समझने और साथ देने की ज़रूरत है..." माधव उस नक़्शे पर प्रीति की रज़ामन्दी की मोहर लगाना चाह रहा था।

"यह तो बहुत नोबल कॉज़ है..." प्रीति ने सहमति में सिर हिलाया, "... मगर जिनके पास इतना पैसा नहीं, अकेलापन तो उन्हें भी..."

"...कोई चाहे तो समय के बदले समय का हिसाब भी रख सकता है। टाइम पेड, फॉर टाइम इन्वेस्टेड..." प्रीति की आपत्ति पर माधव ने उसे टोक दिया, "अगर तुम आज अपना समय फ्री देती हो, तो आने वाले समय में तुम्हें भी फ्री कम्पनी प्रोवाइड की जायेगी। समझी?"

"हम्म..." प्रीति ने सिर हिलाते हुए जवाब दिया।

"अगर कोई चाहे तो अपने कम्पनी आवर्स बढ़ा भी सकता है, अलग-अलग जगहों पर, ज़रूरत के हिसाब से। द मोर यू इन्वेस्ट, द मोर यू गेट।"

कॉन्सेप्ट नया था। प्रीति उधेड़बुन में थी कि लोग इसे कितना समझ पायेंगे। एक समय प्राइवेट नौकरी को लेकर भी तरह-तरह की भ्रान्तियाँ थीं, मगर आज ऐसा नहीं है। आज इसमें पैसा भी है और प्रतिष्ठा भी। हो सकता है, आने वाले समय में लोग बेहिचक कह पायेंगे कि वे 'टाइम इन्वेस्टमेंट' करते हैं।

शाम ढल चुकी थी मगर चलने का मन नहीं कर रहा था। सेंट्रल पार्क के रंगीन फ़व्वारे उनके भीतर भी अलग तरह का उत्साह पैदा कर रहे थे। एक तरह के दायित्व बोध के साथ प्रीति ने इस दिशा में ठोस काम करने का निर्णय ले लिया था। मन-ही-मन ख़ुद से बातें करती वह अपने घर की तरफ़ चल दी। बस में खिड़की की तरफ़ बैठी वह दुनिया को नयी तरह से देख रही थी।

ऐसे कई उद्योगपति ध्यान में आ रहे थे जो जीवन के अन्तिम चरण में निर्वासित जीवन जी रहे थे।

इतना व्यवसायीकरण कि अपनापन भी ख़रीदा और बेचा जा रहा है। वह हैरान थी मगर कहीं सन्तुष्ट भी। जैसे मोहन जी से मिलने के बाद उसने जाना था कि वे तो अनुभवों की किताब हैं, इंटरनेट भी तो इन्हीं की कहानियों से समृद्ध होता है...उसे बहुत कुछ सीखना है उनसे...उसे इनके लिए काम करना है। नौकरी करना तो आम बात है, वह कुछ ख़ास करेगी।

हवा से उड़ते बालों को समेटती हुई, वह बस से नीचे उतर आयी।

ज़िम्मेदारी भरे एहसास के साथ उसने अपने फ्लैट का दरवाज़ा खोलना चाहा तो दरवाज़े में कुछ अड़ता महसूस हुआ। थोड़ा सँभालकर दरवाज़े को वापस अपनी ओर खींचा और धीरे से दोबारा खोला। दरवाज़ा खुला तो भीतर एक खाकी लिफ़ाफ़ा गिरा हुआ पाया। असमंजस की स्थिति में उसने लिफ़ाफ़ा खोला। उसने स्टाफ सिलेक्शन कमीशन की कम्बाइंड ग्रेजुएट लेवल की परीक्षा पास कर ली थी।

'सरकारी नौकरी!!' वह ख़ुशी से चीख़ उठी, 'यानी परमानेंट नौकरी!'

'सरकारी मकान, मेडिकल सुविधाएँ, साठ साल तक के लिए सुरक्षित जीवन, फिर पेन्शन और रिटायरमेंट बेनिफिट्स...'

'...मगर वह नोबल कॉज़, सामाजिक दायित्व?'

यह कैसी आवाज़ थी जो इन सभी फ़ायदों और सुविधाओं के ख़िलाफ़ बग़ावत कर रही थी।

वह अपना साप्ताहिक अवकाश इस काम के लिए सुरक्षित रखेगी...

'इसमें नौकरी पेशा लोग नहीं रखे जाते।' उसे माधव की आवाज़ ने चेताया, 'इनकी प्राथमिकताएँ अलग होती हैं। नौकरी लगी तो प्रमोशन, प्रमोशन हो गयी तो ट्रांसफर...इनके लिए यह कॉन्सेप्ट मायने नहीं रखता। इसमें डेडिकेटेड और कमिटेड लोग चाहिए...'

'इनका कॉन्सेप्ट तो बहुत अच्छा है मगर फ़िलहाल इसे कामयाब होने में समय लगेगा,' प्रीति ख़ुद को समझा रही थी, जबकि एक सुरक्षित भविष्य आज उसके द्वार पर दस्तक दे रहा है। उसे नज़रअन्दाज नहीं किया जा सकता है।

प्रीति महसूस कर रही थी कि सरकारी नौकरी छोड़ पाना इतना सहज नहीं है।

दुविधा और अन्यमनस्कता के साथ उसने वह पत्र अपने पर्स में रख लिया और बाथरूम में जा हाथ-पैर धोने लगी।

'समय पर इन्क्रिमेंट और प्रमोशन, हर साल बढ़ता डी.ए., एच.आर.ए...'

'जीने के लिए बहुत पैसा नहीं चाहिए...इसमें वे ही टिक पायेंगे जो जोड़ने के लिए नहीं, जीने के लिए पैसा कमाना चाहते हैं...बहुत पैसा कमाने वाले भी, अन्ततः अकेलेपन का शिकार होकर अवसाद में चले जाते हैं...'

कई तरह की आवाज़ें उसके भीतर घमासान मचा रही थीं। वह किसी नतीजे पर पहुँच नहीं पा रही थी।

'ठीक से सोच लो, दोबारा सोच लो! टेक योर टाइम!' उसकी चेतना उसे समझा रही थी।

(समकालीन साहित्य)

झील से झाँकता है चेहरा...

मन तो पार्क की ही तरह सुनसान था पर मखमली घास पर पड़ती धूप की सेंक भली लग रही थी। जैसे नन्हे बच्चे को खिलौने देकर बहलाया जाता है, रंग-बिरंगे फूलों के गुच्छों को देखकर ऐसा ही लगा कि प्रकृति उसी तरह मेरे आहत मन को बहलाने की कोशिश कर रही है। भारी क़दमों में थोड़ी गति आयी और मुझे कुछ दूर खड़ा घना पेड़ दिखाई दिया जिसके नीचे का ख़ाली बेंच बाँहें फैलाकर बुलाता मालूम पड़ा। मैं उसी तरफ़ बढ़ चला। पेड़ की छाया में बैठना भला लगा। नज़दीक जाने पर पाया कि उसके सामने एक झील भी झिलमिला रही थी। सामान बेंच पर ही छोड़कर मैं झील की तरफ़ टहलने लगा। जल की गोद में आसपास के पेड़ों की छाया दिखाई दे रही थी। जैसा दृश्य बाहर था भीतर भी बिल्कुल समानान्तर दृश्य था। क्या व्यक्ति भी भीतर-बाहर एक-सा नहीं हो सकता? क्यों हम एक चेहरे पर कई चेहरे लगाये रखते हैं? क्यों इतनी अलग है हमारे भीतर-बाहर की दुनिया? क्यों नहीं हम ख़ुद को 'जो है जैसा है', की तरह प्रस्तुत कर सकते हैं? भीतर दबा दर्द टीस मारने लगा। अचानक किसी स्त्री स्वर ने मेरा आत्मालाप भंग कर दिया। मुड़कर देखा तो पाया एक औरत कुछ बड़बड़ाती हुई बेंच की तरफ़ बढ़ती आ रही थी। गदराए बदन की उस औरत ने गहरे नीले रंग की साड़ी इस तरह कस कर बाँधी हुई थी जैसे कहीं लड़ने जा रही हो। दायाँ हाथ हवा में लहराते हुए वह जैसे किसी को ललकार रही थी मगर उस ओर कोई था नहीं जिस ओर देखकर वह बड़बड़ा रही थी। उसके आक्रामक स्वरूप को देख मैं दौड़कर अपने सामान के साथ जा चिपका। पता नहीं, क्या चाहती है।

मेरी उपस्थिति को पूरी तरह अनदेखा करते हुए वह औरत उसी बेंच पर धम्म से बैठ गयी। वह बहुत ग़ुस्से में थी। उसकी आवाज़ धीरे-धीरे तेज़ होती जा रही थी। उसकी बोली में 'ड़' अक्षर बार-बार आता था। उसके टोन से लगा कि वह तमिल-तेलुगु या मलयाली, किसी भाषा में बोल रही थी। मेरे लिए तो सभी दक्षिण भारतीय भाषाएँ एक-सी हैं, मदरासी!

मुझे याद आता है, एक बार भरत, मेरा भाई, एक डिब्बे में कंकड़ भर लाया और मुझसे पूछने लगा, "बूझो तो यह कौन-सी भाषा है?" और उसने डिब्बे को दो-तीन बार खड़खड़ा दिया। मैं भला क्या समझता, अबूझ-सा देखता रहा।

"मदरासी!" वह हँसने लगा। उस घटना की याद कर मुझे हँसी आ गयी।

अरे, मुझे हँसता देख वह औरत बुरा मान गयी। उसने ग़ुस्से से मेरा हाथ धर लिया और फिर मदरा...सी, मेरा मतलब है अपनी भाषा में कुछ-कुछ कहने लगी। "तुम मेरी भाषा का, मेरी तकलीफ़ का मज़ाक़ उड़ाते हो...तुम सब एक जैसे हो..." शायद ऐसा ही कुछ।

"नहीं-नहीं, मैं तो समझता ही नहीं तुम्हारी भाषा", मैंने उसे शान्त करना चाहा, "तुम जानती हो मेरी भाषा क्या? नहीं न? उसी तरह मैं भी तुम्हारी भाषा नहीं जानता..." मैंने जानबूझकर उससे पहाड़ी में कहा।

मैंने उसके चेहरे की तरफ़ देखा। उसने नाक की दोनों तरफ़ सोने का बेसर पहन रखा था। कान में भी बड़े-बड़े स्वर्ण फूल थे। सम्पन्न परिवार की लगती है, मैंने महसूस किया।

"तुम अपने घर में किसी से अपनी बात क्यों नहीं कहतीं? तुम भले घर की लगती हो।" मैंने समझाना चाहा।

"अड़ी, बड़ी..." जाने उसने क्या कहा पर उसे मेरी बात बेहद नागवार गुज़री थी। वह हाथ हिला-हिलाकर मुझसे कुछ कहने लगी। लगा, पूछ रही हो कि कोई सुनने वाला होता तो मैं यहाँ क्यों आती? वह पूरे पंचम सुर में बोल रही थी। वो तो शुक्र था कि वहाँ उस समय कोई था नहीं वरना अच्छा तमाशा खड़ा हो जाता। मैं अपना हाथ छुड़ाकर वहाँ से निकल जाना चाहता था मगर उसकी पकड़ आवाज़ की तरह ही और तेज़ हो गयी थी। गोया वह कह रही थी, "भागकर दिखाओ। अपनी मर्ज़ी समझ रखी है, मेरी बात सुने

बिना तुम बिल्कुल नहीं जा सकोगे।" उसने अपने पर्स में से एक पुराना-सा मोबाइल निकाला और उसकी ओर इशारा कर मुझे झिंझोड़ने लगी। जैसे कह रही हो कि जब बात ही नहीं करनी तो इसे दिया ही क्यों? अपनी बात कहते हुए वह इतनी उत्तेजित हो गयी थी कि मैं डर रहा था कि कहीं वह मुझ पर हाथ ही न उठा दे।

"अच्छा, कहो क्या कहना चाहती हो। हालाँकि मैं तुम्हारी भाषा बिल्कुल नहीं समझता..." कहते हुए मैं बेंच पर बैठ गया।

उसने अपना मोबाइल कान से लगा लिया, फिर हाथ से कुछ नहीं सुनाई देने का इशारा करने लगी।

जितना मैं समझ पा रहा था, वह रोज़ किसी के फ़ोन का इन्तज़ार करती है, मगर फ़ोन पर घण्टी तक नहीं बजती, उससे कोई आवाज़ नहीं आती। ऐसा कहते-कहते उसकी आँखें नम हो आयीं। साड़ी की कोर से आँखें पोंछते हुए वह दोबारा तैश में आ गयी और फिर ज़ोर-ज़ोर से बोलने लगी। शायद कोई उससे सम्पर्क बनाये रखने का वायदा कर उससे दूर चला गया था। कोई बहुत अपना...उसका पति, बच्चे या फिर...

वह हताश थी, असहाय। उसके पास उससे संवाद का कोई ज़रिया नहीं था।

'यह दुनिया ही ऐसी है। अपना ही चोट पहुँचाता है।' मैं अपने आप में बुदबुदाया था।

मेरी सहानुभूति के प्रति कृतज्ञ होते हुए वह दूसरी तरफ़ देखने लगी। दूर दिखाई पड़ते पेड़ों की तरफ़। जैसे उन पेड़ों के बहाने वह उस वातावरण से दूर निकल जाना चाहती हो। मगर फिर एक गहरी साँस के साथ वह अपने वर्तमान में वापस लौट आयी। बेंच के हत्थे पर हाथ पटकती हुई कुछ गुनगुनाने लगी। उसकी आवाज़ में दर्द था। गाते-गाते वह अपने कलेजे पर हाथ मारती जैसे वह कोई रूदाली हो। उसकी धुन पहाड़ी लोकगीत जैसी बिल्कुल नहीं थी, पर जाने क्यों मेरे मन में ऐसे कई गीत गूँजने लगे जिसे मैंने पहाड़ी लड़की की विदाई के वक़्त स्त्रियों को गाते हुए सुने थे। जिनका भाव होता था कि ब्याह तो रहे हो बाबुल, मगर दिल से भुला मत देना...भैया, मेरी ख़ैर-ख़बर लेते रहना... ईजा (माँ), मेरी पसन्द का पकवान बनाना तो मुझे याद करना... मेरी आँखें धुँधलाने लगी थीं और गला शुष्क हो आया था।

विदाई का दर्द क्या सिर्फ़ स्त्री झेलती है? मेरा दर्द उसके समानान्तर आ खड़ा हुआ। मैं कितना रहा पहाड़ों में, अपने घर में? 'घर छु, पहाड़ सौरास देश कु...' मैं याद करने लगा। इस गीत को मैं अक्सर गुनगुनाया करता था। स्कूल के समय से ही मैं पहाड़ छोड़ शहर आ गया था। पहले पढ़ाई, फिर कमाई के लिए। कमाने के लिए घर छोड़ना हमारी नियति है। जो पहाड़ों को नहीं छोड़ पाये उन्हें निखद्द और नालायक समझा जाता है। देखा जाये तो पहाड़ ही हमारा मायका है और शहर ससुराल। ज़्यादातर पहाड़ी लड़के घर छोड़कर या तो सेना में भर्ती हो गये या फिर, मैदानी इलाक़ों में चले आये। देश यानी महानगर में रोटी-पानी का जुगाड़ करने। इसीलिए यह कुमाऊँनी गीत मुझे बहुत सटीक लगता है, 'घर छु, पहाड़ सौरास देश कु...'

"तुम्हें पहाड़ ज़्यादा पसन्द हैं या मैदान?" किसी शहरी मित्र ने एकबार पूछा था।

"पहाड़।" पहाड़ी स्वाभिमान के साथ बिना एक पल गँवाये मैंने जवाब दिया था।

"वहाँ ऐसा क्या है?" उसने दोबारा पूछा था।

"पहाड़ के पार क्या होगा, यह बात मुझमें जिज्ञासा भरती है।" मैंने कहा था मगर सच कहूँ तो पहाड़ के पार जाने के बाद कभी वापस लौट नहीं पाया... अनजाने में ही एक सिसकारी गले से बाहर निकल आयी।

वह औरत अपना दुख भूलकर मेरी ओर देखने लगी।

आज सोचता हूँ तो न पहाड़ अच्छा लगता है न मैदान। मुझे तो नदी अच्छी लगती है, पानी पसन्द है मुझे। मैं झील की ओर देखने लगा, आर-पार एक-सा, पारदर्शी। इसके भीतर झाँकता हूँ तो अपना चेहरा दिखाई देता है। यह अपना लेता है हर किसी को जो उसके निकट आता है, उसे इसमें अपना अक्स दिखता है...

वह औरत ध्यान से मेरी ओर देख रही थी। महानगर के साथी जिस ख़ालीपन को समझ नहीं पाये, वह इसे क्या समझती पर वह मायूस थी, मेरे दुख से उदास थी। तो क्या वह समझ रही थी मेरी पीड़ा? मेरी ज़ुबान? उसने एक बार भी मेरी बात समझने में अपनी असमर्थता नहीं जताई। मैं हैरान था। ऐसा कैसे सम्भव था। क्या इसीलिए स्त्री को धरती कहा गया है। क्या इसीलिए

कहा गया है कि दर्द किसी ज़ुबान का नहीं होता, वह बस एक एहसास होता है। मगर शहर में तो कोई स्त्री ऐसी न मिली मुझे। हिन्दी-अंग्रेज़ी के साथ-साथ विदेशी भाषाओं के जानकार भी मिले पर वे तो मेरी तकलीफ़ को समझ न सके। हम भले ही एक-दूसरे की ज़ुबान समझते थे मगर किसी का दर्द नहीं जान सके। हम एक ही भाषा में बात करते थे, जीवन शैली भी बहुत कुछ एक-सी थी फिर भी हम किसी को कितना समझते थे? कितनी निकटता थी हमारे बीच? सभी एक समाज में होने का धर्म निभा रहे थे, बस। आज महसूस करता हूँ कि कितनी बड़ी सन्तुष्टि होती है कि कोई आपको समझता है। स्वीकारता है, जस-का-तस। सुविधाओं वाले महानगर आरामदेह होते हुए भी हमारे अपने कहाँ बन पाये? भीड़ के बीच भी एक तरह का अकेलापन हावी ही रहा। मन पंछी हमेशा घर लौट जाने को फड़फड़ाता रहा।

वह औरत थोड़ा संयत हो चली थी पर अभी भीतर का गुबार पूरी तरह निकला नहीं था। मुझे बैठे रहने का इशारा कर वह उठ खड़ी हुई और एक हाथ कन्धे पर थामे ऐसे डोलने लगी जैसे वह किसी बच्चे को सुलाने की कोशिश कर रही हो। धीमी आवाज़ में कुछ कहते हुए वह मेरे बहुत निकट आ गयी। शायद उस बच्चे को नींद आ गयी थी। वह उसे झील के किनारे टहलाने लगी। फिर अचानक झील की तरफ़ मुँह कर हाथ से उस बच्चे को उस तरफ़ धकेल दिया और रोने लगी।

"ओह, बहुत बुरा हुआ।" मैं कहे बिना न रह सका। वह फूट-फूटकर रो रही थी।

"क्या उसके साथ कोई दुर्घटना हो गयी?"

"वह नदी में डूब गया?"

"वह तुम्हें छोड़कर सात समन्दर पार चला गया?"

"कुछ तो बताओ, आख़िर क्या हुआ?" मैं उस बारे में जानने को अधीर हुआ जाता था।

वह कुछ नहीं बोली। बस, लम्बी सिसकारियाँ भरती रही। बीच-बीच में सिर ठोककर वह अपने भाग्य को कोसने लगती। उसकी पीड़ा देखकर मुझे बहुत तकलीफ़ हुई। काश, मैं इसके लिए कुछ कर पाता। उसका रोना थोड़ा

मद्धिम पड़ा, तो उसने अपने ब्लाउज़ से एक काग़ज़ निकालकर मेरे आगे बढ़ा दिया। पसीने से भीगा काग़ज़ लिजलिजा हो आया था।

"यह क्या है?" उसका स्पर्श करते हुए मेरे भीतर एक फुरफुरी-सी उतर आयी।

उसने मुझे उसे पढ़ने का आग्रह किया। मैं उस लिपि से बिल्कुल अपरिचित था। फिर भी मैंने उसे उलट-पुलटकर देखा। हाथ का लिखा पत्र जिसकी स्याही लम्बे अन्तराल और उस औरत की अन्तरंग नमी से धुँधला चुकी थी।

"हम्म...", कहते हुए मैंने उसे वह पत्र लौटा दिया। उसने उसे दोबारा उसी तह में मोड़कर वापस अपने पुराने स्थान पर दफ़्न कर दिया। औरतों के लिए यही स्थान सबसे सुरक्षित होता है। दिल के बिल्कुल क़रीब। मेरे भी भीतर बहुत कुछ दफ़्न है, मैंने अपने कलेजे को टटोला। पहले के समय में बनियान में इसी तरफ़ एक जेब बना दी जाती थी जिसमें रुपये, काग़ज़ रख लिए जाते थे। मगर आधुनिक समय ने इसे आउटडेटेड घोषित कर दिया।

"धीरे-धीरे हम भी आउटडेटेड और निरर्थक हो जायेंगे। निष्काषित कर दिये जायेंगे।" मैं धीरे से बुदबुदाया।

मेरी बात से सहमत होते हुए भी वह कुछ समझाना चाह रही थी, पता नहीं मुझे या ख़ुद को...पर इस बार उसका स्वर ढलान पर था। जैसे लम्बी यात्रा के बाद किसी मुकाम पर पहुँचकर ठहर गयी हो वह। जैसे वह पत्र ही उसके जीवन का सार था जिसे मेरे साथ साझा कर वह निश्चिन्त हो गयी थी। अब उसका ध्यान मेरी तरफ़ था।

"तुम्हें क्या तकलीफ़ है जो तुम यहाँ धूप में भटक रहे हो?" वह मुझसे मुखातिब थी।

इस बार मैं उसकी बात बिल्कुल सही तरह से समझ गया था, हालाँकि कुछ कह नहीं पाया। कातर नज़रों से मैंने उसकी तरफ़ देखा।

"दुख और सुख नदी के दो किनारे हैं। जीवन में एक तरफ़ पहाड़ हैं तो दूसरी तरफ़ नदियाँ..." वह मुझे समझा रही थी। वह कभी झील की तरफ़ इशारा करती तो कभी छायादार पेड़ों की तरफ़।

"कह डालो, जो मन में है उसे निकाल बाहर करो।" वह आश्वस्त भाव से कह रही थी।

दरअसल, मेरा दर्द भी बाहर आने को अकुला रहा था, पर कहता क्या कि महानगर का जीवन मुझे रास नहीं आता? मैं इस अन्तहीन रेस का हिस्सा नहीं बनना चाहता? इस कृत्रिम दुनिया से मेरा कोई नाता नहीं है? अपनी पहचान बनाने के लिए जब पहाड़ से चला था तो घुमेरदार रास्तों पर कितने ही परिचित-अपरिचित हाल-चाल पूछते रहे और मैं मुस्कराता हुआ आगे बढ़ता गया, कहने लायक न तब कुछ था, न अब है। पेट भरने के लिए शहर तो आ गया, मगर प्यास नहीं बुझा पाया। अजीब-सी अतृप्ति का एहसास है जिसे कहा नहीं जा सकता।

"पीड़ा को शब्दों में नहीं बताया जा सकता है", अपनी आँखों को बड़ा करते हुए वह कह रही थी। "दर्द भाषा और व्याकरण से बाहर है। वह एक अनुभव है, शब्दातीत..."

मैं महसूस कर रहा था कि हम भाषा से नहीं, दर्द के रिश्ते से जुड़ गये थे। वह मेरे दर्द में शामिल थी। उसका स्नेहिल आग्रह मुझे मन ख़ाली कर लेने का आमन्त्रण दे रहा था जिसे नज़रअन्दाज नहीं किया जाना चाहिए था।

"जीवन भर संघर्ष करता रहा। कभी जीत हासिल हुई तो कभी नहीं भी, मगर चलता रहा। अपना कर्म करता रहा। देश की सीमा छोड़कर विदेश जा बसा मगर गाँव की मिट्टी बुलाती रही। पाई-पाई जोड़कर पहाड़ लौटा तो पाया सब मेरे बिना रहने के अभ्यस्त हो चुके हैं। मेरा लौटना उन्हें संशय से भर रहा है कि कहीं मैं यहीं तो नहीं बस जाऊँगा? कहीं मैं खेतों में अपना हिस्सा तो नहीं माँगने लग जाऊँगा? एक अनदेखा भय उनकी चेतना पर इस कदर हावी था कि किसी ने मेरे होने की ख़ुशी तक नहीं महसूस की। मेरे ही भेजे पैसों से वह ज़मीन ख़रीदी गयी थी, खेत ख़रीदे गये थे। इसीलिए वे और अधिक भयभीत थे कि अगर मैं यहीं रह गया तो हर महीने विदेशी डॉलर कहाँ से आयेंगे..." मेरी आवाज़ भरभरा गयी थी।

उस औरत ने सहानुभूति से मेरी ओर देखा। उसकी आँखों में तटस्थ आर्द्रता थी...झील की नमी...

मैं हैरानी से उसकी ओर देख रहा था। यह वही औरत थी जो कुछ देर पहले ग़ुस्से से बड़बड़ा रही थी, रो रही थी, झल्ला रही थी। अब वह संयत थी और मुझे भी संयत कर रही थी। संवादहीनता की मारी वह औरत अपनी बात कह चुकने के बाद तरोताज़ा हो गयी थी। वह अब मुस्करा रही थी। फूलों की ओर इशारा करते हुए कुछ गा रही थी। इस बार गीत में उल्लास था। जैसे सबकुछ भूलकर फिर से शुरू करने का आह्वान कर रही हो। जैसे कह रही हो कि एक-दूसरे की भाषा जानना ज़रूरी नहीं, ज़रूरी है एक-दूसरे को समझना... किसी के व्यवहार का औचित्य जानना...उसे उसके नज़रिये से देख पाना...

उसने हाथ हिलाकर मुझे विदा कहा और गुनगुनाती हुई आगे निकल गयी।

(साहित्य अमृत)

मसानी माय

छत्तीसगढ़ के राजनांदगांव में बने 'मठपारा मोक्षधाम' में अजब-सा सन्नाटा था। 'राम नाम सत्य है' की आवाज़ ख़ामोश हो चुकी थी और 'सनातन सत्य' अब एक प्रक्रिया में बदल चुका था, हम सब जिसका हिस्सा बने उसका निर्वाह कर रहे थे। बायीं ओर नीले रंग की शिव प्रतिमा इस उचाट नीरव वातावरण को अजीब से रोमांच से भर रही थी। दिन का समय था मगर घिरी हुई बदली, डूबती साँझ का आभास देती थी। माँ के पार्थिव शरीर को शिवजी के चरणों के पास बने स्थान पर रख दिया गया। सभी ने हाथ जोड़कर उसे अन्तिम प्रणाम निवेदित किया। मैं भी हाथ जोड़कर खड़ा हो गया।

अचानक शिव की जटा से सफ़ेद झरना फूट पड़ा। देखते ही देखते माँ का अन्तिम स्नान सम्पन्न हुआ। पानी की कुछ बूँदें मेरे भी शरीर पर पड़ीं, पानी ठण्डा था। मुझे याद आ गया, माँ मुझे नहलाने लगती तो मैं ख़ूब रोता, "मुझे नहीं नहाना। पानी ठण्डा है..."

अर्थी के साथ आयी महिलाओं ने माँ को घेर लिया और उसके वस्त्र बदलने लगीं। पुरुष वर्ग थोड़ा पीछे हट गया। मैं हैरान था कि गाँव की महिलाएँ भी अब घाट तक आने लगी हैं। शहर में तो घाट पर महिलाओं का आना फिर भी सुना है मगर गाँव की महिलाएँ भी...माँ ने अकेले मेरी परवरिश की। मुझे आगे बढ़ाने या पढ़ाने में कोई कसर नहीं छोड़ी। यह गाँव उसके संघर्ष का साक्षी है। शायद यही वजह थी कि गाँव की औरतें भी इस अन्तिम यात्रा में आयी थीं। औरत की कोमल छवि को बहुत हद तक तोड़ा है औरतों ने, मैं सोच रहा था। वीरगति प्राप्त किसी सैनिक की अर्थी को कन्धा देती और उसका अन्तिम संस्कार करने की भूमिका निभाती स्त्री ने औरत को मज़बूत

धरातल पर दृढ़ता से खड़ा किया है। माँ भी ऐसी ही औरत थी, परम्पराओं का निर्वाह करते हुए भी आधुनिक। या कहो, आधुनिक होते हुए भी परम्पराओं का निर्वाह करती। पिता का किसी अन्य औरत से सम्बन्ध माँ को भीतर तक छलनी कर गया था। मगर माँ ने अपना पक्ष रखा, "दो घर बर्बाद नहीं हो सकते, अगर कहीं नेह है तो उसी के साथ जीवन बिताना चाहिए।"

ससुराल के लोग पिता पर दबाव बना रहे थे कि वह अपनी पत्नी के प्रति दायित्व निभाएँ। मगर दबाव से बनाये सम्बन्ध में माँ की कोई आस्था न थी।

"दस द्वारे का पिंजरा, तामे पंछी पौन। रहिबै को अचरज नहीं, गये अचम्भा कौन।"

गाँव की स्त्रियाँ अन्तिम संस्कारों का निर्वाह करती हुई कबीरा गा रही थीं। मन उचाट हो चला था। सच तो है कि हैरानी तो पिंजरे में रहने पर है, उड़ जाने पर कैसा अचम्भा! असमंजस की स्थिति में मैं दीवारें ताकने लगा। मोक्षधाम की दीवारों पर लिखे वाक्य मुझसे संवाद कर रहे थे।

"अन्ततः आना तो यहीं था, मगर यहाँ आने में इतना समय लगा दिया।"

"मृत्यु अन्त नहीं, एक नयी यात्रा की शुरुआत है।"

"न कोई साथ आया था, न कोई साथ जायेगा।"

ये सूक्तियाँ अन्तिम विदा के लिए मृतक के परिजनों को मानसिक सम्बल प्रदान करती हैं। मैं मन-ही-मन सोच रहा था कि परिजनों का यहाँ तक आना और मरघट पर बैठ कर अन्तिम विदाई की रस्मों का निर्वहन करना कहीं न कहीं, यथार्थ से उनका साक्षात्कार कराता है। यह एहसास दिलाता है कि यह व्यक्ति सदा के लिए निगाहों से ओझल हो गया है। सच है, जीवन को जितनी गहराई से मरघट में जाना जा सकता है, उतना जीवन के बीच नहीं। मैंने अपनी आँखें मींच लीं तो जैसे भीतर कोई एलबम खुल गयी।

"तू मुझे प्यार नहीं करती..." मैंने रूठकर माँ से कहा था। जवाब में माँ मुस्कराती रही।

"कुछ कहती क्यों नहीं?"

"क्योंकि तू स्वयं जानता है इस प्रश्न का उत्तर।"

"फिर भी बता, मैं सुनना चाहता हूँ।" मैंने ज़िद ठान ली थी।

"प्यार करने का मतलब आँचल से बाँधे रखना नहीं होता," माँ ने समझाया था, "जिसे प्यार करते हैं, उसकी बेहतरी के लिए उसे छोड़ना भी पड़ता है। उसे मोह से मुक्त भी करना होता है..."

क्या माँ की बेहतरी के लिए मुझे भी उसे मुक्त करना होगा? मैं सोच में पड़ गया। हमारी बेहतरी को ध्यान में रखते हुए माँ अपना वैवाहिक घर छोड़कर किसी अनजाने गाँव में चली आयी थी और वहाँ के अस्पताल में सहायिका बन गयी। बाद में वहीं से नर्सिंग का काम सीख लिया और मेहनत से काम करने लगी। फिर मुझे स्कूल में पढ़ाया। कॉलेज की पढ़ाई करने के लिए माँ मुझे शहर भेजना चाहती थी पर मैं माँ को अकेला छोड़कर जाना नहीं चाहता था।

माँ ने मुझे तब यह पाठ पढ़ाया था कि मोह में किसी की राह रोकी नहीं जाती। तो क्या मेरा मोह माँ की मुक्ति को रोक रहा था...मेरी बन्द आँखों से बाढ़ उतरने लगी। मैं भीतर तक दरक गया था, ख़ाली हो गया था। मरघट की चुप्पी, लगातार अन्तर्मन से संवाद कर रही थी। अब से पहले मैं कभी किसी की अन्त्येष्टि में नहीं गया था। मगर हमें यहाँ ज़रूर जाना चाहिए। मृत्यु के निकट आकर ही जीवन को जाना जा सकता है। अर्थी को कन्धा देना, दाह-संस्कार की प्रक्रिया का साक्षी होना, जीवन के क्षणभंगुर होने का ऐलान कर रहे थे। जीवन के मिथ्या होने के सत्य को मैं यहीं आकर समझ रहा था।

आख़िर, माँ के कहने पर मैं शहर गया, अपनी पढ़ाई पूरी की। माँ ने कभी नहीं बताया कि उसके पेट की रसौली उसे तंग कर रही थी। वह रात-रात भर नर्सिंग होम में काम करती, मगर अपनी तकलीफ़ के बारे में जाँच कराने की सुध नहीं थी उसे। मैं पश्चात्ताप में डूब गया। अभी तो हमारे दिन फिरने थे। माँ को उसके संघर्ष का प्रतिफल मिलना था, उससे पहले ही वह कैसे जा सकती है, मैंने एक लम्बी साँस भरी।

'पत्ता टूटा डार से, ले गयो पवन उड़ाय, अबके बिछुड़े कब मिलें, दूर पड़ेंगे जाय।'

निरगुन गाती स्त्रियों का सामूहिक गान जीवन और मृत्यु को नये अन्दाज़ में प्रस्तुत कर रहा था। इस दोहे को माँ के मुख से भी अक्सर सुना था मगर आज इसका प्रभाव देखते ही बनता था। मैं आँखें मूँदकर बैठ गया। मोह का रेशमी बन्धन कमज़ोर पड़ने लगा। विरक्ति का भाव मन पर हावी होने लगा। प्रकृति से बढ़कर गुरु कौन है! जो ज्ञान प्रकृति मौन स्वर में दिये जाती है, उसे भारी पोथी पढ़कर भी हासिल नहीं किया जा सकता है।

हमारे गाँव के साथ सटा हुआ ही था यह श्मशान। यों श्मशान तो वहाँ और भी थे मगर कोविड के बाद से इसी मोक्षधाम का उपयोग अधिक होने लगा था। आसपास के कई गाँवों के लोग अन्तिम संस्कार के लिए यहीं आया करते थे। सबसे बड़ा कारण तो यह था कि यहाँ यह अकेला ऐसा श्मशान था जहाँ विद्युत शवदाह की व्यवस्था थी। हालाँकि, प्रारम्भ में पारम्परिक प्रकृति वाले लोग इसमें आस्था नहीं रखते थे, मगर कोरोना काल में शवों का अन्तिम संस्कार करने में इस मोक्षधाम ने अहम भूमिका निभायी। इस काल में प्रकृति ने जीवन में कई तरह के बदलाव किये तो मृत्यु संस्कार में भी बदलाव आया। ढेरों की तादाद में आये शवों के अन्तिम संस्कार के लिए लकड़ियों की बहुत तंगी होने लगी। फिर, इधर नक्सलियों का दबाव भी अधिक था। ऐसे में जंगल काटना ख़तरे से ख़ाली न था। मरे हुओं की ख़ातिर ज़िन्दगी जोखिम में डालने से अपने भी कतराने लगे और इस विद्युत शवदाह गृह का सर्वाधिक इस्तेमाल होने लगा।

मैंने पाया, यहाँ धुएँ की कोई लकीर न थी। वातावरण निरभ्र और शान्त था। लोग हरे पेड़ों की घनी छाया में आ बैठे। किशोर वय का एक लड़का हाथ में एक रजिस्टर लिए आया और उसमें मृतक का विवरण लिखने लगा।

"नाम, उम्र, गाँव का नाम, पूरा पता..."

"श्मशान में यह बच्चा?" कमसिन उम्र के उस लड़के को देखकर हर किसी के मन में ममता उमड़ आयी।

"यह यहाँ की महिला संचालक का बेटा है।"

"महिला संचालक?" प्रधान चाचा के जवाब ने हम सभी को हैरत से भर दिया।

"हाँ, वह अपनी देखरेख में इस श्मशान को चलाती है और शवदाह का काम करती है। इसी से उसका जीवन चलता है।"

मैं अचरज से भर उठा।

प्रधान चाचा उसकी कहानी शुरू से सुनाने लगे, "वह बहुत सजग महिला थी। शिक्षित और सुसंस्कृत। वह पर्यावरण संरक्षण के लिए एक एन.जी.ओ. चलाती थी। इसी क्रम में उसकी भेंट अपने से निम्न जाति के भुवन कुमार नामक उस युवक से हुई, जिससे उसे प्रेम हो गया..."

प्रधान चाचा की आवाज़ कहीं परोक्ष में जा रही थी। मेरी आँखों में वे दृश्य आकार लेने लगे, माँ ने जिनकी कभी चर्चा भी न की थी...पर मैं सब समझने लगा था। किसी अन्य के प्रति पिता के झुकाव की स्थिति में माँ का उनके साथ रहने का कोई औचित्य नहीं था। वह उस घर को छोड़कर चली आयी। वह अपने पिता के पास भी न गयी कि कहीं भाई को उसका आना बोझ न लगे। सन्तोषी देवी की तरह ही मेरी माँ भी दृढ़ प्रकृति की थी। उसने अपने जीने का इंतज़ाम ख़ुद किया और अपनी सेवा से गाँव में स्थान पाया। वह भी अलग तरह की सोच रखती थी। उसने भले ही मुझे आगे पढ़ने शहर भेजा, मगर वह पढ़-लिखकर शहर में बस जाने के पक्ष में नहीं थी। वह ढेर सारा पैसा या डॉलर कमा लेने को विकास नहीं मानती थी। वह चाहती थी कि हमारी पढ़ाई और कौशल का उपयोग उसी स्थान पर हो, जहाँ से उसे हासिल किया गया है। उसके विचार में यह एक तरह की गुरु दक्षिणा थी।

उसके ये विचार मुझे भी नयी तरह से सोचने को विवश करने लगते और मैं भी अपनी मिट्टी का कर्ज़ अदा करने की योजनाएँ बनाने लगता। गाँव के लोगों का जीवन कैसे सुगम किया जा सके, विकास की सड़क कैसे यहाँ तक पहुँच सके, मैं अक्सर यह सोचा करता। हमारे गाँव में शहर जैसी भीड़-भाड़ नहीं है। यहाँ बहुत-सी जगहें ऐसी हैं जहाँ मल्टीनेशनल कम्पनियाँ स्थापित की जा सकती हैं। बदले में वे कम्पनियाँ वहाँ पर आवाजाही के लिए सड़कें बनवायें, अस्पताल और साफ़ पानी की व्यवस्था करायें। इससे गाँव में सुविधाएँ बनेंगी और युवाओं को रोज़गार के लिए गाँव छोड़कर जाना भी नहीं पड़ेगा। ऐसे बहुत से ख़याल मेरे मन में घूमते रहते।

"सन्तोषी देवी को गाँव छोड़ना पड़ा।" प्रधान चाचा ने बताया कि गाँव वालों को जब पता चला कि राजपूत की लड़की अपने से निम्न जाति के युवक से प्रेम करती है तब वे मार-काट पर आमादा हो गये। आख़िर सन्तोषी देवी ने गाँव छोड़ने का फ़ैसला कर लिया। वह दृढ़ थी कि उसे अपनी ज़िन्दगी अपनी तरह से जीने का पूरा हक़ है। वे दोनों अपना गाँव छोड़कर राजनांदगांव आ गये।

"यहाँ इनकी पिछली ज़िन्दगी के बारे में कोई न जानता था। लोग जानते थे तो उनके प्रयोगवादी विचारों को। ये दोनों शिक्षित और जागरूक थे, वे गाँव वालों को भी पर्यावरण प्रदूषण के प्रति जागरूक करने लगे–पराली न जलाना, रासायनिक खादों की जगह कम्पोस्ट खाद या गोबर खाद का इस्तेमाल करना, खेतों में नीम आधारित कीटनाशक का प्रयोग करना, खुले में शौच न करना..."

सन्तोषी देवी की कहानी में मैं समानान्तर रूप से माँ को देख रहा था।

"फ्रिज का बहुत इस्तेमाल न करना।" माँ की बहुत-सी हिदायतों में एक हिदायत यह भी हुआ करती।

"मकान मालिक का दिया फ्रिज है, बिजली बिल भी वही भरता है, मुझे क्या फ़र्क़ पड़ता है?" मैं समझता, माँ भावी ख़र्च की आशंका से ऐसा कह रही है मगर वह मानती थी कि इन उत्पादों ने न केवल हमारा पर्यावरण दूषित किया है, बल्कि हमें भी बासी खाना खाने का आदी बनाया है।

"शहर हमारे गाँवों की ताज़गी को लील रहे हैं, हमें बीमार बना रहे हैं," माँ समझाती।

"मेरे अकेले न इस्तेमाल करने से क्या होगा?" मैं हँस पड़ता।

मगर वह उम्मीद रखती, "कुछ लोग ही परिवर्तन लाते हैं।"

"सन्तोषी देवी ने भुवन से परम्परागत विवाह नहीं किया था मगर साथ जीवन जीने का दृढ़ संकल्प किया था। वह दुनिया बदलना चाहती थी। वह प्रेम को परम्परा से ऊपर मानती थी। उसने जंगल के पेड़ों की प्रदक्षिणा कर साथ जीने का संकल्प लिया था। पानी के झरने और अनदेखी हवा को छूकर साथ निभाने का वचन दिया था।" प्रधान चाचा की आवाज़ ने मुझे वर्तमान में ला पटका।

सभी उसकी कहानी को किसी वैज्ञानिक खोज की तरह उत्सुकता से सुन रहे थे। सन्तोषी देवी और भुवन अपने घर के पिछवाड़े में ऑर्गेनिक खेती करते और गाँव वालों को भी इस बारे में जाग्रत करते।

"दश पुत्र समो द्रुमः" यानी एक पेड़ दस पुत्रों के समान है, वह कहा करती। प्रधान चाचा बता रहे थे कि वह संस्कृत भाषा की अच्छी जानकार थी और उसमें लोगों के भीतर जागृति पैदा करने का दृढ़ संकल्प था, "जलं जीवनं अस्ति, अस्य सुरक्षा कर्तव्या।" वह जल की बर्बादी पर भी गाँव वालों को जाग्रत करती। उसके गाँव में आने पर कई तरह के सकारात्मक परिवर्तन दिखाई देने लगे।

'हर घर में पेड़, घर-घर में पेड़' का नारा अभियान का रूप लेने लगा था कि सन्तोषी का पता उसके गाँव के लोगों तक पहुँच गया। गाँव के कुछ लड़के दल बनाकर आये और भुवन की हत्या कर दी। गाँव की पंचायत से मिला यह आदेश इस हत्या को मृत्युदण्ड में परिभाषित कर रहा था। इस पर क़ानूनी कार्रवाई की गुंजाइश नहीं थी।

"लगभग बीस साल पहले की घटना है यह..." प्रधान चाचा ने गहरी साँस भरी, "तब यह मोक्षधाम यहाँ था तो ज़रूर मगर तब यहाँ कोई आता न था। बिजली से शवदाह की प्रथा को लोग तब तक स्वीकार नहीं पाये थे। सन्तोषी देवी भुवन का पार्थिव शरीर लिए वहाँ खड़ी रही और गाँव के लोग उसे अकेला छोड़कर लौट गये। मगर वह अपने फ़ैसले पर अडिग थी। वह पति के दाह-संस्कार के नाम पर उन पेड़ों का दाह नहीं करना चाहती थी, जिनकी रक्षा में उन दोनों ने अपना जीवन समर्पित कर दिया था। आख़िर वहाँ के संचालक की मदद से उसने बिजली से भुवन का अन्तिम संस्कार किया।"

इस घटना की ख़बर गाँव में आग की तरह फैल गयी। गाँव वालों का सहयोग उसे भले न मिला हो मगर कोई उसका विरोध करने का साहस भी नहीं जुटा पाया। कुछ तो मन-ही-मन उसके विचारों के समर्थक भी थे, मगर प्रकट करने से कतराते रहे। सन्तोषी का मन इस गाँव से भी उचट गया था। वह वहीं रह गयी–मठपारा मोक्षधाम में। उसने कहा कि जहाँ लोगों की ज़िन्दगी ख़त्म हो जाती है, वह वहीं से अपनी ज़िन्दगी की नयी शुरुआत करेगी। उसने

श्मशान को ही अपना घर बना लिया। वह वहीं थोड़ी-सी ज़मीन पर अपने काम लायक सब्ज़ियाँ उगा लेती और जीवनयापन करने लगी। वह विद्युत से शवदाह करने वाले इस श्मशान की देखरेख करने लगी और बाद में उसे यहाँ का संचालक बना दिया गया।

"मगर असली जागृति आयी, कोरोना काल में।" प्रधान चाचा ने कहानी को यों बढ़ाया जैसे कोई तरकश से तीर निकालता है। इस कहानी को सुनकर हर किसी के मन में हलचल हो रही थी ठीक वैसे ही जैसे शान्त जल में कंकड़ी के आ पड़ने से होती है।

"कोरोना के समय में एक दिन आसपास के गाँवों से सौ से अधिक शव एक साथ आये। मुर्दे जलाने को लकड़ियाँ नहीं मिल रही थीं। सामूहिक संस्कार किये जा रहे थे। कुछ तो लावारिस शव थे, उनके साथ कोई सम्बन्धी न था।" प्रधान चाचा बता रहे थे कि ऐसे कठिन और भयावह समय में इस स्त्री ने नीले लिबास यानी पी.पी.टी. पहनकर, बिजली से इनकी अन्त्येष्टि की।

"इसे मुर्दों से डर नहीं लगता?" किसी ने अचम्भित होकर पूछा था।

"डर तो ज़िन्दा लोगों से लगता है, मुर्दों से कैसा डर?"

लोग ख़ुद ही सवाल कर रहे थे और ख़ुद ही जवाब भी दे रहे थे।

"और वह लड़का...?" मैं पूछे बिना न रह सका।

बीस वर्ष पहले वह भुवन का दाह-संस्कार कर चुकी थी मगर यह लड़का तो 12-13 साल से अधिक का न होगा... मेरे प्रश्न पर सभी सवालिया नज़रों से प्रधान चाचा की तरफ़ देखने लगे। कुछ कहने से पहले चाचा के चेहरे पर विद्रूप भाव उतर आया। फिर ख़ुद को संयत करते हुए उन्होंने कहा, "वह भी कोरोना की ही देन है। रोज़ दर्जनों शव आ रहे थे। उन्हीं में यह बच्चा भी था, जिसे मुरदा मान कर यहाँ छोड़ दिया गया था। यह तो संतोषी देवी की तेज़ निगाह ने उसे बचा लिया वरना कोई और होता तो यह भी राख की ढेर में मिल गया होता।"

हम सभी साँस रोके सुन रहे थे।

"वह तो शवों की ऐसी जाँच-पड़ताल करती है जैसे कोई डॉक्टर अपने मरीज़ों की देखभाल करता है।" प्रधान चाचा ने एक लम्बी साँस भरी।

जंगल की रक्षा के लिए डटकर खड़ी इस महिला को आदिवासियों का अनकहा समर्थन था। कई बार वे उसके लिए अनाज इत्यादि छोड़ जाते। गाँव के कुछ लोगों को सन्तोषी की दृढ़ता से बल मिला और वे भी उसका सहयोग करने लगे।

"लोगों के मन में इस औरत के लिए अपार श्रद्धा है। सब उसे 'मसानी माय' कहते हैं और यह मानते हैं कि उसके हाथ से संस्कार हुआ तो आत्मा सीधे विधाता में लीन हो जायेगी, उसे मोक्ष मिल जायेगा..." लोगों के बीच से आवाज़ें आ रही थीं।

क्या यह सच था? क्या कोई स्त्री श्मशान में दाह कर्म कर जीवन यापन कर सकती है? और सबसे बड़ी बात कि उसे सामाजिक स्वीकृति भी मिल रही है और मान भी?

"वह मृतक को ऐसे विदा करती है जैसे हवन में समिधा दी जाती है। जैसे आत्मा को शरीर के बन्धन से मुक्त कर रही हो...जाने का सन्ताप सन्तृप्ति में बदल जाता है..." लोगों के बीच फुसफुसाहट हो रही थी।

मेरे लिए यह अविश्वसनीय था। ऐसा तो न कहीं सुना, न देखा कि तभी मेरे भ्रम को खण्डित करती किसी महिला का स्वर गूँज उठा–

"पृथिव्यै देहं समर्पयामि। आपः गतिम् समर्पयामि। अग्नये तेजः समर्पयामि। वायवे प्राणान् समर्पयामि। आकाशाय शून्यं समर्पयामि।"

मैंने देखा, हमसे पहले क़तार में रखी देह की अन्त्येष्टि की जा रही है। सन्तोषी माय वहाँ एकत्रित लोगों से ढकी हुई थी। मगर उसका स्वर हवा को भेदता ब्रह्मांड में गुंजार कर रहा था–"यत् जातं तत् म्रियते। यत् म्रियते तत् पुनः जायते। पञ्चभूतेषु लीयते देहः, शुद्धात्मा नित्यं तिष्ठति।"

वह गा रही थी। उसकी आवाज़ में जादू-सा असर था। सभी सम्मोहित से उसके पीछे-पीछे उस प्रकोष्ठ की तरफ़ उन्मुख थे, जहाँ बिजली का स्विच लगा था।

"मसानी माय, माँ को अकेला न भेजो, मैं भी साथ जाऊँगी..." मृतक की बेटी विह्वलता से मार्ग रोककर खड़ी हो गयी। वह युवती आर्तनाद कर रही थी, "माँ अकेले नहीं रह सकती, वह अँधेरे से बहुत डरती थी..."

"यहाँ डर के लिए कोई स्थान नहीं, बेटी। जीवन एक यात्रा है और मृत्यु उस यात्रा का अगला चरण..." मसानी माय राग-विराग से ऊपर उठ चुकी थी और साफ़ शब्दों में जीवन-मरण का पाठ समझा रही थी, "इसके आगे की यात्रा हर किसी को अकेले ही करनी होती है। बेटी की विदाई में माँ साथ जाती है क्या? नहीं न? यह माँ की विदाई है। आज यह अपने घर जा रही है। विदा दो इसे..."

"नहीं, माँ मुझे छोड़कर नहीं जा सकती..." वह लड़की विलाप करने लगी।

"हम नाव में सवार होकर नदी पार करते हैं, मगर नाव को घर तो नहीं ले जाते? घर पर नाव का क्या काम?" मसानी माय स्थिर आवाज़ में उसे समझा रही थी, "देह रूपी नाव को इसी किनारे छोड़ना होगा। उस घर में इस शरीर का कोई काम नहीं..."

एक-एक शब्द साफ़, हृदय पटल पर अंकित हो रहा था। मगर युवती की आँखों से आँसू अनवरत झर रहे थे, "अपनी माँ को जलने के लिए छोड़ दूँ? राख हो जाने दूँ?" वह बहस करने लगी।

"वासांसि जीर्णानि यथा विहाय..." मसानी माय ने स्थिर भाव में समझाया, "जलेगी तो देह, पाँच तत्त्वों से बना शरीर अपने स्थायी तत्त्वों में समा जायेगा ताकि कल को नया शरीर तैयार किया जा सके।" मसानी माय के चेहरे पर निर्मल, शान्त आभा थी, "वह अँधेरे में नहीं, प्रकाश के गर्भ में जा रही है, प्रकाशपुंज हो रही है। देह के बन्धन से मुक्त होकर तेजस्वी आत्मा बनने जा रही है।"

मसानी माय की बातों का असर हुआ और युवती ने तटस्थ भाव से मार्ग छोड़ दिया।

"ॐ प्रकाशं गच्छ। देहबन्धनं विसृज। आत्मा तेजस्वी भव।"

मौन को भंग करता मसानी माय का स्वर दसों दिशाओं में गुंजार कर रहा था। वह सधी चाल से कुछ दूर लगी मशीन के स्विच के पास जा पहुँची। नीचे बने खाँचे में धातु की ट्रे को फिट कर दिया जिसमें दिवंगत देह रखी थी। मसानी माय ने जैसे ही दीवार पर लगा तेज़ बिजली का स्विच दबाया कि किसी अज्ञात शक्ति ने जंगले में पड़ी नश्वर देह को ट्रे समेत भीतर खींच लिया।

नीचे गुफानुमा दरारों से कुछ चिंगारियाँ उठती दिखाई पड़ रही थीं। सभी देख रहे थे, देह अँगारों में बदलने लगी थी। वह प्रकाशपुंज हो रही थी।

मसानी माय साक्षी भाव से तटस्थ खड़ी थी। जैसे वह प्रत्यक्षदर्शी बनी, देह के बन्धन से मुक्त होकर दिव्य आत्मा को जाते हुए देख रही हो...

रुदन पूरी तरह शान्त हो चुका था, किसी वाक्य पर लगे पूर्ण विराम की तरह। खेल ख़त्म हो गया था, अब दूसरे को मैदान सौंपना था। मसानी माय वहाँ का दायित्व पूरा कर हमारी ओर आ रही थी। झक्क सफ़ेद साड़ी में, मस्तक पर भभूत लपेटे वह अर्धनारीश्वर का साक्षात स्वरूप लग रही थी। हमारे निकट आकर उसने माँ की देह पर गोल-गोल आकार में अपने दोनों हाथों को घुमाया और फिर दसों दिशाओं को नमन किया। उसकी तनी हुई देह-यष्टि, चेहरे पर पसरी अपार करुणा उसे विशिष्ट भंगिमा से भर रही थी। वह एकसाथ पर्वत-सी स्थिर भी थी और जल-सी तरल भी...तटस्थ भी और संतृप्त भी।

अपने कर्म में रत यह स्त्री का नया स्वरूप था जिसे यहाँ पहुँचकर ही जाना जा सकता था। अन्त्येष्टि कर्म करती मसानी माँ स्त्री-पुरुष के बीच बनाये भेद को चुनौती दे रही थी। मैं देख रहा था कि श्मशान की राख में लिपटी यह स्त्री समाज की जड़ हो चुकी चेतना में नयी प्राण-शक्ति भर रही है, मानो समय के जर्जर हो चुके पन्नों पर जीवन की नयी लिपि अंकित कर रही हो...